ROTBUCH KRIMI

Mark Timlin, Jahrgang 1950, begleitete jahrelang T. Rex und The Who als Tour Manager und lebt seit 1988 als Krimiautor in London. Bislang sind bei Rotbuch erschienen: *Die Frau im Rollstuhl* (TB 83), *Shootings Stars* (TB 99), *Schwanengesang* (TB 1039) und *Schnee und Rosen* (TB 1013). Mit *Die verlorene Tochter* wird die Mark-Timlin-Reihe fortgesetzt.

Zu diesem Buch:
»Die Leute schrien und riefen, und die Menge teilte sich wie das Rote Meer unter einem Meer aus Blut. Ich erkannte das goldene Kleid und erstickte einen Schrei. Catherines Kopf und Oberkörper brachen durch das Glas, und ein Splitter, so lang und breit wie ein Fleischerbeil, riß eine klaffende Wunde in ihren Bauch ... Ich ging durch die Leere, die die Gäste hinterlassen hatten, knirschte über das Glas und spürte, wie die Sohlen meiner Schuhe auf dem Holzfußboden klebten. Dann löste sich langsam das blonde Haar vom Haupt und segelte zu Boden.«

Im fünften Nick-Sharman-Krimi verschlägt es den berüchtigten Ex-Cop, Ex-Kokser und Privatdetektiv aus seinem Büro im wilden Süden Londons mitten in die Erbschaftsstreitereien um ein milliardenschweres Medienimperium. Nach dem mysteriösen Selbstmord eines Zeitungsmoguls versetzen erpresserische Morddrohungen die Familie in Panik. Auf der Party nach der Testamentseröffnung spitzen sich die Dinge zu, und auch Nick Sharman wird von den Erpressern bedroht. Das Messer in seinem Bauch stammt allerdings von der schönen Auftraggeberin selbst.

MARK TIMLIN
DIE VERLORENE TOCHTER

Aus dem Englischen
von Ulrich Hoffmann

Rotbuch Verlag

4JP

Die Deutsche Bibliothek – CIP-Einheitsaufnahme

Timlin, Mark:
Die verlorene Tochter / Mark Timlin.
Aus dem Engl. von Ulrich Hoffmann. –
Hamburg : Rotbuch Verlag, 1997
(Rotbuch-Taschenbuch ; 1057 : Rotbuch-Krimi)
ISBN 3-88022-428-5

1. Auflage 1997

Originaltitel: Gun Street Girl

Die Krimi-Reihe wird von Gabriele Dietze herausgegeben
Umschlagillustration: Henning Wagenbreth
Herstellung: Das Herstellungsbüro, Hamburg
Satz, Druck und Bindung: Druckerei Wagner, Nördlingen
Printed in Germany 1997

ISBN 3-88022-428-5

1

Eigenartig, wie die Dinge beginnen, nicht wahr? Ich wollte eine neue Krawatte – keinen Standardschlips wohlgemerkt. Ich hatte es auf reine Seide abgesehen, die aussehen sollte, als stamme sie aus einer edlen Tagesschule oder von den Torys. Etwas Eindrucksvolles, nach dem die Leute sich umsehen würden.

Schließlich stand mir eine Begegnung mit den Geschworenen bevor. Nichts Ernstes, wie sich ergeben sollte. Nichts, was gute Beziehungen und jede Menge Asche nicht regeln konnten. Genaugenommen hatte ich an dem Morgen, an dem ich loszog, die Krawatte zu kaufen, bereits gehört, daß die Anklage Vorwürfe fallenließ, wie eine Katze im Sommer die Haare. Am Ende lief alles auf illegales Landen mit dem Helikopter sowie Durchqueren eines internationalen Flugkorridors hinaus. Bei diesen Punkten wollte die Flugsicherheitsbehörde nicht nachgeben.

Also machte ich mich auf der Bond Street auf die Suche nach einer Krawatte, und da sah ich sie zum ersten Mal. Damals kannte ich ihren Namen noch nicht, aber ich wußte sofort, was sie im Sinn hatte. Sie klaute sich die South Molton Street entlang. Also, ich habe nichts gegen Taschendiebe, hatte ich noch nie, sie richten einfach nicht viel Schaden an – die Verluste tauchen eben auf den Preisschildern der übrigen Sachen auf. Überhaupt werden die meisten Sachen von Angestellten geklaut, und die meisten Taschendiebe leisten keine große Gegenwehr, wenn sie gestellt werden. Das gehört zu ihrem Spiel, und deswegen spielen sie mit, wenn sie nicht abtauchen können. Nimm's mit, ist ihr Motto, oder halt eben still. Natürlich gibt es auch ein paar mit einem Schnappmesser im Ärmel, aber andererseits ist es auch gefährlich, über die Straße zu gehen. Genaugenommen stecken einige meiner besten Freunde hin und wieder was ein, und auch ich muß zugeben, daß ich meinerzeit auch den üblichen Blazer habe mitgehen lassen.

Nach ein paar Minuten hatte ich ihren Stil drauf. Sie war gut, aber nicht gut genug für mich, und ich sah sie einen Kaschmir-Sweater bei Brown's in ihre große Einkaufstasche stopfen. Ich sah gerade noch den Ärmel hereinhuschen, bevor sie die Tasche zuklappte. Es ist eigenartig, jemandem beim Stehlen zuzusehen; wie früher hatte ich ein komisches Gefühl dabei. Man denkt: Hab' ich dich! Aber man muß so tun, als wäre nichts. So war es jedenfalls früher; inzwischen ist mir das egal.

Aber alte Gewohnheiten halten sich, und als sie aus Brown's herausspazierte, latschte ich hinterher, nur um mitzubekommen, ob die Angestellten gesehen hatten, was ich gesehen hatte, und die alte »Entschuldigen Sie, Madam, würden Sie mich bitte ins Büro des Managers begleiten?« – Nummer abziehen würden. Aber sie entwischte; kein kleiner Schnüffler rannte ihr hinterher. Sie marschierte über die Straße und direkt rein ins D-Mob. Keine gute Idee. Dort hatten sie Videoüberwachung. Das wußte ich; sie offensichtlich nicht.

Ich folgte ihr und beschäftigte mich mit einer Reihe Jacketts. Sie eierte durch den Laden, fuhr mit der Hand über ein Regal, ließ ein paar Manschettenknöpfe in den Ärmel gleiten und steckte sie dann in ihre Jackentasche. Dann ging sie rüber zu den Ledersachen, und ich bekam Gelegenheit, sie aus der Nähe zu betrachten. Sie war vielleicht fünfundzwanzig oder sechsundzwanzig, dunkler Teint, schönes, dichtes rotbraunes Haar und perfekt gepflegte weiße Haut. Sie trug eine Sonnenbrille und einen langen roten Mantel mit großen Ärmeln und ebensolchen Taschen, dazu eine riesige Ledertasche. Alles nur, um die Beute einzustecken, Großmutter. Sie war vielleicht einsfünfundsiebzig in Hochhackigen und sah aus, als könnte man sich für sie versündigen. Komisch, aber meine Mutter hat mich immer vor solchen Girls gewarnt. Sie hat sie West End Girls genannt, und dieses war so tief aus dem West End, wie man nur sein kann. Eine gute Tarnung, aber sie würde bald auffliegen. Also ging ich zu ihr rüber und sagte: »Ich würde sie zurücklegen, wenn ich Sie wäre, Schätzchen.«

»Ich bin weder Sie noch Ihr Schätzchen, und ich habe keine Ahnung, wovon Sie reden«, sagte sie.

»Die Zweihundert-Pfund-Manschettenknöpfe in Ihrer Tasche.«

»Wenn Sie mich nicht in Ruhe lassen, werde ich den Manager die Polizei rufen lassen«, sagte sie.

»Bitte schön. Der Pulli in Ihrer Tasche ist auch nicht bezahlt.«

»Sind Sie der Kaufhausdetektiv hier?«

»Nein, aber hier schwebt ein Spion am Himmel.«

»Wie bitte?«

»Sehen Sie jetzt nicht hin, aber über der Tür zur Umkleidekabine befindet sich ein kleiner schwarzer Kreis. Das ist eine Kameralinse.«

Sie konnte nicht widerstehen, sah hoch und runzelte die Stirn.

»Lächeln«, sagte ich. »Sie sind in ›Versteckte Kamera‹.«

»Und was sind Sie dann?«

»Naja, wer auch immer gerade die Monitore im Auge hat, geht davon aus, daß ich entweder Ihr Komplize bin oder versuche, Sie anzubaggern.«

Sie war ausgesprochen cool, das muß ich ihr lassen. »Und tun Sie das?« fragte sie. »Versuchen Sie, mich anzubaggern?«

Ich lächelte. »Nein, ich glaube nicht. Vielleicht ein andermal. Ich bin Detektiv, privat.« Ich griff in meine Tasche, gab ihr meine Karte. »Mir ist es egal, was Sie tun, aber ich war mal bei den Bullen und weiß, daß die Leute, denen dieser Laden gehört, alle vor den Kadi zerren. So, wie Sie aussehen, stehen Sie gar nicht auf Publicity dieser Art, also würde ich die Manschettenknöpfe zurücklegen oder bezahlen, okay?« Sie sagte nichts, also fügte ich bloß noch hinzu: »Schönen Tag noch.« Dann ließ ich sie stehen und ging aus dem Laden.

Auf der Straße versperrte mir ein großer, gut aussehender Gorilla in Chauffeursuniform den Weg, er war voll beladen mit Päckchen und Plastiktüten. Er sah mich an, hielt meinen Blick. Ich nickte und ging an ihm vorbei. Niemand kam hinter mir her, also mußten sie wohl doch gedacht haben, daß ich sie bloß anmachen wollte. Vielleicht hatte ich das auch gewollt. Die Krawatte kaufte ich dann doch nicht, aber eine Woche später kam ich mit meinem Auftritt im Baileys noch mal davon, und ich fing wieder an zu arbeiten.

2

Es vergingen zwei Monate, bevor ich sie wieder zu Gesicht bekam. Es war der dritte Morgen des heißesten Sommers seit Beginn der Zeitgeschichte. Die Geschäfte gingen nicht gut, und ich saß auf dem wackeligen Drehstuhl hinter meinem zerschrammten Schreibtisch in einem dampfenden Zimmer inmitten einer Stadt, die sich langsam auflöste wie ein Fettspritzer auf einer heißen Herdplatte. Ich saß da, massierte meinen schlimmen Fuß mit meiner schlimmen Hand und horchte mit meinem guten Ohr, ob es nicht Ärger gäbe.

Ich war allein in meinem Büro, abgesehen von einem kleinen kastrierten schwarzweißen Kater, der in Gedenken an seine Mutter »Katze« nun »Kater« heißt. Er schlief mit seinem Kopf beinahe in einer Untertasse voll Wasser, die ich ihm vor nicht einmal einer Stunde hingestellt hatte. Sie war bereits mit einem Staubfilm überzogen, in dem die Reste einer selbstmörderischen blauen Fliege herumschwammen.

Ich seufzte, stand auf, wechselte das Wasser, störte den Kater, der daraufhin miaute und wieder einschlief. Ich ließ mich wieder zurück auf meinen Stuhl fallen und zündete mir eine Silk Cut king size an, dann sah ich den Wagen draußen vorfahren. Eine schwarze Rolls-Royce-Limousine Jahrgang 1989, verlängert, aber nicht allzu schlimm. Man hätte keinen Swimmingpool hinten drin unterbringen können, aber möglicherweise war Platz für einen anständigen Jacuzzi. Ich sah ihn an meinem Bürofenster vorbeigleiten und hatte das Gefühl, er wäre ewig lang. Die schwarz verspiegelten Fenster waren geschlossen, und ich stellte mir das Innere dunkel und kühl wegen der Klimaanlage vor. Ich stemmte mich aus meinem kuscheligen Stuhl hoch, trat ans Fenster und betrachtete mir das Ding. Am auffälligsten war, wie sauber der Wagen war. An jenem staubigen Morgen glänzte der Lack wie eine neue Rasierklinge. Das zweite, das mir auffiel, war das Nummernschild. RP2 stand da, was mich zu der Annahme verführte, daß, wem auch immer das Gerät gehörte, noch ein größeres zur Verfügung stand. Interessanter Gedanke.

Die Ankunft des Wagens ließ sogar die Gäste der Eckkneipe für einen kurzen Augenblick das Tageslicht suchen, und als sie sahen, wer ausstieg, blieben sie noch ein wenig länger.

Geschmeidig schwang die Fahrertür auf, und ein Chauffeur im vollen schwarzen Ornat mitsamt Käppi und Gamaschen hopste heraus und rannte um den Wagen herum zur Beifahrerseite. Er war groß und jung und sah zu gut aus, als daß es mir gefallen oder ihm etwas Gutes tun könnte. Seine dunklen Locken versuchten, dem Zwang des Käppis zu entkommen. Sein Gesicht kam mir bekannt vor, aber ich konnte es nicht gleich einordnen. Es hatte Tage gegeben, an denen ich seine Power hatte, an denen ich hopsen konnte, weil ich wollte, und nicht, weil ich mußte, und ich stieß meinen schlimmen Fuß gegen den Türrahmen, nur um ihn wissen zu lassen, daß ich das nicht vergessen hatte.

Der Chauffeur sah die Leute, die sich vor dem Pub versammelt hatten, angeekelt an und riß die Hintertür auf. Dann nahm er Haltung an und streckte seinen rechten Arm aus, um der Insassin herauszuhelfen. Aus dem hinteren Bereich des riesigen, glänzenden Wagens stieg die Taschendiebin aus der South Molton Street, und plötzlich fiel mir auch wieder ein, wo ich den Chauffeur schon mal gesehen hatte.

Heute trug sie schwarz von Kopf bis Fuß, und ihr Haar war in ihrem Nacken zu einem so straffen Knoten zusammengefaßt, daß es beinahe so schien, als wolle sie ihre Gesichtshaut bestrafen. Das Gesicht selbst war schön – aber irgendwie anders – hinter derselben Sonnenbrille, die sie schon einmal getragen hatte. Einen Augenblick stand sie da, ihre Hand lag auf dem Arm des Fahrers, und sie flüsterte ihm etwas zu. Dann ging sie direkt auf meine Tür zu.

Ich sah, wie sie die paar Schritte von ihrem Wagen zu meinem Büro zurücklegte, und die Temperatur im Zimmer stieg um ein paar Grad. Ich öffnete ihr die Tür und trat zur Seite, als sie über die Schwelle kam. »Hallo, ich bin's schon wieder«, sagte sie. »Ich brauche Ihre Hilfe.«

3

»Schön, Sie mal wieder zu sehen.« Ich führte sie zu dem harten Holzstuhl auf der Fensterseite des Schreibtisches. Dann ging ich um den Tisch herum zu meinem eigenen Stuhl, setzte mich, legte einen Block Kanzleipapier vor mich hin und fummelte einen Stift aus der obersten Schreibtischschublade heraus. In der kurzen Stille, die folgte, betrachtete ich sie von oben bis unten.

Wie gesagt, sie trug schwarz, von dem kleinen Pillbox-Hut mit dem kurzen Schleier, der auf dem zurückgebundenen Haar saß, bis hinunter zu den scharfabsätzigen Stiletto-Schuhen, die ihre schlanken Füße zierten. Es war teures Schwarz. Selbst ohne den Wagen hätte ich das gesehen. Trotz der ungewohnten Hitze trug sie ein Jackett mit kurzem Rock – ein Kostüm hätte meine Tante Roz, die kaum einen Tag älter ist als achtzig, es genannt. Kostüm traf die Sache ganz gut. Es war eng geschnitten, um ihre Figur zu betonen. Die Jacke war kurz, Bolerolänge, dann zweireihig über einem schmalen Rock zugeknöpft, der gerade noch über ihre Knie reichte und hinten einen langen Schlitz hatte. Unter der Jacke trug sie eine schwarze Seidenbluse, die bis oben hin zugeknöpft war. Dazu schwarze Seidenstrümpfe an langen, schlanken Beinen. An ihrer Schulter hing eine große, dicke, weiche Lederhandtasche, die laut Gucci schrie. Kein Schmuck.

Schließlich brach sie das Schweigen. »Was ist los, hat es Ihnen die Sprache verschlagen?«

»Nein«, sagte ich. »Lassen Sie mich raten. Sie sind erwischt worden und wollen, daß ich für Sie aussage?«

»Nicht sehr lustig, Mr. Sharman.«

»Es sollte auch nicht lustig sein. Was soll das alles?«

Sie nahm ihre Sonnenbrille ab. Ihre Augen zeigten das strahlendste Blau, das ich je gesehen hatte, die Farbe von Vergißmeinnicht. Und sie sahen wunderbar aus, obwohl die Trauer in ihnen stand. Kein Make-up, aber voller Tränen und ein wenig geschwollen. Wenn das überhaupt möglich war, dann machte die nackte Trauer ihrer Augen sie noch attraktiver. Das kühle Auftreten einer Wohlhabenden und der schreckliche Schmerz im Inneren. Sie war in Trauer, und es stand ihr gut. Sie überkreuzte die Beine, und das Geräusch von Seide auf Seide klang wie angehaltener Atem. »Sie starren, Mr. Sharman.« Sie seufzte kaum hörbar.

»Schöne Frauen kommen nicht alle Tage zu mir. Ob Sie mir wohl sagen würden, was Sie auf dem Herzen haben?«

»Natürlich«, entgegnete sie, dann zögerte sie.

»Ja?« ermunterte ich sie.

»Sie wissen nicht, wer ich bin, oder?«

»Nein.«

»Mein Name ist Pike.« Sie legte ihre Sonnenbrille auf den Tisch. »Elizabeth Pike. Mein Vater war Robert Pike.«

Sie begann zu weinen. Sie öffnete ihre Handtasche und tastete darin herum, bis sie ein schwarz umsäumtes Taschentuch fand, das sie sich auf die Augen preßte.

»Natürlich«, sagte ich. »RP2, Sir Robert Pike.«

»Dann wissen Sie Bescheid«, sagte sie schluchzend.

»Ich weiß, daß er tot ist.« Sie schluchzte lauter. »Tut mir leid.« Ich stand auf, ging zu ihr hinüber und setzte mich direkt vor ihr auf die Schreibtischecke. »Möchten Sie irgend etwas trinken?« fragte ich. Ich wollte was.

»Nein, vielen Dank.«

Ich bot ihr eine Zigarette aus meinem Päckchen an, die sie annahm. Während ich zuerst ihre und dann noch eine für mich anzündete, dachte ich daran, was ich über Robert Pike wußte. Jede Menge. Er war ein bedeutender Mann gewesen.

Sir Robert war ein Entrepreneur, der milliardenschwere Besitzer eines riesigen Verlagsimperiums. In den Dreißigern hatte er damit begonnen, Zeitungen auszutragen, und in den Achtzigern hatten sie ihm gehört. Zeitungen und Magazine, dazu Fernsehsender, eine Fußballmannschaft, Plattenfirmen und andere Medien- und Freizeitunternehmen, inklusive Investitionen in Immobilien, Transport und noch so viel mehr, daß einem davon der Kopf schwirrte. Er war reich, stinkreich, und schien es zu genießen.

Er gehörte zu den Männern, die das Geld ausgaben, das sie verdienten. Er war ein großer Sammler. Er kaufte Gemälde von alten Meistern und neuen Talenten. Er hatte eine große Bibliothek voll mit Erstausgaben, von Charles Dickens bis zu Autoren des zwanzigsten Jahrhunderts, Mailer und Ian Fleming. Außerdem hieß es, daß er eine der wertvollsten Sammlungen amerikanischer Comics in der ganzen Welt besaß. Außerdem Häuser an allen möglichen Orten der Erde, wo er sich mit anderen Reichen und Berühmten amüsierte. Aber sein größtes Hobby bestand darin, seltene Autos zu sammeln. Er besaß mehr fahrtüchtige Oldtimer, als man in einer Woche zu Schrott fahren konnte.

Außerdem war es ihm gelungen, viel Geld zu verdienen und trotzdem in der Öffentlichkeit relativ unbeachtet zu bleiben. Publicity gefiel ihm nicht, obwohl er natürlich – wie die Dinge standen – der Publicity gefiel. Bei der einzigen skandalösen Enthüllung aus seiner Vergangenheit, dem plötzlichen Auftauchen einer bislang unbekannten unehelichen Tochter, die ihr ganzes Leben in Australien verbracht hatte, hatten die Anwälte des Großmoguls so viele Klagen rausgehauen, daß die Gerichte noch Jahre beschäftigt sein würden. Die Story verschwand aus den Schlagzeilen der Konkurrenzblätter beinahe so schnell, wie sie aufgetaucht war.

Als Robert Pike also vor ein paar Wochen seinen alten Webley-Dienstrevolver nahm, ihn sich in den Mund steckte und abdrückte, hatte man kaum eine Chance, der Story zu entgehen. Angeblich war es Selbstmord gewesen. Das schien mir unter den gegebenen Umständen plausibel. Diesmal stand die Geschichte in allen Zeitungen, ohne daß jemand Gefahr lief, sich dafür einen Prozeß einzuhandeln. Seine eigenen Zeitungen ehrten das Gedenken an ihn; die Zeitungen anderer Pressezaren warfen mit Dreck.

Dann fiel mir plötzlich ein, wo ich Elizabeth Pike noch einmal gesehen hatte. Erst vor ein paar Tagen war Sir Roberts Beerdigung groß im Fernsehen gewesen. Jetzt, wo sie mit ihrem tränennaßen Taschentuch vor mir saß, erinnerte ich mich daran, sie dort gesehen zu haben; sie war von einem Verwandten gestützt worden, als sie zum Gedenkgottesdienst in die Westminster Cathedral kam, aber ich hatte sie nicht erkannt. Jetzt erinnerte ich mich auch an eine atemberaubende Blondine im Bild, dem Bericht zufolge Sir Roberts andere Tochter.

»Ich habe Sie im Fernsehen gesehen«, sagte ich. »Bei der Beerdigung.«

»Gratuliere.«

Ich hatte das Gefühl, als ob ich schwer den falschen Ton angeschlagen hatte. Was zum Teufel soll man sagen? Hat Ihnen die Grabrede gefallen? Gab's beim Leichenschmaus

Schinken oder Zunge auf den Brötchen? »Ich habe Sie nicht erkannt«, war alles, was ich sagte.

»Nein, ich hab' ja auch nichts vom Altar mitgehen lassen.« Trockener Tonfall. Sie sog den Rauch der Zigarette tief in ihre Lungen und stieß eine lange blaue Rauchwolke aus.

»Miss Pike«, sagte ich, »wenn Sie meine Hilfe brauchen, werde ich tun, was ich kann.«

Sie nickte.

»Also sagen Sie mir, worum es geht.«

»Wo fange ich bloß an?« fragte sie.

»Der Anfang ist meistens ganz gut.«

»Der Anfang«, wiederholte sie wie ein Kind, während ich zurück zu meinem Stuhl ging. »Ja, das ist eine gute Idee.«

Und so fing sie an. »Alles begann vor langer Zeit, eigentlich bevor ich geboren wurde. Mein Vater hatte eine Affäre mit einer seiner Angestellten. Sie hieß Joanna Bennett, mit zwei T. Sie wurde etwa zur selben Zeit schwanger, als meine Mutter mit mir schwanger wurde.«

Wie unangenehm, dachte ich.

»Mein Vater bot Joanna an, ihr eine Abtreibung zu bezahlen«, fuhr Elizabeth Pike fort. »Sie lehnte ab. Sie bestand darauf, daß sie ihn liebte. Er konnte den Gedanken daran, daß ein Skandal den Namen der Familie beschmutzen würde, nicht ertragen. Er dachte, es würde meine Mutter umbringen. Hätte es möglicherweise auch getan. Mein Vater war ein sehr ehrbarer Mann, oder zumindest hielt er sich dafür.« Ihr Gesicht zuckte ein wenig. »Seine Vorstellung von Ehre bestand darin, die arme Frau auf ein Schiff nach Australien abzuschieben. Meistens halte ich ihn für einen herzlosen Schweinehund, der es bloß nicht ertragen konnte, seinen guten Namen im Scheidungsgericht zu hören. Das hätte ihn wirklich beschmutzt. Die Zeiten waren damals anders, auch wenn es *die wilden Sechziger* hieß.«

»Sie mochten Ihren Vater nicht?«

»Das habe ich nicht gesagt, aber Sie haben recht, nicht sehr. Aber er hat sich verändert, nachdem meine Mutter gestorben ist, und ich habe angefangen, ihn zu mögen, und jetzt fehlt er mir. Vielleicht hatte er wirklich nur im Sinn, sie zu schützen.«

»Wann ist sie gestorben?« fragte ich.

»Vor fünf Jahren. Ausgerechnet in Australien. Sie war im Urlaub und ist bei einem Unfall im Great Barrier Reef ertrunken. Sie hat es immer sehen wollen, aber Daddy hatte sich strikt geweigert, einen Fuß auf australischen Boden zu setzen. Wir haben immer gedacht, das läge an Murdoch. Aber jetzt wissen wir es besser.«

»Wir?«

»Mein Bruder und ich. Mutter auch, aber sie ist nicht mehr bei uns.« Sie schwieg traurig. »Wie auch immer, wo war ich?«

»Ihre Mutter ist in Australien gestorben.«

»Ja, das stimmt.«

»Und?«

»Und mein Vater hat sich verändert. Er hat uns von unserer Halbschwester Catherine erzählt. Das war ein brutaler Schock. Sie ist genauso alt wie ich, und ich hatte keine Ahnung davon, daß es sie gab. Dann habe ich sie kennengelernt.«

»Wie alt waren Sie da?«

»Als ich sie kennenlernte? Einundzwanzig.«

»Und sie war hier in Großbritannien?«

»Ja, sie war kurz nach dem Tod meiner Mutter hergekommen. Sie hatte keine Verwandten in Australien, niemanden, der ihr nahestand. Offenbar hatten Joanna und sie wie die Zigeuner gelebt, waren von da nach dort gezogen, seit sie auf die Welt gekommen war. Sie hatten immer in Hotels gelebt. Mein Vater zahlte Joanna monatliche Alimente, eine großzügige Summe, aber sie hat es nie verwunden, verbannt worden zu sein. Das war eine der Bedingungen, die mein Vater gestellt hat, müssen Sie wissen. Sie mußte nach Australien gehen und durfte nie zurückkommen. Anscheinend haßte sie Australien. Sie war eine englische Rose, die in der Hitze einfach vertrocknet ist, und sie hat angefangen zu trinken.«

»Um immer feucht zu bleiben«, sagte ich.

Elizabeth Pike sah mich unter ihren dichten, dunklen Wimpern hindurch an. »Sie sind ein Zyniker, Mr. Sharman. Das habe ich erwartet.«

»Wie schön, daß ich Sie nicht enttäuschen muß. Wie haben die anderen Bedingungen gelautet?«

»Es gab noch zwei. Das Kind mußte immer geheimgehalten werden, und Joanna durfte sich nie wieder bei meinem Vater melden, sonst würde er die Zahlungen einstellen.«

»Aber er hat es dann doch selbst öffentlich gemacht, wenn ich mich richtig erinnere.«

»Er hat erlaubt, daß es veröffentlicht wurde«, korrigierte sie mich. »Er sagte, daß er aufhören wollte, eine Lüge zu leben. Aber wie ich schon sagte, er hatte sich verändert, war weicher geworden, und außerdem waren mittlerweile natürlich beide Frauen tot.«

»Natürlich«, sagte ich. »Erzählen Sie weiter.«

Sie sammelte sich. »Ja, Joanna ist 1982 gestorben, und Catherine ist für eine Weile untergetaucht. Sie hatte einige Probleme mit Drogen, kam aus dem Gleichgewicht. Sie war unglaublich allein und hatte Angst. Daddy zahlte weiter für Catherine das Geld auf Joannas Konto, müssen Sie wissen. Er sorgte dafür, daß sie das Geld abheben konnte, aber es wurde ewig nicht angerührt. Und dann tauchte sie eines Tages plötzlich hier in London auf.«

»Was für eine Überraschung.«

»Allerdings, Daddy hat fast einen Schlaganfall bekommen. Er hatte sie noch nie gesehen. Gott sei Dank war sie diskret. Es war schon Schwerstarbeit, an ihn ranzukommen. Das versuchen alle möglichen Verrückten. Wenn man so reich und mächtig ist wie er, wollen alle ein Stück von einem, ein bißchen Zeit. Ich glaube, die Leute haben gehofft, daß etwas abfärben würde, ein bißchen von seiner Magie.«

»Oder ein bißchen von seinem Geld«, sagte ich. »Tut mir leid, ich bin wieder zynisch.«

»Ich fange an, mich daran zu gewöhnen. Jedenfalls hat sie sich mit einer von Daddys Sekretärinnen angefreundet, hat rausgekriegt, wo er an einem bestimmten Abend sein würde, und ist dort aufgetaucht.«

»Hatte ihre Mutter keine Telefonnummer oder Adresse von ihm?«

»Oh nein. Kein Kontakt, unter keinen Umständen.«

»Und was ist dann geschehen?«

»Daddy hat Catherine ins Herz geschlossen, wirklich. Er hat ihr finanziell unter die Arme gegriffen – sie wollte Schauspielerin werden – und ihr ein Haus gekauft, obwohl sie am Ende im Grunde bei uns eingezogen ist.«

»Sehr großzügig«, sagte ich. »Aber Sie haben gesagt, er hätte sie nie gesehen. Was für Beweise hatte sie, daß sie die uneheliche Tochter von Joanna war?«

»Alle. Sie liegen immer noch bei uns daheim in Daddys Safe. Geburtsurkunde, ärztliche Aufzeichnungen und Schulzeugnisse, obwohl sie offensichtlich nicht viel zur Schule gegangen ist – sie ist auf die harte Tour groß geworden –, die Sterbeurkunde ihrer Mutter und die Unterlagen über all die Zahlungen, die Vater an sie geleistet hat. Außerdem hatte sie ein Buch mit einer Sammlung von allen Zeitungsausschnitten, die sie je über Robert Pike hat finden können. Das hat Daddy endgültig für sie eingenommen. Die Tatsache, daß sie, obwohl er sie ignoriert hatte, genug an ihn dachte, um alles über ihn zu sammeln. Außerdem wußte sowieso niemand etwas von ihr, außer Daddy. Sie hätte kaum sich selber erfinden können.«

»Sie hätte den Alten also auch verarschen können?«

Wut blitzte in Elizabeth Pikes Augen auf. »Bitte nennen Sie ihn nicht so.«

»Tut mir leid«, sagte ich, und so war es auch. »Aber sie hätte es tun können.«

»Mußte sie gar nicht. Er wollte ihr helfen. Er fühlte sich schuldig , weil er sie vernachlässigt hatte, und außerdem ist sie charmant und hinreißend. Das werden Sie selbst sehen.«

»Hab' ich schon«, sagte ich.

»Was?«

»Sie gesehen.«

»Wo?«

»Im Fernsehen.«

»Ach so.«

»Und worin besteht das Problem?«

»Es gibt ein paar«, sagte Elizabeth Pike. »Seit mein Vater tot ist, hat Catherine sich verändert.«

»Wie?«

»Ich weiß nicht genau, aber ich glaube, sie hat Angst.«

»Vor was?«

»Ich weiß nicht, sie sagt es mir nicht.«

»Sie haben gesagt: ›ein paar‹.«

»Dazu wollte ich noch kommen. Ich habe mit den Buchhaltern die Unterlagen meines Vaters durchgesehen. Seine privaten Kontoauszüge. Er hat das Geld an Joanna Bennett von seinem Privatkonto aus überwiesen, um die Zahlungen geheimzuhalten. Und er hat noch an jemand anderen in Australien gezahlt.«

»An wen?«

»Jemand namens Joseph Lorimar.«

»Warum?«

»Ich weiß nicht.«

»Was für Zahlungen?«

»Regelmäßige große Summen, größer als die, die Joanna bekam.«

»Wieviel und wie lange?«

»Seit 1970. Damals waren es zehntausend im Monat.«

Ich pfiff leise. »Das war damals ganz schön viel.«

»Das war es, und es ist mehr geworden. Die letzte Zahlung belief sich auf fünfzigtausend Pfund.«

»Wann war das?«

»In dem Monat, in dem meine Mutter gestorben ist.«

»Und dann?«

»Nichts mehr.«

»Wie wurde das Geld überwiesen?«

»Per Bankanweisung an die National Bank of Perth. Ich habe einige Nachforschungen anstellen lassen. Offenbar hat Lorimar das Konto mit einer kleinen Einzahlung eröffnet. Das Geld, das mein Vater überwiesen hat, wurde an verschiedenen Zweigstellen der Bank in bar abgehoben. Die Summen waren nicht groß genug, um aufzufallen. Niemand erinnert sich an Lorimar. Der Bankangestellte, der das Konto eröffnet hat, ist tot. Das Konto gibt es immer noch, aber seit der letzten Abhebung ist es nicht mehr benutzt worden.«

»Wer also ist Lorimar?«

»Nach meinen Nachforschungen gibt es ihn nicht. Ich bin sicher, daß Menschen dieses Namens in Australien leben, aber ich kann keine Spur von dem Mann finden, der das Bankkonto eröffnet hat.«

»Und die letzte Zahlung fiel zusammen mit dem Tod Ihrer Mutter?«

Sie nickte.

»Nur aus Interesse, wo war Catherine, als das passierte?«

Sie sah mich an, riß die Augen auf. »Sie können doch nicht … Es war ein Unfall. Meine Mutter ist mit einem Charterboot gefahren. Es hat ein Wrack gerammt. Alle an Bord sind umgekommen. Sie können doch nicht glauben, daß Catherine etwas damit zu tun hatte. Das ist lächerlich.«

»Es war nur ein Gedanke, Miss Pike«, sagte ich.

»Sie sind ein mißtrauischer Mensch, Mr. Sharman.«

»Ich werde dafür bezahlt, ein mißtrauischer Mensch zu sein. Und dieses Mißtrauen bringt mich auch dazu, mich zu fragen, wieso Sie sich eigentlich so sehr um Ihre Halbschwester sorgen?«

»Wie meinen Sie das?«

»Genauso, wie ich es gesagt habe«, sagte ich.

»Sie kennen sie nicht. Sie zählt für mich zu den wichtigsten Menschen auf der Welt. Sie gehört zu meiner Familie, und meine Familie ist das Wichtigste für mich.«

Es wurde still im Zimmer, abgesehen von den Geräuschen der Autos, die über die Hauptstraße rasten.

»Und was soll ich für Sie tun?« fragte ich.

»Ich möchte, daß Sie Catherine beschützen – und versuchen, herauszufinden, was sie beunruhigt. Außerdem sollen Sie herausfinden, warum mein Vater gestorben ist. Wühlen Sie rum und finden Sie eine Erklärung für das, was geschehen ist. Ich möchte die Wahrheit wissen.«

»Die Wahrheit tut manchmal weh.« Das wußte ich aus eigener Erfahrung.

»Die Wahrheit kann einen auch befreien«, sagte sie. Dagegen war nichts einzuwenden. »Und jetzt, wo wir die Klischees abgearbeitet haben, können wir wieder zur Sache kommen? Mein Vater ist unter mysteriösen Umständen gestorben, und niemand will etwas dagegen unternehmen.«

»Ich würde den Tod Ihres Vaters kaum als mysteriös bezeichnen. Vielleicht ungewöhnlich, sicherlich tragisch. Aber wenn ich mich richtig erinnere, hat der Leichenbeschauer auf Selbstmord erkannt.«

Sie sah mich an, als wollte sie mir ins Gesicht speien. »Das haben Sie aus der Zeitung.«

»War kaum zu übersehen. Ich lese eine, die Ihrem Vater gehört.«

»Gehört hat.«

»Entschuldigung.«

»Welche?« fragte sie.

»Die mit den langen Worten und ohne halbnackte Frauen auf Seite drei.«

»Ein Snob, Mr. Sharman. Das paßt kaum hier zur Umgebung.«

Ich blickte mich in meinem schäbigen Büro um, dann sah ich sie wieder an. Ihr Auftritt, selbst in Trauer, ließ das Büro und auch mich sogar noch schäbiger aussehen. »Nicht alle«, sagte ich, »hatten das Glück, mit Geld und Macht geboren zu werden und nebenbei auch noch das eine oder andere mitgehen zu lassen.«

»Auch noch unhöflich«, fügte sie hinzu. »Ich bin froh, daß Sie es sich leisten können, so offen mit potentiellen Klienten umzugehen.«

»Kann ich nicht, tue ich aber«, sagte ich. »Ich wähle meine Klienten sorgfältig aus.« Was mir ganz offensichtlich noch nie gelungen ist.

»Ein wahrer Individualist.«

»Sagt man mir nach.«

»Das ist genau das, was ich brauche.«

»Warum nehmen Sie nicht Ihre eigenen Leute? Ich nehme doch an, eine Firma wie Pike hat einen eigenen Sicherheitsdienst oder kann sich jederzeit an die richtigen Leute wenden. Und außerdem ist ganz offensichtlich Australien der Ort, an dem die Suche beginnen muß.«

»Ich kann mich auf nichts verlassen als meine Intuition. Die Polizei ist überzeugt, daß Daddy sich selbst umgebracht hat. Und die australische Spur ist seit der letzten Zahlung an Lorimar im Sande verlaufen. Ich habe von unseren Leuten die Informationen bekommen, die ich an Sie weitergegeben habe. Banken geben einem diese Auskünfte nicht gerade freiwillig. Und Sie haben unrecht, Mr. Sharman. Alles, was passiert, passiert hier, in London.«

»Dann lassen Sie Ihre Leute doch hier rumschnüffeln.«

»Ich traue ihnen nicht, daß sie es ordentlich machen.«

»Aber mir trauen Sie?«

»Sie haben mich beim Klauen erwischt und nicht angezeigt, mir sogar geholfen.«

»Das ist nicht gerade eine Empfehlung.«

»Und ich habe in der Zeitung über Ihr Verfahren gelesen.«

»Das ist auch keine.«

»Ich weiß nicht. Sie haben die Sache doch ganz gut überstanden. Sie sind ehrbar, und Sie sind nicht bestechlich.«

»Das ist jeder, man muß nur das richtige Bestechungsmittel finden«, sagte ich.

»Und Sie bringen Ihre Arbeit zu Ende«, fuhr sie fort, als hätte ich nichts gesagt.

»Das ist wohl wahr, schätze ich«, gestand ich trocken zu.

»Und?«

»Gehen Sie zur Polizei.«

»Die Polizei interessiert das nicht. Die halten sich an das, was der Leichenbeschauer gesagt hat.«

»Das ist vernünftig«, entgegnete ich. »Das würde ich auch erwarten. Aber Sie behaupten das Gegenteil.«

»Ich weiß um das Gegenteil.«

»Wieso?«

»Einfach so«, sagte sie stur. Und ich nahm an, daß in ihrer Welt etwas, das sie sagte, auch zur Wahrheit wurde. Mir war danach, ihr zu sagen, sie solle doch mal dem Rest von uns in der wirklichen Welt Gesellschaft leisten. Aber wie sie so schön gesagt hatte, sie war eine potentielle Klientin, und sie hatte das Geld, also ließ ich es ihr durchgehen. Wie ein Jockey.

»Ihr Vater war reich«, sagte ich.

»Das ist untertrieben«, entgegnete sie.

»Wer erbt?« fragte ich.

»Wer weiß?«

»Sie meinen, Sie wissen es nicht?«

»Mein Vater konnte sehr gut Geheimnisse für sich behalten. Er hat eine Tochter über zwanzig Jahre versteckt. Er war kein alter Mann, und das Testament war allein seine Sache. Pike Publications wird immer in der Familie bleiben, soviel weiß ich sicher. Davon abgesehen wissen nur mein Vater und sein Testamentsvollstrecker Bescheid. Die Eröffnung des Testaments findet übermorgen statt.«

»Warum denn so lange nach der Beerdigung?« fragte ich.

»David mußte unverzüglich in die Staaten fliegen, und ohne ihn konnte es nicht eröffnet werden.«

»Und alle warten mit angehaltenem Atem«, sagte ich.

»Könnte man sagen«, entgegnete sie mit der Sicherheit von jemand, der niemals in Geldnot geraten würde.

»Hat er eine Nachricht hinterlassen?« fragte ich. »Ich kann mich nicht daran erinnern, etwas darüber gelesen zu haben.«

Sie schüttelte den Kopf. »Nein, kein Abschiedsbrief.«

»Das ist *tatsächlich* merkwürdig, die meisten Selbstmörder hinterlassen ein paar letzte Worte. Aber andererseits hat er von Worten gelebt. Vielleicht waren sie ihm einfach ausgegangen.«

»Ich weiß einfach keinen Grund, warum er sich hätte umbringen sollen.«

»Sie wären überrascht, warum Leute so etwas tun. Der Tropfen, der das Faß letztendlich zum Überlaufen bringt, kann eine ganz unwichtige Sache sein.«

Sie sah zu mir herüber und begann wieder zu weinen, und mir wurde klar, daß ich mit Schuhgröße 45 durch ihr Leben trampelte. Ich ging um den Tisch herum, hockte mich ungeschickt neben sie und nahm ihre Hand. Es war eine schöne Hand, fiel mir auf, mit nur einem einzigen abgekauten Daumennagel. Ich hätte sie sehr lange halten können. Sie zitterte, und ich drückte ihre schönen Finger. »Es tut mir leid, wenn unser Gespräch es noch schlimmer macht. Ich werde tun, was ich kann, um Ihnen zu helfen, aber ich muß noch sehr viel mehr wissen. Kann ich Ihnen etwas anbieten?«

»Noch eine Zigarette, und vielleicht etwas Kaffee.«

Ich stand auf und gab ihr noch eine Silk Cut. Dann brühte ich zwei Becher Instant in meinem kleinen Hinterzimmer. Als ich den Kaffee nach vorne trug, hatte sie aufgehört zu weinen. Ich zündete mir auch eine Zigarette an und nippte an meinem Kaffee. Schmeckte ekelhaft. Ich konnte sehen, daß sie meiner Meinung war, aber zu höflich, etwas zu sagen. Das gefiel mir. Dann wachte Kater auf und sprang ihr auf den Schoß. Ich sagte, sie solle ihn einfach runterschubsen, aber das tat sie nicht, selbst als er seine Krallen in ihren teuren Rock und, ihrem Blick nach zu schließen, in die teuren Beine darunter schlug. Auch das gefiel mir.

»Übrigens. Woher wissen Sie das alles?« fragte ich nach einer Weile.

»Was?«

»All diese Details über Catherine und ihre Mutter.«

»Von meinem Vater. Am Ende hatte er nichts mehr dagegen, darüber zu reden. Ich glaube, es hat ihn sogar erleichtert. Und von Catherine selbst auch. Wir sind gute Freundinnen geworden, obwohl sie nicht allzugern über ihre Vergangenheit redet. Sie hatte es schwer.«

»Aber Ihr Vater hat die anderen Zahlungen nie erwähnt? Die an Lorimar?«

»Nein, sie sind erst nach seinem Tod aufgetaucht.«

»Wer hat Ihren Vater gefunden?« fragte ich. Ich hoffte, daß sie es nicht gewesen war.

»Unser Butler, Courtneidge«, sagte sie ohne Scham, so als hätte jeder einen Butler.

»Entschuldigen Sie, aber ich habe es vergessen, wo war das?«

»In seinem Arbeitszimmer.«

»Nein, wo steht das Haus?«

»Es war in unserem Stadthaus, in der Curzon Street.«

»Wer war zu der Zeit noch im Haus?«

»Die beiden Mädchen, Miranda und Constance, und Cook. Alle anderen waren aus.«

»Wer sind alle anderen, und wo waren sie? Es interessiert mich bloß«, fügte ich eilig hinzu, um weiteren Kommentaren über mein Mißtrauen zuvorzukommen.

Sie dachte einen Augenblick nach. »Catherine war mit Simon im Theater. Das ist unser Cousin. Er ist im Augenblick Gast im Haus. Vincent – das ist unser Chauffeur – hat sie gefahren. Ich war zum Abendessen mit einem Freund.« Sie errötete ein wenig, und ich verspürte einen kurzen Schub von Eifersucht auf den glücklichen Kerl. »Und David, das ist mein Bruder, war mit seiner Frau Claire auf einem Verlagstreffen.«

»Wie lange arbeitet das Personal schon für Sie?«

»Courtneidge schon ewig. Er hat nach dem Krieg bei Daddy angefangen, als der sein erstes Geld verdiente. Cook ist vor mindestens zehn Jahren zu uns gekommen. Miranda und Constance sind seit ein paar Jahren bei uns, und Vincent hat vor ein paar Monaten als Daddys neuer Chauffeur angefangen, als sein alter Fahrer ging.«

»Also haben alle ein Alibi. Das ist gut.«

»Glauben Sie, daß Daddy vielleicht umgebracht worden ist?«

»Ich glaube noch gar nichts, aber Sie anscheinend.«

»Ich weiß nicht, was ich glauben soll. Ich bekomme Kopfschmerzen, wenn ich auch nur daran denke. Ich möchte, daß Sie sich der Sache annehmen. Können Sie das tun, bitte?«

Wie hätte ich ablehnen können? »Sie sind überzeugt, daß irgend etwas nicht in Ordnung ist?« fragte ich.

Sie nickte.

»Na gut«, sagte ich. »Ich werde sehen, was ich tun kann. Aber keine Versprechungen. Vielleicht haben Sie einfach unrecht. Wann soll ich anfangen?«

»Ich möchte, daß Sie sofort anfangen. Heute. Und ich möchte Sie vierundzwanzig Stunden am Tag in der Nähe wissen. Sie können im Haus wohnen. Wir haben Platz genug. Es wird Ihnen gefallen, das verspreche ich Ihnen.« Von einem Augenblick zum anderen wurde sie von der Bittstellerin zum Boß. So sind die Reichen.

»Nicht so schnell«, unterbrach ich sie. »Ich kann nicht einfach alles fallenlassen. Ich muß mich um ein paar Sachen kümmern.«

»Um was denn?« fragte sie, als würde ich einfach nur rumsitzen und hätte nichts zu tun, außer auf ihren Wunsch hin zu springen. Was zwar durchaus der Wahrheit entsprach, aber das mußte sie ja nicht unbedingt wissen.

Ich nickte in Richtung meines Katers, der im Tiefschlaf auf ihrem Schoß lag. »Um den zum Beispiel, ich kann den armen Kleinen nicht einfach auf die Straße setzen. Ich habe eine Freundin, die sich um ihn kümmern wird. Lassen Sie mich zuerst alles regeln, und wir sehen uns morgen?«

»Das geht nicht, weil wir heute abend auf einen wichtigen Empfang müssen. Ich möchte, daß Sie sich dort bereits nach Informationen umsehen.«

»Empfang?« fragte ich in der Hoffnung auf (mehr als) einen Gratisdrink.

»Ja, wir bringen unser neues Magazin raus. Es heißt *Cause Célèbre*, eine Art Hochglanzmischung aus *Interview* und *Ritz*.«

Ich war froh, daß ich mich auskannte und wußte, worüber sie redete.

»Es ist eigentlich großer Schrott«, fuhr sie fort. »Aber es war das letzte Projekt meines Vaters. Er glaubte, es würde sich verkaufen, und wer bin ich, ihm zu widersprechen?«

Ja allerdings, dachte ich.

»Der Empfang beginnt um zehn im Crypt Club in der Dean Street. Da haben Sie die Möglichkeit, eine Menge Leute von Pike kennenzulernen.«

Ich kann es kaum erwarten, dachte ich.

»Und morgen können Sie dann David treffen.«

»Wird David nicht zu dem Empfang kommen?«

»Nein, er kommt erst morgen aus den Staaten zurück.«

»Nur aus Interesse, wie hat es Ihr Bruder aufgenommen, daß Catherine so unerwartet aufgetaucht ist? Wie ein kleiner Kuckuck im Nest.«

»Zuerst war er nicht besonders begeistert, aber er hat sich abgeregt. Er hat's einfach nicht so mit Frauen.« Ich sah sie an, und sie wurde rot. »Nein, so meine ich das nicht. Er ist immerhin verheiratet. Aber in wichtigen Sachen hält er sich an andere Männer. Das wollte Daddy so. Ganz besonders, wenn es um das Geschäft geht. David hält das Zeitungswesen für eine Art exklusiven Männerclub. Ich kümmere mich um die Party heute abend, und er ist überzeugt, daß sie ein Desaster wird. Catherine wird kommen, Sie können ihr Gesellschaft leisten.«

»Okay«, sagte ich. »Ich brauche nur noch ein paar Details, und dann melde ich mich heute abend bei Ihnen.«

»Was denn noch?« erkundigte sie sich.

»Wenn ich bei Ihnen wohnen soll, dann müßte ich wissen, welche Hausnummer in der Curzon Street Sie haben.«

Sie sagte es mir.

»Telefonnummer?«

Sie gab mir eine Nummer, die ich unter meinen Notizen

auf meinen Block schrieb. Ich sah auf meine Uhr und war froh, daß ich die Rolex nicht ins Leihhaus gebracht hatte. »Es ist fast eins«, sagte ich. »Ich sollte gegen fünf bei Ihnen sein, spätestens um sechs.«

»Wunderbar. Dann können Sie mit Catherine essen gehen. Ich muß mich um alles kümmern, aber Sie können sich dann schon kennenlernen. Und hätten Sie etwas dagegen, ein Jackett anzuziehen?«

»Smoking?« fragte ich.

»Ein Abendanzug reicht völlig, und eine Krawatte, wenn es Ihnen nichts ausmacht.«

Eigenartig, daß sie eine Krawatte erwähnte. »Ich glaube, ich weiß noch, wie man eine knotet.«

»Gut. Jetzt müssen wir noch über das Geld reden.«

Ich dachte schon, sie würde es nie erwähnen.

»Ich habe mir sagen lassen, Sie berechnen zweihundert Pfund am Tag«, sagte sie ganz geschäftsmäßig.

»Sie haben Erkundigungen über mich eingeholt.«

»Natürlich. Das stimmt doch, oder nicht?«

»Plus Spesen und Wegegeld.«

»Sie sollten eigentlich keine Spesen haben, und Sie brauchen keinen Wagen, Sie können mit uns im Rolls fahren. Aber falls Sie doch mal was auslegen, müssen Sie sich eine Quittung geben lassen und sie auf einem Abrechnungsblatt der Firma einreichen, das ich Ihnen zur Verfügung stellen kann. Sie können die Auslagen aus Ihrem Vorschuß nehmen.«

»Vorschuß?«

Sie beugte sich hinunter, wühlte wieder in ihrer großen Handtasche und störte dabei den Kater. Er sprang dabei zu Boden, sah sie verärgert an und kehrte zurück an seinen Lieblingsplatz neben der Trinkschüssel. Sie holte zwei verbanderolte Packen Banknoten aus der Tasche. »Zehn Tage Vorschuß«, sagte sie. »Zweitausend Pfund. Wenn Sie mir eine Rechnung mit Mehrwertsteuer schreiben, werde ich dafür sorgen, daß sie nachgezahlt wird.«

»So offiziell bin ich nicht.«

Sie nickte, als hätte sie sich das schon gedacht. »Nichtsdestotrotz hätte ich gerne eine Quittung.«

Wenn sie glaubte, sie würde bei Barzahlung Rabatt bekommen, bellte sie den falschen Baum an. Obwohl das durchaus eine verlockende Idee war, so wie es meinem Konto ging. Aber diese Blöße würde ich mir nicht geben. »Ich werde Ihnen eine zukommen lassen«, sagte ich.

»Vielen Dank.«

»Was wird der Rest der Familie dazu sagen, daß ich einziehe?« fragte ich. »Wissen sie, daß Sie hier sind?«

»Ich kann in das Haus einladen, wen ich will und warum ich will. Das Geld, das ich Ihnen gerade gegeben habe, ist meins, und es geht nur mich etwas an, was ich damit tue.«

»Also werden sie mich wahrscheinlich hassen.«

»Wahrscheinlich.« Sie erhob sich.

»Also dann bis heute abend«, sagte ich und geleitete sie zur Tür.

»Ich freue mich darauf. Ich werde etwas Kühles für Sie bereitstellen.«

Ich vermutete, daß es mein Willkommensgruß sein würde, so wie sich ihr Auftreten verändert hatte, und nach dem, was ich eben erfahren hatte. Aber ich sagte nichts.

4

Ich brachte Elizabeth Pike zu ihrem Wagen. Der Wetterfrosch in den Morgennachrichten hatte Temperaturen knapp unter dreißig vorhergesagt, und die Sonne brannte tatsächlich vom wolkenlosen Himmel herunter. Meine neue Klientin wirkte dennoch gelassen und kühl, ganz besonders für jemanden, der über unnatürliche Tode nachdachte.

Als wir das Büro verließen, federte der Chauffeur aus seinem Sitz, aber ich war zu schnell für ihn. Ich öffnete die Tür des Rolls und wurde von einer Wolke kalter, parfümierter Luft aus dem Inneren des Wagens überrollt. »Schon in Ordnung, Vincent. Ich krieg' das geregelt«, sagte ich, und er starrte mich böse an, während er dastand und zusah, wie ich seiner Herrin auf ihren Platz half. Es überraschte mich nicht, daß er sauer war, als ich einen weißen Schenkel blitzen sehen konnte, während sie sich auf das Lederpolster kuschelte. Offensichtlich der Höhepunkt seines Jobs. Einer der Männer, die immer noch mit einem Chemiebier in der Hand vor der Tür des Pubs standen, pfiff laut, und Vincent errötete. Ich zwinkerte ihm zu, was auch nicht half. Er runzelte die Stirn unter seiner Uniformmütze und kehrte zurück hinter sein Steuerrad. Ich beugte mich vor und sagte zu Elizabeth Pike: »Launisch, finden Sie nicht?«

»Ärgern Sie ihn nicht«, sagte sie. »Er war sehr gut zu uns.«

Das möchte ich wetten, dachte ich, sagte aber statt dessen: »Wir sehen uns später.« Dann schloß ich die Tür.

Der Motor sprang mit einem kaum hörbaren Brummen an, und Vincent mußte beim Wenden dreimal vor- und zurückstoßen, bevor er sich in den stadteinwärts fließenden Verkehr auf der Hauptstraße einordnen konnte. Ich sah zu, wie der große Wagen im Einbahnstraßen-Wirrwarr verschwand wie ein großer schwarzer Käfer, der umgeben war von Horden kleinerer Käfer in allerlei Farben, dann kehrte ich zurück in mein Büro.

Ich blätterte in meinem Adreßbuch und wählte die Nummer von Wanda, der Katzenfrau. Sie ging nach dem fünfzehnten Klingeln ran, als ich schon fast aufgegeben hatte. Ich meldete mich, und sie pfiff mich an, weil ich so lange nichts von mir hatte hören lassen.

»Tut mir leid, Wanda«, sagte ich. »In letzter Zeit hatte ich kein sonderlich zuverlässiges Sozialleben.« Daraufhin wurde sie ganz mütterlich besorgt um mich, aber das verbat ich mir. »Hör mal, du mußt mir ein Gefallen tun«, unterbrach ich.

»Sonst hättest du mich auch nicht angerufen«, greinte sie, und das war die Wahrheit.

Ich entschuldigte mich noch einmal, und schließlich regte sie sich ab, weil sie einfach eine gutherzige Frau ist, und mir wurde klar, wieviel sie mir eigentlich bedeutete und wie sehr ich sie vernachlässigt hatte. Ich erklärte ihr, daß ich eine Weile weg mußte, und natürlich war sie bereit, sich um Kater zu kümmern. Da sie mit ungefähr fünfzig anderen Katzentieren im Haus zusammenlebte, nehme ich an, daß eins mehr oder weniger ohnehin keinen großen Unterschied machte. Außerdem waren die beiden alte Freunde. Sie hatte sich schon einmal um ihn gekümmert. Ich sagte ihr, daß wir in fünfzehn Minuten bei ihr sein würden und legte auf.

Ich nahm Kater und schlang ihn mir um den Hals, wo er ab und zu ganz gerne sitzt, obwohl es ein bißchen warm war für einen Pelzkragen, schnappte mir meinen Terminkalender und machte mich auf den Weg. Ich schloß das Büro ab und marschierte zu meinem E-Type. Ich pellte mir den Kater von den Schultern und setzte ihn auf den Beifahrersitz. Er knurrte mich an und drehte mir den Rücken zu, genau wie seine Mutter es getan hätte. Ich ließ den Kalender neben ihn fallen und ließ den Wagen an. Während wir fuhren, stützte er die Vorderpfoten auf den Türgriff der Beifahrerseite und schaute zum Fenster hinaus.

Wir trödelten durch Brixton und tauchten dann ein in die Gäßchen, wo Wanda nun die stolze Besitzerin eines ganz anständigen Häuschens war. Vor drei Jahren hätte man drei von den Häusern für hunderttausend gekriegt. Dann kam der Boom, und die Preise krachten durch die Decke. Als nächstes kam der Zusammenbruch, und wer weiß, was uns nun erwartete.

Ich klopfte gegen die Tür und wartete. Nach ein paar Minuten schlug ich noch einmal dagegen und konnte schließlich eine Form hinter dem Türglas erahnen. Wanda öffnete. Sie trug einen weiten Bademantel, der nur wenig der Vorstellungskraft überließ, und nicht viel darunter. Überall, wo ich hinsah, schien Haut hervorzuquellen.

»Zieh dich an, Schätzchen«, sagte ich. »Du machst dem Tier angst.«

Aber in Wirklichkeit ist Wanda für eine Frau ihres Alters ganz gut in Form. Sie hat ein paar Jahre Vorsprung vor mir, und ich hoffe, daß ich halb so fit bin, wenn ich mich den Vierzigern nähere.

»Sei nicht blöd, Nick. Ich hab' hinten gelegen, um braun zu werden.« Sie war schon ziemlich gerötet, bekam aber trotzdem noch ein bißchen mehr Farbe.

»Und den Nachbarn hast du dabei auch noch eine Freude bereitet, nicht?« fragte ich. »Die alten Säcke hier in der Gegend kriegen doch 'nen Infarkt, wenn sie dich so sehen. Ich gehe mal davon aus, daß ein oder zwei ohnehin schon Hand an sich gelegt haben.«

Sie errötete noch mehr und zog den Bademantel zu. »Kommst du rein, oder was?«

»Kann ich nicht«, sagte ich. »Ich muß für diesen Job packen.« Ich sah auf die Uhr. »Und ich glaube, ich habe noch ein bißchen Zeit zum Einkaufen, bevor ich los muß. Anscheinend bin ich kleidungsmäßig nicht ganz passend ausgestattet für die Gesellschaft, in der ich mich bewegen soll.«

»Wirst du dir noch mehr Ärger einhandeln?« fragte Wanda, und ich glaube, sie machte sich wirklich Sorgen.

»Nein. Ich bin einfach nur eine Weile das Spielzeug einer reichen Frau. Sie glaubt, irgend jemand hat irgendwas Übles vor.«

»Und hat sie recht?«

Ich zuckte mit den Achseln. »Keine Ahnung. Ich möchte es bezweifeln, zuviel Geld, verstehst du. Das ist der Stoff, aus dem Paranoia wird.«

»Paß trotzdem auf dich auf«, warnte sie mich. »Ich kenne dich. Du kannst dir überall Ärger einhandeln.«

»Die Geschichte meines Lebens, Wanda.«

»Wie lange wirst du weg sein?«

»Weiß ich auch nicht. Solange es dauert, schätze ich.«

»Na schön, gib ihn mir«, sagte sie und griff nach dem Kater. »Und wenn du zurückkommst, kannst du ja ein Weilchen mein Spielzeug sein.«

»Das ist ein Date«, sagte ich.

Als sie mir Kater abnahm, öffnete sich ihr Bademantel, und eine pralle Brust fluppte heraus.

»Nicht bewegen«, sagte ich. »Ich möchte dich genau so in Erinnerung behalten.«

Jetzt war sie krebsrot von der Sonne und weil es ihr peinlich war, und ich lachte, wie ich seit Monaten nicht mehr gelacht hatte. Schließlich schloß sie sich mir an, und mir wurde klar, wie sehr ich sie vermißt hatte. »Du hast dir das beste Abendessen deines Lebens verdient, wenn ich zurückkomme«, versicherte ich ihr.

»Und danach?« fragte sie.

»Bekommst du vielleicht meinen Körper.«

»Versprechen, immer nur Versprechen.«

»Du mußt dich anstellen, wie alle anderen auch.«

»Und wer steht noch an?«

»Im Augenblick niemand«, sagte ich. »Also bleib in der Nähe.«

Ich beugte mich vor und küßte sie knapp neben den Mund. Sie roch warm und sauber, und ich wollte nicht wirklich gehen, aber ich mußte. »Wir sehen uns bald, Wanda. Vielen Dank für alles.«

Ich ging den kurzen Weg zurück und kletterte in meinen Jaguar. Als ich mich umsah, stand sie immer noch in der Tür und drückte Kater an ihre Brust. Ich lächelte und winkte, als ich davonfuhr, und sie lächelte zurück.

Mittlerweile war es fast zwei, und ich fuhr aus Brixton zur Bond Street, eine Fahrt, die nicht halb so lange dauerte wie früher. Ich verstaute den Wagen in der Woodstock Street und hüpfte in ein paar Läden, um mir neue Klamotten zu kaufen. Mit einem Auge hielt ich dabei Ausschau nach dem Krallenwagen. Erstaunlich, was ein bißchen Bargeld für das Selbstbewußtsein tun kann. Ich kaufte mir ein halbes Dutzend Hemden, ein paar Krawatten, drei – kein Witz: drei! – leichte Anzüge in dunklen Farben von einem italienischen Designer, der sich allein von meinem Einkauf in den Ruhestand versetzen lassen konnte, und zwölf Paar Baumwollsocken in verschiedenen Farben. Außerdem ein neues Paar Slipper mit Troddeln dran. Mit einem großen Loch in meinem Vorschuß kehrte ich gerade rechtzeitig zum Wagen zurück, um einen Strafzettel für Falschparken in einem hübschen kleinen durchsichtigen Beutel in Empfang zu nehmen.

»Na dann Prost«, sagte ich zu der Politesse und warf den Strafzettel zusammen mit meinen Einkäufen auf den Rücksitz. Die erste anständige Auslage für die Abrechnung, dachte ich.

Es war spät geworden, und ich schaffte es gerade noch vor dem Feierabendverkehr zurück nach Tulse Hill, duschte und zog mir ein neues gelbes Hemd und eine dunkel gemusterte Krawatte an. Ich schlüpfte in einen der neuen Anzüge, einen grau gescheckten, der meiner Meinung nach gut zu meinem Teint paßte, dazu dunkelblaue Socken und die neuen Schuhe. Ich fühlte mich genau richtig.

Den Rest meiner neuen Sachen ließ ich in den schicken Tragetaschen, außerdem packte ich in meinen zerkratzten alten Samsonite ein paar Blue Jeans, ein leichtes Jackett, ein Paar dicksohliger Schuhe, soviel Boxershorts, wie ich in die Ecken stopfen konnte, eine Waschtasche mitsamt einer neuen Tube Zahnpasta und einen weißen Bademantel, den ich mal hatte mitgehen lassen, als ich in Glasgow im Albany abgestiegen war. Ich erinnerte mich, was Elizabeth Pike über das Fahren gesagt hatte, und bestellte mir ein Taxi für vier Uhr. Dieses eine Mal kam Third World Cars beinahe pünktlich.

Ich drehte das Gas ab, schloß meine Wohnung zu und stolperte mit dem ganzen Gepäck und meinem alten Trenchcoat über den Schultern hinunter zum Wagen, obwohl es aussah, als würde es nie wieder regnen. Der Fahrer beobachtete eine Weile, wie ich mich mit der Wagentür abplagte, und schließlich erbarmte er sich, beugte sich zu mir herüber und schloß sie auf. Als ich alles eingeladen und ihn dazu gebracht hatte, den Dezibelausstoß seiner Bob-Marley-Cassette auf unterhalb der Schmerzgrenze runterzudrehen, konnte es losgehen, zurück ins West End.

Oh, das habe ich vergessen. Als Accessoire zu meinem neuen Zeug trug ich eine sechsschüssige Browning Baby in einem Knöchelholster, und nur für den Fall der Fälle hatte ich eine S&W .357 Combat Magnum mit Hogue-Gummigriff und einem Zweieinhalb-Inch-Lauf in einem gefetteten Schulterholster samt einer Schachtel Munition zwischen zwei Levi's in meinen Koffer geschoben.

Ich habe gelernt, daß man in diesem Leben nicht vorsichtig genug sein kann.

5

Kurz nach fünf Uhr nachmittags erreichte der Taxifahrer ein wunderschönes, vierstöckiges, georgianisches Haus in der Curzon Street. Ich betrachtete es durch die nikotingelben Wagenfenster, während ich auf die Überreste meines Zehners wartete.

Nette Lage, mit allem modernen Komfort ausgestattet, gut zum Shoppen, und ich würde mal vermuten, knapp unter drei Millionen Eier wert.

Verstehen Sie mich nicht falsch, ich habe nichts gegen Eigentum. Meine kleine Bude in Norwood war in den achtzehn Monaten vor dem Crash beinahe um das Doppelte an Wert gestiegen. Ich hatte bloß das leise unangenehme Gefühl, daß in ein oder zwei Meilen Entfernung von hier ganze Pappkartonstädte unter den Brücken von Charing

Cross und Waterloo standen, und es möglicherweise vielleicht ein ganz kleines bißchen unmoralisch war, daß eine einzige Familie so viel Grundbesitz auf sich vereinigte, wenn man mit nur ein paar Schritten Gegenden erreichen konnte, wo ein paar hundert Leute zusammen nicht genug Geld zusammenkriegten, um an dieser Bude auch nur die Fenster putzen zu lassen.

Ich verstieß den Gedanken in meinen Hinterkopf und sackte mein Geld ein, stieg aus dem Wagen und befreite mein Gepäck aus dem Kofferraum. Ich stapfte drei steinerne Stufen hinauf, die von Eisengeländern gesäumt wurden, und klingelte. Nach wenigen Augenblicken öffnete ein hübsches junges Mädchen in einem schwarzen Kleid mit einer steifen weißen Schürze die Tür. Ich stellte den Koffer und die Taschen zwischen meine Füße und versuchte so auszusehen, als gehörte ich hierher.

»Ist Miss Pike daheim?« fragte ich. »Miss Elizabeth Pike.«

»Mr. Sharman?«

»Genau der.«

»Sie werden erwartet, Sir. Ich werde Vincent Ihr Gepäck holen lassen.«

»Nicht nötig«, sagte ich. »Bis jetzt habe ich's auch so geschafft.«

Sie bedachte mich mit einem altmodischen Blick, erlaubte mir aber, mein Zeug über die Schwelle zu wuchten.

»Ich zeige Ihnen Ihr Zimmer.«

»Danke schön.« Ich lächelte.

»Hier entlang.« Sie führte mich zu einem Fahrstuhlschacht aus poliertem Holz, der in der Mitte des Hauses aufragte.

»Wie ungewöhnlich«, sagte ich, nur um etwas zu sagen.

»Er ist ganz schön alt und langsam, aber er rettet meine Füße, das kann ich Ihnen sagen.« Sie schob die Gittertür auf und wir standen einander gegenüber, während der Lift ins oberste Stockwerk rumpelte.

»Sind Sie Miranda oder Constance?«

»Miranda«, entgegnete sie. »Woher wissen Sie das?«

»Das ist mein Job, Ma'am.«

Sie lächelte, dann wurde sie ernst. »Sind Sie hier, um uns zu überprüfen?«

»Sie wissen also, was ich tue?«

Sie errötete, und ich bemerkte ein paar kleine Schweißtröpfchen auf ihrer Oberlippe. Sie wischte sie mit dem Handrücken weg. »Ich war nicht neugierig«, versicherte sie mir. »Aber man hört eben so Sachen.«

»Machen Sie sich keine Sorgen, Miranda«, sagte ich. »Das war mir klar.«

»Die Herrschaften vergessen, daß wir da sind, verstehen Sie, sie behandeln uns wie Möbelstücke.«

»Ärgert Sie das?«

»Nein, man gewöhnt sich daran.«

»Also gefällt Ihnen Ihr Job.«

»Er gefällt mir besser, seit Miss Catherine gekommen ist. Sie ist so anders als die anderen, viel lustiger, und wir haben Partys gegeben, bis ...« Sie sprach nicht zu Ende.

»Ich weiß«, sagte ich, als der Lift anhielt.

»Oh, bitte sagen Sie nicht, daß ich das gesagt habe. Es war furchtbar, daß Sir Robert sich so umgebracht hat, aber ein Privatdetektiv, das ist so aufregend.« Sie errötete. »Ich lese immer Detektivgeschichten. Am liebsten die von Ruth Rendell ...«

Ich unterbrach sie. »So ist es im wirklichen Leben nicht«, sagte ich und wechselte dann das Thema. »Sie waren an jenem Abend hier, nicht wahr?«

»Ja.«

»Dann würde ich mich gern irgendwann einmal in Ruhe mit Ihnen unterhalten.«

»Jederzeit«, sagte sie, und wir standen einander in der Intimität der kleinen hölzernen Kiste gegenüber.

Wieder öffnete sie mir die Tür und führte mich durch einen langen Flur, der nach Johnson's Bodenwachs roch, bis in ein großes Wohnzimmer mit hoher Decke. In dem Zimmer standen ein geblümtes Chesterfield-Sofa mit passendem Sessel, ein riesiger Fernseher und ein niedlicher dunkler Holztisch, darauf eine Vase mit frischen Blumen. An einer Wand waren eingebaute Bücherregale, voll mit Taschenbüchern und Hardcovern, mittendrin eine geschlossene Tür. Außerdem gab es noch eine andere angelehnte Tür gegenüber.

»Dies ist Ihre Suite, Mr. Sharman.« Miranda überquerte den weichen Teppich und stieß die angelehnte Tür weit auf. »Hier ist das Schlafzimmer, dahinter das Bad.«

Ich folgte ihr und lugte über ihre Schulter. Im Schlafzimmer befand sich ein Doppelbett, ein tragbarer Fernseher auf einem Rolltisch am Fußende, eine Garderobe, ein Ankleidetisch mit Spiegel, eine Kommode. Oben auf der Kommode stand noch eine Vase mit Blumen. Neben der Kommode war ein kleiner Kühlschrank. Gemütlich wie zu Hause, dachte ich, und alles umsonst. So schlecht kann es nicht werden, dachte ich. Ich zeigte auf die geschlossene Tür. »Was ist dahinter?«

»Die Tür führt in Miss Catherines Privaträume. Sie ist abgeschlossen«, fügte sie hinzu.

»Das hab' ich mir gedacht«, sagte ich. »Wer hat den Schlüssel?«

»Courtneidge hat einen, Miss Catherine den anderen.«

»Vielen Dank«, sagte ich. Die Fenster in beiden Zimmern waren geöffnet, damit wenigstens der schwache Wind in den Raum wehen konnte. Die Vorhänge bewegten sich allerdings kaum in der Hitze, und ich konnte den Park riechen, nah und sauer, wie ein alter Löwe, der in der Sonne schlief.

»Wenn Ihnen zu warm ist, schließe ich die Fenster und schalte die Klimaanlage ein«, sagte Miranda.

»Nein, lassen Sie. Ist gut so.«

»Selbstverständlich.« Sie lächelte. »Miss Elizabeth hat darum gebeten, daß Sie sich um sechs vor dem Essen mit ihr im Wintergarten auf einen Drink treffen. Die Party beginnt erst spät, also ist genug Zeit.«

»Klingt gut.«

»Dann lasse ich Sie jetzt allein.«

»In Ordnung«, entgegnete ich. »Ich mache mich bloß frisch, dann kann's losgehen. Übrigens, wo finde ich den Wintergarten?«

»Im Erdgeschoß, hinten im Haus. Wenn Sie läuten«, sie zeigte auf einen Messingklingelknopf neben dem Bett, »komme ich und zeige es Ihnen.«

»Ich möchte nicht zur Last fallen«, sagte ich. »Ich werde ihn bestimmt finden.«

»Sie fallen mir nicht zur Last«, entgegnete sie. »Aber wie Sie wünschen.«

Sie lächelte wieder, drehte sich auf dem Absatz herum, wobei sie ihren Petticoat ein wenig aufwirbelte, dann verließ sie das Zimmer, schloß die Tür hinter sich und ließ nur den schwachen Duft süßer Seife zurück.

Ich legte meinen Koffer aufs Bett und öffnete ihn. Ich holte meine zweite Waffe heraus und schob sie oben in der Garderobe ganz nach hinten. Wenn ein Profi sich über den Raum hermachte, würde das Versteck in weniger als einer Minute auffliegen. Aber ich hoffte, daß hier im Höchstfall ein Amateur mein Zimmer durchsuchen würde. Ich schaltete den Fernseher im Schlafzimmer an und wartete auf Nachrichten, aber es war zu früh, also ließ ich eine Quizshow laufen und holte mir einen Drink aus dem Kühlschrank. Er war wohlgefüllt mit Bier, Mixgetränken und Schnäpsen in Miniflaschen. Es gab einen Eimer Eis sowie frisch geschnittene Zitronen- und Limonenscheiben in einer Schale. Ich machte mir einen Wodka-Tonic. Schon das Geräusch der Kohlensäure, die an die Oberfläche zischte, gab mir das Gefühl, mich abzukühlen. Mein Hemd war von der Reise durchgeschwitzt, also packte ich ein frisches aus und hängte es auf die Rückseite der Badezimmertür. Ich füllte das Waschbecken mit lauwarmem Wasser und wusch mich. Putzte mir die Zähne und spülte mir den Mund mit einem frischen Drink aus, beschmutzte ihn dann wieder mit einer frischen Zigarette.

Das Fernsehprogramm wechselte, und ich erwischte den

Anfang der Nachrichten, während ich ein neues rosa Hemd anzog und meine Krawatte neu knotete. Ich zog mein Jackett wieder an und warf einen Blick in den Garderobenspiegel. Ich sah nicht gerade schlecht aus, fand ich, aber auch nicht besonders gut. Einen Augenblick stand ich im Schatten des Hilton am Fenster und schaute durch das Metall der Feuertreppe hinüber auf die anonymen Fenster des Hotels, dann verließ ich die Suite und fragte mich, wie mein erster Abend als hauseigener Privatdetektiv verlaufen würde.

Ich marschierte zurück durch den Gang und entschied mich, die Treppe ins Erdgeschoß zu nehmen. Im Vorbeigehen schaute ich in jeden Flur, und jeder war reicher dekoriert als der letzte.

Als ich schließlich unten ankam, schlug ich von der Eingangstür die Richtung in den hinteren Teil des Gebäudes ein. Das Haus war eingerichtet wie ein Palast. Lauter antike Möbel, und die Bilder an den Wänden waren von Leuten, deren Signaturen allein Millionen wert waren. Auf dem Boden lagen Teppiche, die so alt und fein waren, daß ihre Muster fast nur noch verblaßte Erinnerungen waren. Ich ging weiter und erreichte schließlich eine angelehnte Doppeltür. Ich konnte leise Musik hören, stieß die linke Tür auf und entdeckte Elizabeth Pike. Sie hörte Mahler auf einem Radiogramm, das gebaut worden war, als Schallplatten dick und zerbrechlich waren und einen Durchmesser von zwölf Inch hatten und der Automatikwechsler gerade erfunden worden war. Ein paar stapelten sich auf dem Plattenspieler. Auf ihren Labels standen die Namen von Plattenfirmen, die schon lange Vergangenheit waren. Das ganze Zimmer wirkte wie etwas aus dem Raffles Hotel, Singapur, vor dem Krieg. Oder zumindest wie etwas aus den Filmen, die uns weismachen wollen, daß es in Wirklichkeit so gewesen ist. Die Möbel waren aus Rohr geflochten und Stoffe mit aufgedruckten Dschungelmotiven darübergespannt. Überall standen Pflanzen herum, ein Ventilator drehte sich unermüdlich und versuchte, der heißen Luft ein wenig Leben einzuhauchen. Es gab eine Profi-Bar an einer Glaswand, und die Sonne brach sich in den Flaschen und Gläsern und zwinkerte mir verlockend zu. Oben auf der Bar stand das gerahmte Foto eines Mannes und einer Frau, das in diesem Wintergarten aufgenommen worden war. Den Mann erkannte ich als Sir Robert Pike. Die Frau hatte ergrauendes Haar und erstaunlich blaue Augen. In ihren Zügen konnte ich Elizabeth in zwanzig Jahren erahnen.

Das Dach des Wintergartens war aus Glas, aber Gott sei Dank war eine Abdeckung darüber gezogen worden, um uns vor der Sonne zu schützen. Trotzdem war es sehr warm und roch ein wenig nach den Röhren des Plattenspielers. Ich spürte den Schweiß über meinen Rücken sickern und mein drittes Hemd des Tages nässen. Elizabeth Pike saß mit geschlossenen Augen auf einem dick gepolsterten Sofa, verloren in der Größe der Musik. Auf einem kleinen Tisch vor ihr stand ein Glas mit einer klaren Flüssigkeit auf Eis mit einem Spalt Zitrone. Sie trug wieder schwarz – ein ernsthaftes Kleid, hochgeknöpft bis zum Hals, dazu schwarze Feinstrumpfhosen und Schuhe, die denen ähnlich sahen, die sie in meinem Büro angehabt hatte. Ihr Haar war zu einer weicheren Frisur gekämmt als vorhin, und das stand ihr besser.

Ich schloß die Tür hinter mir kraftvoller, als nötig war, und als sie zuknallte, öffnete sie die Augen. Es waren immer noch die traurigsten, blauesten Seen, die ich je erblickt hatte. Sie erhob sich in einer eleganten Bewegung und ging zur Begrüßung auf mich zu.

»Mr. Sharman. Guten Abend. Lassen Sie mich die Musik ausschalten. Ich höre oft welche um diese Tageszeit. Dies war das Lieblingsstück meines Vaters.« Sie betätigte einen Hebel neben dem Plattenteller, und der Tonarm hob sich mit einem mechanischen Klicken. Es wurde sehr still im Wintergarten. Der Verkehr auf der Park Lane war ein leises Murmeln. »Möchten Sie etwas trinken?«

»Ein Wodka-Tonic wäre schön.«

Sie ging zur Bar und ließ Eiswürfel in ein Glas tanzen, tat ohne zu fragen einen Spalt Zitrone dazu, goß reichlich Wodka darüber und füllte das Glas mit Tonic auf. Ich nahm es ihr ab und griff mit der anderen Hand nach dem Foto.

»Meine Mutter und mein Vater«, sagte Elizabeth. Sie sah auf ihre Uhr. »Catherine wird uns bald Gesellschaft leisten. Bitte passen Sie gut auf sie auf. Mein Vater hätte das gewollt.«

Ich nickte und hörte Schritte im Flur. Wir schauten beide in Richtung der Tür. Sie öffnete sich, und ich sah zum ersten Mal Catherine Pike, wie sie leibte und lebte.

Was für ein Anblick.

Das kurze Bild von ihr in den Fernsehnachrichten hatte mich nicht auf die Frau vorbereitet, die jetzt das Zimmer betrat.

Sie war groß und so gebaut, wie es sich Männer in ihren wildesten Träumen vorstellen. Ihr Haar war blond, aber bloße Worte konnten es nicht beschreiben. Es war zerwühlt wie die Laken des Bettes, in dem man gerade den besten Sex seines Lebens gehabt hatte. Wahrscheinlich kostete es hundert Mäuse, es so ungezähmt aussehen zu lassen. Als sie in den Schein der frühen Abendsonne trat, der durch die Fenster des Wintergartens hereinfiel, nahm es die Farbe der Sonne an, wurde zur Sonne und erhellte den Raum wie eine Supernova. Es war so hell, daß ich die Hitze beinahe spüren konnte.

Auch sie trug schwarz, aber an ihr sah es eher wie eine Herausforderung aus als wie die Farbe der Trauer. Ihr Kleid war kurz und eng, schulterfrei, weit ausgeschnitten, so daß man ihren Brustansatz erkennen konnte. Es umschloß ihren Körper faltenlos. Zu dem Kleid trug sie eine hauchdünne schwarze Seidenstrumpfhose. Ihre Füße steckten in sexy kontrastierenden, knallpinken Schuhen. Die Absätze waren hoch, sechs oder sieben Zentimeter, und die Spitzen waren nadelscharf. Ihre Haut war glatt und cremig, und ihre Augen waren blau. Beinahe dieselbe

Farbe wie die von Elizabeth und ihrer Mutter. Ich vermutete, daß die Augen von Joanna Bennett mit zwei T ähnlich ausgesehen hatten. Offensichtlich hatte Sir Robert ungemein auf blaue Augen gestanden.

»Catherine«, sagte Elizabeth, »das ist Nick Sharman. Er wird auf absehbare Zeit bei uns bleiben. Mr. Sharman, das ist meine Schwester Catherine.«

»Hallo, Mr. Sharman.« Catherine gab mir die Hand. Ihre Stimme war tief und melodisch, ohne die Spur eines Akzentes, und ihr Handgriff fest und kraftvoll. Aber ich hatte das Gefühl, daß, trotz ihrer Schönheit und obwohl sie so gepflegt war, irgend etwas mit ihr nicht stimmte. Ich hatte das Gefühl, daß sie sich selbst ebenso fest im Griff behielt wie meine Hand.

»Guten Abend, Miss Pike«, sagte ich.

Aus der Nähe sah sie noch angestrengter aus. Unter ihrem hervorragend aufgetragenen Make-up entdeckte ich kleine Fältchen in den Augenwinkeln, und ich hatte auch das Gefühl, eine Andeutung dunkler Schatten unter den Augen zu sehen. Trauerte sie bloß über den Verlust eines gerade erst gefundenen Vaters, oder steckte, wie Elizabeth vermutete, mehr dahinter?

»Was für eine schreckliche Zeit«, sagte sie und ließ schließlich meine Hand los. »Liz hat mit mir darüber gesprochen ...«, sie zögerte, »Sie zu engagieren, und ich bin froh, daß Sie hier sind.«

Davon hatte ich nichts gewußt. Ich sah Elizabeth an. »Ich hatte eher den Eindruck, daß ich möglicherweise nicht sehr willkommen sein würde, wenn ich meine Nase in eine so frische Tragödie stecke.«

»Ganz im Gegenteil«, sagte Catherine. »Ich bin sicher, wir fühlen uns beide viel wohler, jetzt wo Sie hier sind.«

»Vielen Dank.« Ich trank einen Schluck Wodka-Tonic.

»Gut«, sagte Elizabeth und nahm ihre Handtasche. »Jetzt, wo Ihr euch kennengelernt habt, muß ich los. Ich muß mich noch schnell um einige Sachen für heute abend kümmern, falls es mir gelingt, diese Idioten aufzutreiben, die für uns arbeiten sollen. Wir sehen uns später im Crypt. Kannst du versuchen, früh zu kommen, Catherine?«

»Natürlich. Ich bin sicher, Mr. Sharman wird mich rechtzeitig dort hinbringen, wenn das stimmt, was du mir über ihn erzählt hast.«

»Natürlich wird er das«, sagte Elizabeth, als wäre ich ihr gerade erst wieder eingefallen. »Du bist in guten Händen. Dann bis später.« Sie verließ das Zimmer.

»Möchten Sie etwas trinken, Miss Pike?« fragte ich.

»Bitte, nennen Sie mich Catherine«, sagte sie. »Und darf ich Nick sagen?«

Ich nickte. »Also Catherine.« Ihren Vornamen auszusprechen schmeckte wie Sahne.

»Ich würde gern etwas trinken. Einen Gin.«

Ich kümmerte mich darum. Ich goß ihr einen großen, kalten ein.

»Ich muß mich entschuldigen«, sagte sie. »Aber weil wir heute auswärts auf der Party essen, hat Liz dem Personal den Abend freigegeben. Tut mir leid, daß es so umständlich ist.«

Umständlich. Ich mußte lächeln. Es war so umständlich, wie die Strumpfhose von ihren frischgewachsten Beinen abzurollen.

»Ich habe uns einen Tisch bei Mr. Chow's reserviert. Ich hoffe, das ist Ihnen recht.«

Mir war das recht. Chinesisch hatte ich schon immer gern gegessen. »Wunderbar«, sagte ich.

Sie sah mir einen Augenblick lang direkt in die Augen. »Ich bin wirklich froh, daß Sie hier sind.«

»Sind Sie das? Warum?«

»Weil da etwas ...« Sie schwieg.

»Gibt es etwas, das ich wissen sollte?«

»Ja.«

»Was?«

Sie hob ihr Glas und trank. »Aber ich bin nicht sicher ...« Sie schwieg erneut und sah plötzlich ängstlich aus. Sie bewegte sich ein wenig, und ich konnte ihre Augen nicht mehr erkennen, weil das Licht durch das Glas hinter ihr flutete und sie zum einzigen festen Ding im Zimmer machte. Zum festen Schatten, aber andere tauchen in meinem Leben sowieso nicht auf.

Ich trat zur Seite, so daß ich ihre Gesichtszüge wieder erkennen konnte, aber der Augenblick und die Worte waren verloren.

Sie sah auf ihre Uhr und ich, wie man das so macht, auf meine. Zwanzig vor sieben. Wie auf Bestellung klopfte es diskret an der Tür, und Vincent trat mit einem schwarzen Seidenmantel ein, den er vorsichtig aufs Sofa legte.

»Der Wagen ist bereit, Miss.« Er sah mich an, als wäre ich ein störender Fleck auf seinem Polster.

»Wir kommen gleich.«

Vincent verließ das Zimmer, und ich trank aus. Catherine nahm ihren Mantel und stand damit da. Ich nahm ihn ihr ab und half ihr hinein. Ich konnte ihr Parfüm riechen, wie frische Blumen in heißer Luft. Aber trotz der Hitze hatte sie eine Gänsehaut, und als meine Hand ihren Arm berührte, spürte ich sie überspringen. Ich fragte mich, ob sie wirklich Angst hatte, und wenn ja, vor wem oder was.

Sie sah über ihre Schulter und lächelte mich zart durch ihr dichtes gelbes Haar an, und meine Gänsehaut bekam eine Gänsehaut.

»Der Wagen steht in der Tiefgarage«, sagte sie. Sie ging vor mir her bis zur Tür, dann drehte sie sich um. »Wie sehe ich aus?«

»Sie sehen großartig aus.«

»Wie finden Sie meine neuen Schuhe?«

»Gut«, sagte ich und zögerte dann. Ich wußte nicht, wie ich es formulieren sollte.

»Oh, die Farbe«, sagte sie. »Aber wir gehen auf eine Party, und Sie dürfen nicht vergessen, Nick, das Leben geht weiter. Mein Vater hätte nicht gewollt, daß wir ewig trauern. Das war nicht sein Stil.«

Mit diesen Worten schwebte sie durch die Tür, und ich folgte ihr. Gemeinsam gingen wir zum Aufzug, der uns herunterbeförderte in eine neonbeleuchtete Garage, wo der Rolls-Royce im Leerlauf wartete; die Abgase wurden von kleinen Ventilatoren direkt zur Straße hinausgepustet. Die Garage maß etwa zwanzig Quadratmeter und mußte früher ein Teil des Kellers gewesen sein. Die Decke war niedrig, und unsere Schritte hallten in dem Raum.

Vincent sprang heraus und öffnete uns die Wagentür; ich folgte Catherine von einem klimatisierten Raum in den nächsten. Es sah aus, als würde ich nicht allzuviel Londoner Luft in die Lunge kriegen, solange ich diesen Job machte.

Vincent fuhr bis an den Anfang einer steilen Rampe und bediente dann einen Hebel am Armaturenbrett. Am oberen Ende der Rampe glitt eine angerostete Metalltür lautlos zur Decke. Vincent trat aufs Gas, und der große Wagen schoß die Rampe hinauf. Er schwang ihn in ein kleines Gäßchen hinter dem Haus, bog dann links ab und noch mal links auf die Curzon Street.

Punkt sieben kamen wir in Knightsbridge an. Wir traten aus der Kühle des Rolls-Royce in die Hitze der Straße, dann durch die Tür des Restaurants wieder direkt in den Einsatzbereich einer Klimaanlage. Noch ein paar solcher Temperaturkaskaden und ich war reif für eine Grippe.

An der Tür wurden wir von einem Chinesen mit amerikanischem Akzent in Empfang genommen und bekamen einen Tisch zugewiesen, der gerade weit genug weg von der Küche und den Klos und gerade nah genug am Fenster und der Bar stand, daß er der beste im ganzen Laden war.

Obwohl es noch früh war, herrschte in dem Restaurant schon Hochbetrieb, und die Kellner mußten unangemeldete Gäste abweisen. Wir bekamen einen Vierertisch, als wäre das unser Recht, und wahrscheinlich war es das auch. Ohne einen Ton wurden die beiden anderen Gedecke abgeräumt. Ich nahm an, wenn Catherine ein wenig Ellenbogenfreiheit wollte, dann bekam sie sie auch.

Sie bestellte einen großen Gin-Martini für sich und einen Wodka-Martini für mich. Ich erhob keine Einwände, aber falls ihr daran gelegen war, daß ich wach und aufmerksam blieb, bewirkte sie damit eher das Gegenteil.

»Sind Sie hungrig?«

»Könnte sein«, entgegnete ich.

»Gut, ich liebe das Essen hier und bestelle immer viel zuviel. Möchten Sie bestellen?« fragte sie mich, als wäre ich ihr Begleiter und nicht nur ein dienstbarer Geist.

»Nein«, sagte ich. »Überraschen Sie mich.«

»Das schaffe ich«, versicherte sie mir mit einem Grinsen, das sie wie einen Teenager aussehen ließ.

Sic ging die Karte von oben bis unten durch, von Sesamtoast bis zu den kandierten Äpfeln. Ich war froh, daß ich hungrig war, während ein leckeres Gericht nach dem anderen dampfend und zischend direkt aus der Küche kam. Jetzt wußte ich, warum sie uns einen Tisch für vier gegeben hatten. Wir stapelten das Essen in unsere Schälchen und machten uns darüber her. Die Stäbchen klapperten aneinander wie Grillenbeine. Catherine bestellte eine Flasche Meursault, um das Essen herunterzuspülen, und auch über die machten wir uns her. Als sie alle war, bestellte sie noch eine. Wir ließen Gang um Gang der besten chinesischen Küche hinter uns. Mein Kopf begann zu schwimmen in zuviel gehaltvollem Essen und zuviel Alkohol, und ich wußte, daß wir erst am Anfang einer langen Nacht standen. Wahrscheinlich würde ich es am nächsten Morgen bereuen, aber zum Teufel damit.

Wir endeten bei Kaffee und Likör, und mittlerweile war ich ganz schön dicht.

Aber sie konnte mithalten. Während wir aßen und tranken, redeten wir. Je mehr Alkohol sie herunterkippte, desto mehr erzählte sie, was mir gut paßte. Ich wollte ihre Seite der Geschichte hören. Zuerst redeten wir über Allgemeinplätze, dann über Besonderheiten, schließlich über ihre Situation. »Hat Liz Ihnen von mir erzählt?« fragte sie, während sie sich über Krabben in schwarzer Bohnensauce hermachte.

»Ein bißchen«, sagte ich. »Und ein bißchen wußte ich schon.«

»Und was haben Sie über mich gewußt, Nick? Erzählen Sie, es interessiert mich.«

»Nur, was ich in den Zeitungen gelesen habe.«

»Sie sollten nicht alles glauben, was Sie da lesen.«

»Nicht mal in den Pike-Zeitungen?« fragte ich.

»Das müssen Sie selber herausfinden. Aber nun machen Sie schon, erzählen Sie mir, was Sie über mich wissen.«

»Eigentlich sehr wenig.«

»Es muß Ihnen nicht peinlich sein.«

»Ist es auch nicht.«

»Also dann?«

Sie hatte es nicht anders gewollt. »Sie sind Sir Robert Pikes uneheliche Tochter«, sagte ich. »Ihre Mutter wurde nach Australien geschickt, als sie schwanger war, mit der Anweisung, nie zurückzukehren. Sie lebten zusammen in Hotels, bis sie starb. Dann sind Sie verschwunden, tauchten schließlich in London auf, wo Ihr Vater Sie in den Kreis der Familie aufnahm, in dem Sie seither gelebt haben. Ende der Geschichte.«

»Eine sehr kurze Geschichte meines Lebens. Sie haben sehr viel ausgelassen. Möchten Sie, daß ich Ihnen einige Details erzähle?«

»Nicht, wenn es Ihnen etwas ausmacht.«

»Macht es. Aber ich erzähle es Ihnen trotzdem.«

»Nur, wenn Sie wollen.«

»Will ich, und dann werde ich Ihnen sagen, warum ich so froh bin, daß Sie hier sind.«

»Dann mal los«, sagte ich. »Ich höre.«

»Ich hatte eine sehr eigenartige Kindheit. Eigentlich gar keine Kindheit. Ich war einsam, aber immer umgeben von Menschen, meistens Erwachsenen. Mit den Hotels hatten Sie recht. Von dem Augenblick, an dem ich zur Welt kam, bis meine Mutter starb, habe ich nie in einem Haus gelebt, nicht einmal in einer Wohnung. Immer nur Hotels. Wir sind oft umgezogen. Ich habe Essen vom Zimmerservice gegessen, mir wurden die Betten gemacht und die Handtücher gewechselt. Ich glaube, meine Mutter hat niemals einen Supermarkt von innen gesehen. Sie hat bloß Klamotten eingekauft. Ich hatte immer nur mit Erwachsenen zu tun, also wurde auch ich schnell erwachsen. Die einzigen anderen Kinder, die ich jemals traf, sind ebenfalls in Hotels aufgewachsen. Und es waren keine Hotels, in denen normale Kinder waren. Sie waren teuer, fünf Sterne. Finanziell hat sich mein Vater sehr großzügig um meine Mutter gekümmert. Ich habe ihre Kontoauszüge gesehen. Alljährlich hat er die Zahlung erhöht, um die Inflation und die Tatsache, daß ich älter wurde, auszugleichen. Aber meine Mutter hat jede Menge ausgegeben, das muß ich ihr lassen. Sie hat getrunken, verstehen Sie, und in den Hotelbars kann man jede Menge Moos loswerden.«

»Was war mit Schule?« fragte ich.

»Schule.« Sie lachte. »Bin ich nie hingegangen. Meine Mutter war zu betrunken, um sich darum zu kümmern. Ich war ja nicht mal richtig gemeldet. Ich war ein paarmal da, dann hab' ich aufgehört. Die anderen Kinder fand ich so unreif, so kindisch. Wenn die Schulbehörden anfingen, sich für uns zu interessieren, sind wir umgezogen. Australien ist ganz schön groß.«

»Aber Sie müssen doch irgendwie erzogen worden sein.«

»Ich habe mich selbst erzogen. Meine Mutter hat mir das Lesen beigebracht, bevor es allzu schlimm mit ihr wurde. Ich habe Zeitungen gelesen, und Sie wären überrascht, wieviel Bücher man in erstklassigen Hotels findet. Mit acht habe ich *Das Tal der Puppen* gelesen, mit zehn Anaïs Nin, und die Sachen von Stephen King, Gott, die kenn' ich vor- und rückwärts.«

»Und Sie haben Zeitungsausschnitte gesammelt.«

»Woher zum Teufel wissen Sie das? Das haben Sie bestimmt nicht in der Zeitung gelesen. Wahrscheinlich hat Elizabeth es Ihnen erzählt. Ja, meine Mutter hat damit angefangen. Sie haßte meinen Vater, und ich glaube, sie hat alles über ihn gesammelt, um ihren Haß zu schüren. Aber bald hat sie es vergessen, und ich habe damit weitergemacht. Es war nie viel. Er ist ja nie nach Australien gekommen. Was meinen Sie wohl, warum? Aber in den Hotels gab es normalerweise englische und amerikanische Zeitungen. Am Ende hatte ich eine ganze Menge zusammen.«

»Haben Sie ihn auch gehaßt?« fragte ich.

»Nein. Er hat mir jede Menge Luxus ermöglicht. Ich war nicht unbedingt sehr von ihm angetan. Ich habe gesehen, was er meiner Mutter angetan hatte, aber wirklich verstanden habe ich es nicht. Aber sie hat nie damit aufgehört. Und dadurch und durch den Alkohol und die Männer hat sie sich am Ende, glaube ich, selbst gehaßt.«

»Männer?«

»Ja, jede Menge. Bis zum Ende war sie eine attraktive Frau, und in Hotels finden sich viele einsame Männer.«

Zwischen den einzelnen Gängen rauchte sie Kette, während sie sprach, und drückte halbgerauchte Zigaretten im Aschenbecher aus. Wenn sie nicht rauchte oder aß oder Wein trank, drehte sie mit beiden Händen an ihrer Serviette herum. Ich saß ihr still gegenüber, ließ sie ihre Geschichte auf ihre eigene Art erzählen.

»Das klingt schlimm.«

»Das war es.«

»Sie müssen mir nicht mehr erzählen.« Ich konnte das arme kleine Kind vor mir sehen, ganz allein in einem Mausoleum von Hotel, nur mit einer Betrunkenen zur Gesellschaft, wie es Zeitungsartikel über einen Mann ausschnitt, den es nie kennengelernt hatte.

»Schon in Ordnung«, sagte sie. »Viel mehr gibt es auch nicht. Dann ist meine Mutter gestorben, und ich bin ausgeflippt. Ich hatte mit Drogen zu tun, seit ich klein war. Meine Mutter rauchte Dope, um mit dem Alk klarzukommen. Ich weiß nicht mehr, wann ich mir das erste Mal einen Drink stibitzte, aber meinen ersten Joint habe ich mit elf geraucht. Das erste Koks mit vierzehn. Smack mit sechzehn. Meine Jungfräulichkeit verlor ich mit zwölf, und als meine Mutter starb, war ich total fertig und ständig am Durchdrehen. Zuerst wurde es schlimmer, schließlich besser. Ich wollte Schauspielerin werden. Ich wollte diesen gottverdammten australischen Akzent loswerden, den ich mir von dem Abschaum abgeguckt hatte, wollte so sprechen wie meine Mutter. Ich wollte in England arbeiten und meinem Vater gleichberechtigt gegenübertreten können. Also ging ich auf die Theaterschule.«

»Einfach so?«

»Nein, nicht einfach so. Ich hatte keine offizielle Ausbildung, keine Papiere. Ich mußte ein paar Schwänze lutschen, um reinzukommen, aber am Ende war ich drinnen. Ich hatte mir geschworen, das Geld, das mein Vater für mich auf das Konto meiner Mutter überwies, nicht anzurühren, aber ich brauchte es für die unverschämt hohen Schulgebühren. Als ich fertig war, bin ich nach London gekommen, um ihn zu treffen und ihm das Geld zurückzuzahlen.«

»Und?«

»Und ich habe den alten Herrn ins Herz geschlossen«, sagte sie, und Tränen standen in ihren Augen. »Ich würde nie eine gute Schauspielerin werden, nicht so, wie ich wollte. Und mein Vater war so großzügig, daß ich es am Ende einfacher fand, in der Curzon Street mit der Familie zu leben, wenn sie dort waren, und im Schloß, wenn sie nicht hier waren.«

»Schloß?«

»Ja, das Schloß in Hampshire. In der Gun Street. Die Familie verbringt einen Teil des Jahres dort, oder zumindest war das so, bevor mein Vater starb. Ich weiß nicht, wie es jetzt weitergehen wird.«

»Wirklich und wahrhaftig ein echtes Schloß?« fragte ich noch einmal.

»Ja, zwölftes Jahrhundert.«

Das beeindruckte mich schwer. »Und jetzt ist etwas nicht in Ordnung«, sagte ich. »Abgesehen von dem Offensichtlichen.«

»Ja. Seit mein Vater gestorben ist, ruft mich jemand an.«

»Wer?«

»Ich habe nicht die geringste Ahnung.«

»Was sind das für Anrufe?«

»Drohungen, könnte man wohl sagen.«

»Was für Drohungen?«

»Ich soll dem Anrufer eine Menge Geld zahlen, sonst bringt er mich um.«

»Und Sie haben keine Ahnung, wer Sie anruft?«

»Nein.«

»Sagt Ihnen der Name Lorimar irgend etwas?«

Wenn sie den Namen kannte, verriet sie es mit keiner Geste. Sie dachte nach. »Abgesehen von der Produktionsfirma, die *Dallas* macht, nein. Warum?«

»Nur so«, sagte ich.

»Deswegen also bin ich froh, daß Sie hier sind.«

»Haben Sie Elizabeth nichts davon erzählt?«

»Nein, aber ich weiß, daß sie vermutet, daß irgendwas nicht in Ordnung ist. Sie hat mir von Ihnen erzählt, was Sie machen und wie Sie sich kennengelernt haben.«

»Darüber wissen Sie Bescheid?« fragte ich.

»Ja, ich bin sogar schuld daran. Ich hab's ihr beigebracht, verstehen Sie. Das Mädchen war so brav, als ich sie kennengelernt habe. Ich klaue schon lange. In Hotelshops geht es ganz besonders einfach. Ich hatte jede Menge Übung. Ist das nicht schrecklich?«

»Ich habe auch nicht gerade eine blütenweiße Weste.«

»Ich weiß. Ich wußte, daß Sie das verstehen würden. Wie auch immer, als Liz mir davon erzählte und mir Ihre Karte zeigte, habe ich ihr irgendwie eingeredet, loszugehen und sich mit Ihnen zu treffen. Ich hoffe, das war nicht falsch.«

»Es wäre nett gewesen, wenn ich gewußt hätte, daß Ihnen mit dem Tod gedroht wird«, sagte ich.

»Deswegen essen wir heute abend alleine, Nick. Normalerweise wäre Liz mitgekommen, ob sie was zu tun hat oder nicht. Aber ich habe sie überzeugen können, daß es nur mit uns beiden besser laufen würde, so wie jetzt.«

»Ich bin sicher, Sie können sehr überzeugend sein«, sagte ich.

»Ich würde alles tun, um Sie davon zu überzeugen, daß Sie mich vor diesem Anrufer beschützen müssen.«

»Alles?« fragte ich.

»Alles, was Ihnen einfällt.« Und ihre Hand flatterte auf meinen Arm, und ihre Lider flatterten über ihre wunderschönen blauen Augen.

»Catherine, ich glaube, wir sind uns einig«, sagte ich.

»Versprechen Sie's mir?« fragte sie.

Ich lächelte. Ich fühlte mich ein bißchen wie ein Jojo am Ende des Fadens. »Natürlich«, sagte ich und wechselte das Thema. »Sollten wir nicht langsam mal losgehen? Sie sollen doch früh auf dem Empfang erscheinen.«

Sie schaute auf ihre Uhr. »Ja, Sie haben recht. Können Sie um die Rechnung bitten?«

Ich winkte dem Empfangschef zu, und der zauberte einen Kellner herbei, der eine Rechnung hervorzauberte, die ungefähr so lang war wie die Quittung für die chinesische Mauer. Catherine bezahlte mit einer goldenen Amex, und zwar ohne daß es ihr im geringsten peinlich war. Ohne Zweifel eine emanzipierte Frau. Ich ließ sie bezahlen, ohne daß mir das im geringsten peinlich war. Ich war durchaus willig, ein emanzipierter Mann zu sein.

Sie gab ein Trinkgeld, mit dem man sich ein anständiges Essen bei meinem Lieblingschinesen hätte leisten können, und im Gegenzug brachte ihr der Kellner ihre Karte und ihren Mantel. Ich ließ ihn ihr hereinhelfen, sagte ihr, sie sollte einen Augenblick warten, und machte mich auf die Suche nach Vincent. Er parkte an einer Bushaltestelle dem Restaurant gegenüber. Ich winkte mit einer Geste herüber, die etwas gebieterischer ausfiel, als nötig gewesen wäre. Durch das offene Fenster sah ich, daß seine Lippen sich bewegten, während er den Wagen über die Straße setzte. Als er vorfuhr, wies ich ihn an, zu warten, und holte Catherine. Ich führte sie aus der Kühle des Restaurants durch die Schwüle des späten Abends auf den Rücksitz des eisigen

Wagens. Die Grippe hatte ich mir jetzt mit Sicherheit zugezogen, und ein bißchen Unwohlsein von zu vielen Nudeln war durchaus auch noch drin. Ich scheuchte sie in den Wagen, so wie ich mir vorstellte, daß professionelle Bodyguards ihre Schutzbefohlenen behandelten. Ich erwartete eigentlich nicht, daß irgend etwas passieren würde, aber ich wurde für meine Zeit bezahlt, und Catherine hatte die Kosten für das Abendessen übernommen, also hatte ich das Gefühl, ich müßte zur Abwechslung auch mal etwas tun.

Ich stieg zu ihr und setzte mich auf den Klappsitz ihr gegenüber. Wir fuhren, den Park zu unserer Linken, durch die Unterführung an der Hyde Park Corner, über den Piccadilly, dann bogen wir nach links in die Shaftesbury Avenue, noch mal links in die Wardour Street, dann rechts auf die Compton Street und schließlich in die Dean Street. Es war kurz vor zehn, als wir gegenüber dem Crypt hielten, und es war beinahe dunkel, obwohl die Luft immer noch ein wenig zu strahlen und zu flirren schien, wie es manchmal im Londoner Sommer geschieht, wenn die Hitze des Tages vom Asphalt aufsteigt.

Ich überprüfte die Straße durch das getönte Glas, öffnete die Tür, stieg hinaus in die Nacht und schwitzte noch einmal mein Hemd durch. Ich schwöre, es wurde immer heißer, je später es wurde.

Ich half Catherine aus dem Wagen, wobei ihre Brust meinen Arm leicht streifte, dann führte ich sie über die Straße zum Eingang des Clubs. Wagen parkten auf beiden Seiten der Straße, und plötzlich sprang eine dunkle, männliche Gestalt hinter einem hervor, uns direkt in den Weg. Catherine schrie und wandte sich mir in Todesangst zu. Ich sah, daß der Mann etwas mit einem Pistolengriff in der Hand hielt. Einen Augenblick lang ging alles durcheinander. Die Straße war voll, die Leute blieben stehen und stießen einander an, um zu sehen, was eigentlich los war. Ich packte Catherine und stieß sie beiseite. Ich sah sie in diesen lächerlichen Schuhen beinahe stürzen. Mit ausgestrecktem Arm boxte ich den Trottel und hörte ihn keuchen, als ich ihn traf. Ich riß ihm was auch immer er da bei sich hatte aus der Hand und warf es weg, dann wirbelte ich ihn herum und knallte ihn mit einem befriedigenden Geräusch gegen die nächstgelegene Mauer. Ich nahm ihn in den Polizeigriff und zwang ihn auf die Knie. Ich hörte, wie die Haut von seinem Gesicht geschabt wurde, als es über die Ziegel ratschte. Das alles dauerte weniger als fünf Sekunden. Ich hörte die Tür des Rolls zuknallen und Vincents Stiefel über den Asphalt klatschen, als er zu mir herüberrannte, um nachzusehen, was passiert war. Ich hielt den Mann fest, dann sagte Vincent: »Ich denke, Sie sollten ihn lieber loslassen.«

Ich ließ los, und der Kerl stöhnte schmerzerfüllt. Ich sah mich um, und Vincent stand mit einer Kamera in der Hand da. Er drückte auf einen Knopf, und ein zweifacher Blitz leuchtete wie ein Stroboskoplicht auf. Ich kam mir vor wie ein Vollidiot, und Vincent wußte es. »Sie wollten doch ein Erinnerungsfoto, oder nicht?« fragte er leise.

Das war das. Ich half dem Paparazzi auf die Füße und versuchte, ihn so gut es ging abzustauben. Sein Gesicht war im Eimer, es blutete und begann anzuschwellen, und seine männliche Würde war etwa im selben Zustand. Ich stand da und schwitzte vor Hitze und Peinlichkeit im Angesicht der gaffenden Meute.

Catherine drängelte sich zu mir durch, und ich wollte ihr alles erklären.

»Nick, alles in Ordnung?« keuchte sie. »Oh, Sie waren wunderbar. Ich hatte solche Angst. Ich dachte, er hätte eine Waffe.« Sie wandte sich an den Fotografen. »Für wen arbeiten Sie?« wollte sie wissen. Gott sei Dank für eine gute Kinderstube, dachte ich.

»Ich arbeite freiberuflich, Miss Pike«, sagte er.

»Ich denke, Sie sollten mir die Rechnung für den Schaden besser persönlich schicken.« Dann beugte sie sich so nah heran, daß nur wir vier sie hören konnten, und sagte im reinsten Australisch: »Aber versuch nicht, mich zu verarschen, sonst kannst du mich auf ewig durch die Gerichte jagen, oder vielleicht schicke ich dir auch Nick auf einen Besuch vorbei, du kleines Arschloch.«

Sein Gesichtsaudruck war wunderbar, und der auf Vincents Gesicht nicht minder. Mir wurde klar, was sie damit gemeint hatte, schnell erwachsen geworden zu sein. Schnell und hart, ganz wie der Vater. Ich bin sicher, Sir Robert wäre stolz auf sie gewesen. Ich nahm Vincent die Kamera aus der Hand und gab sie dem Fotografen zurück.

Der Rolls blockierte die Straße, und die Autofahrer flippten bis zurück zum Cambridge Circus aus. Ich wandte mich an Vincent und sagte: »Vielleicht sollten Sie besser weiterfahren. Ich ruf' Sie auf dem Autotelefon an, wenn wir Sie brauchen.«

Er sah mich absolut angeekelt an, dann stiefelte er davon. Ich zuckte mit den Achseln, drehte mich um und folgte Catherine in den Club, wo Elizabeth am Empfangstresen stand und mit den Fingernägeln auf die Oberfläche trommelte. Ich sah sofort, daß sie supersauer war.

»Ich gehe aufs Klo und bring' mein Gesicht in Ordnung«, sagte Catherine. »Warum kümmern Sie sich nicht mal um Liz? Sie sieht aus, als wäre ihr gerade das Gummi an ihrem Höschen gerissen.«

So kam es mir auch vor. »Okay«, sagte ich. »Wir sehen uns.«

»Sie finden mich an der Bar«, sagte Catherine und eierte auf ihren Spikes davon. Ich ging rüber zu Elizabeth Pike.

»Wie sieht's aus?« fragte ich, obwohl ich in Wirklichkeit nur wissen wollte, wo die Bar lag.

»Dieser Schwachkopf Barrington ist noch nicht da, und das macht die Leute gar nicht glücklich.«

»Wer ist Barrington?« fragte ich.

»PR für das Magazin.«

»Wo ist er?«

»Woher zum Teufel soll ich das wissen? Sie sind doch der Detektiv. Sagen Sie es mir.«

»Ich liebe es, wenn Sie mit mir schimpfen«, sagte ich.

»Keine dummen Witze, Mr. Sharman. Ich meine es ernst. Und was zum Teufel war da draußen los?«

Ich erklärte es ihr, sie schüttelte den Kopf. Ich dachte, ich würde noch eine Lektion erteilt bekommen, aber plötzlich brach große Unruhe an der Tür aus, und ein großer dünner Mann erschien mit einer niedlichen Brünetten im Schlepptau. Ich sah Elizabeth an.

»Barrington?« Ihr Gesichtsausdruck war Antwort genug.

6

Der PR-Mann war ein langhaariger Kerl, dessen Locken mit einem Gummiband straff zu einem Pferdeschwanz zusammengefaßt waren. Ich persönlich habe immer große Probleme mit erwachsenen Männern, die Pferdeschwänze tragen, aber das liegt sicher an mir. Schlimmer noch: Er trug einen besseren Anzug als ich, sein Hemd hatte zwanzig Eier mehr gekostet als meins, und seine Krawatte hatte mehr gekostet als mein ganzes Hemd. Selbst das Glänzen seiner Schuhe ließ mein Herz schmerzen, also konzentrierte ich mich auf das Mädchen, das er mitgebracht hatte. Sie hatte richtig Klasse, war nicht sehr groß, hatte aber eine Figur, bei der einem die Augen rausplatzen konnten. Ihre Haarmähne war so schwarz wie die Innenseite eines Krähenlides und reichte ihr fast bis zur Taille. Sie versuchte auch nicht gerade, ihr Licht unter den Scheffel zu stellen. Sie trug ein Rüschenkleid, das neonblau leuchtete. Es war enger als eine Wurstpelle, absolut schulterfrei und endete knapp unterhalb der Schamhaargrenze.

»Sitz, Junge«, sagte Elizabeth.

»Ich halte bloß Ausschau nach versteckten Waffen.«

Der Blick, mit dem sie mich bedachte, hätte Farbe von den Wänden fallen lassen können. Ich grinste jungenhaft zurück, aber in letzter Zeit kam meine Jungenhaftigkeit irgendwie nicht mehr so gut an.

»Ich konzentriere mich wohl besser wieder auf meine Arbeit«, sagte ich. Sie nickte und wandte sich an den PR-Mann. »Barrington!« bellte sie. »Ab in die Bar, jetzt.«

»Hallo, Boß«, sagte Barrington. »Ich heb' mir die Drinks lieber für später auf, wenn Sie nichts dagegen haben. Ich bin ein bißchen spät und habe jede Menge zu tun.«

»Keine Drinks, Barrington. Ich hab' Ihnen was zu sagen. Und zwar jetzt. Und ich möchte nicht hier draußen mit Ihnen reden. Ich möchte dazu etwas Ruhe haben.«

Barrington schnitt eine Grimasse und folgte ihr in die Bar, wo das Personal noch die letzten Feinheiten für den Empfang regelte.

»Und lassen Sie die Tussie hier. Es geht ums Geschäft«, sagte die Chefin im Gehen über die Schulter.

Ich sah mich um und betrachtete die Brünette, die mit Barrington gekommen war. Sie erwiderte meinen Blick und sagte: »Nehmen Sie sich's nicht zu Herzen. Ich wette, sie läßt Sie später auch noch rein.«

Ich grinste. »Nicht schlecht«, sagte ich. »Aus der Hüfte geschossen. Warum überlassen wir sie nicht einander und holen uns was zu trinken? Ich bin sicher, wir finden eine Ecke, wo wir ihnen nicht im Weg sitzen.«

»Ja, in Ordnung, warum nicht?«

»Ich kümmere mich um diese junge Dame«, sagte ich zu den sich entfernenden Rücken von Elizabeth und Barrington. Sie ignorierten mich. Ich zuckte mit den Achseln und schnitt in Richtung des Mädchens eine Grimasse. »Meinen Sie, das heißt, daß die Idee ihnen gefällt?«

»Interessiert mich einen feuchten Kehricht. Bringen Sie mich einfach zu den Alkoholika.«

Je mehr ich über sie erfuhr, desto besser gefiel sie mir.

Wir gingen zusammen zur Bar. »Was wollen Sie?«

»Ein Häuschen auf dem Lande und einen BMW«, sagte sie. »Was glauben Sie denn wohl, was ich will? Was zum Aufpeppen natürlich.«

Sieht mir immer weniger nach einer Unschuld vom Lande aus, dachte ich. »Irgendwas Bestimmtes, oder soll ich Sie mit meinem Scharfsinn verblüffen?«

»Wird das dann ein Trip nach Malibu?«

»Viel besser«, sagte ich. »Haben Sie für das Besäufnis hier trainiert?«

Zum ersten Mal machte sie kein ernstes Gesicht und ließ mich ihre Zähne sehen. »Nein, das passiert mir einfach so. Ich nehm' einen Killer Zombie.«

Ich winkte den Barkeeper herüber. Ein Muskelklon mit Bürstenschnitt, Schnauzer, einem weißen Hemd, Fliege und einer schwarzen Hose, die so eng war, daß man seine Blinddarmnarbe sehen konnte. »Bitte einen Killer Zombie und ein Pint Mildes für meine Mutter«, sagte ich. Das Mädchen lächelte mich an, ohne die Miene zu verziehen.

Der Barmann lächelte überhaupt nicht. »Tut mir leid, Sir, wir haben kein mildes Ale.«

»Dann machen Sie einen großen Wodka-Orange daraus.«

»Ein Killer Zombie und ein großer Screwdriver«, sagte er. »Gerne, Sir.«

Während er die Drinks zubereitete, wandte ich mich wieder dem Mädchen zu und fragte nach ihrem Namen.

»Fiona.«

»Sind Sie mit ihm zusammen?«

»Wem?«

»Barrington«, entgegnete ich geduldig.

»Wie meinen Sie das: mit ihm zusammen?«

»Ist er Ihr Freund?«

»So'n Quatsch … der Trottel? Im Leben nicht. Ich arbeite heute abend.«

»Als was?«

»Wissen Sie das nicht?«

»Nein.«

»Wollen Sie mich verarschen?«

»Nein.«

»Sie wissen wirklich nicht, was ich mache?«

»Nein.«

»Das«, sagte sie und faltete das rüschenbesetzte Oberteil ihres Kleides herunter zur Hüfte, so daß ihre Brüste im Freien landeten. Ich wußte nicht recht, wo ich hinschauen sollte. Langsam bekam ich das Gefühl, daß mir Frauen heute, wohin ich auch ging, ihr Fleisch zur Schau stellten.

»Oh«, sagte ich.

»Seite drei«, erklärte sie. »Ich bin Oben-ohne-Model. Ich bin berühmt.«

»Oh«, sagte ich noch mal. Der Barmann brachte völlig desinteressiert unsere Drinks. Möglicherweise hätte er lieber meine Brust gesehen. Sie zog das Oberteil ihres Kleides wieder hoch und drückte sich darin herum, bis sie sich wohl fühlte, dann warf sie das Schirmchen und die Früchte und den Plastikmüll aus ihrem Glas in einem klebrigen Haufen auf die Bar und kippte die Hälfte des Drinks in einem Schluck hinunter.

»Wir nehmen besser noch zwei davon«, sagte ich zu dem Barkeeper. »Und wo Sie schon dabei sind, können Sie mir auch noch einen Wodka bringen.«

Er zog los, um die Bestellung auszuführen, und aus dem Augenwinkel konnte ich sehen, wie mich Elizabeth vom anderen Ende der Bar aus böse anstarrte, wo sie mit Barrington redete.

»Nächstes Mal weiß ich es besser«, sagte ich.

»Ja, sollten Sie. Ich bin morgen in der *Sun*.«

»Dann kauf' ich mir eine. Vielleicht können Sie mir ein Autogramm drauf schreiben?«

»Wo drauf?«

»Auf die Zeitung.«

»Oh, ist das alles?«

»Im Augenblick schon.«

»Wie heißen Sie denn?« fragte Fiona.

»Nick.«

»Und was machen Sie?«

»Nicht viel«, sagte ich.

Sie sah mich von oben bis unten an. »Das kann ich mir denken. Und was machen Sie dann hier?«

Das war eine gute Frage, und ich mußte improvisieren. »Ich arbeite ein bißchen am Nachlaß von Sir Robert Pike, und weil ich sowieso im Haus der Pikes wohne, haben sie mich mit eingeladen.« Es war keine Lüge, aber es war auch nicht die ganze Wahrheit.

»Großer Gott, da gehören Sie ja zu den Auserwählten.«

»Ich?«

»Vielleicht nicht. Der alte Mann war okay. Ich hab' ihn ein paarmal getroffen. Wirklich schade um ihn. Aber die Kinder, die können höchstens mit dem Arsch pfeifen, so kaputt sind die.«

»Wirklich?«

»Sie haben doch gehört, wie Miss Elizabeth«, sie betonte das Wort ›Miss‹ deutlich, »mit Barrington gesprochen hat. Das war nicht nötig. So schlimm ist er nicht. Vielleicht ein bißchen nervig. Aber ich sag' Ihnen was, diesen Scheiß hier macht der im Schlaf. Und die andere, Miss Catherine, ist nicht viel besser.« Sie unterbrach sich und starrte mich an. »Sie vögeln doch keine von denen, oder?«

»Nein, überhaupt nicht.«

»Gott sei Dank. Barrington und ich haben schon genug Ärger, ohne daß ich auch noch mit meinen großen Füßen in die Scheiße latsche.« Sie rückte näher an mich heran, und ich sah, daß ihre Pupillen groß wie Untertassen waren. »Bei Elizabeth hätten Sie wahrscheinlich sowieso kein Glück, wie ich höre, aber die andere, die Blonde, mit der könnte es was werden.«

»Ach wirklich?«

»Sagt man.«

»Sagt wer?«

Sie zwinkerte. »Alle möglichen. Ich komm' rum und sie auch. Aber ich bin gehässig.« Sie berührte meinen Jackettaufschlag. »Vielleicht bin ich eifersüchtig.«

»Worauf?«

»Auf Sie mit ihr.«

Das tat mir gut. »Verarschen Sie mich nicht, Fiona«, sagte ich. »Ich bin nicht erst heute morgen aus dem Ei geschlüpft.«

»Das war klar. Wenn ich es nicht besser wüßte, würde ich sagen, Sie sind ein Bulle.«

Nur knapp daneben. Aber wie die Kavallerie rettete mich Catherine durch ihre Rückkehr vom Klo. Sie kam zu uns, der Barmann brachte unsere neuen Drinks, und Barrington ging ebenfalls in unsere Richtung. »Jetzt geht's los«, sagte Fiona. »Sieht so aus, als bräuchte man mich. Ich geh' mich besser umziehen. Wir sehen uns später.«

»Ich freu' mich drauf«, sagte ich.

»Danke für den Drink.«

»War mir ein Vergnügen.«

Sie grinste ironisch und lief Barrington entgegen, dann verschwanden sie gemeinsam irgendwo im hinteren Ende des Clubs.

Catherine erreichte mich, als Fiona ging. Sie grüßten einander nicht. Ich hätte gleich wissen sollen, daß sie nicht gerade Seelenverwandte waren. Ich nahm einen Schluck von meinem neuen Wodka. »Blöde kleine Kuh«, sagte Catherine.

»Ich fand sie ganz nett. Möchten Sie was trinken?« Ich kam mir mehr wie ein Cocktailkellner vor denn wie ein Privatdetektiv.

»Gin, bitte, einen großen.«

»Das hätten Sie nicht sagen müssen«, murmelte ich leise, dann gab ich ihren Wunsch an den Barkeeper weiter.

Nun stieß Elizabeth zu uns. »Bitte, bringen Sie mir irgendwas«, sagte sie. »Hab' ich doch gesagt. Dieser Typ ist so ein Schwachkopf, ich kann kaum glauben, daß er immer noch im Geschäft ist.«

»Was ist denn das Problem?« fragte ich mitfühlend, während ich den Barkeeper noch einmal herüberwinkte und noch einen großen Gin-Tonic bestellte.

»Das übliche. Mangelnde Kommunikation. Ich hätte Barrington besser im Auge behalten sollen. Es ist meine

Schuld, ich habe mich nicht darum gekümmert. Er hat sich mit dieser kleinen Schlampe drüben im Zanzibar Koks reingezogen, anstatt die Gästeliste durchzusehen. Das ist überhaupt auch noch so 'ne Sache. Die Gästeliste. Das ist einfach nur ein Haufen von Barringtons heruntergekommenen Saufkumpanen. Ich hab' ihm gesagt, ich will A- und B-Leute, die diesen Empfang in die Zeitung bringen und uns ein bißchen gute Publicity verschaffen, und er lädt jeden Versager der Stadt ein. Ich hoffe bloß, daß wir ein paar gute Presseleute hier haben, sonst fliegt er.«

Das tut er doch sowieso schon, dachte ich, sagte aber nichts.

Der Barkeeper brachte die Drinks, und Elizabeth nippte mißmutig an ihrem. »Mir ist es ja egal, aber Daddy hatte so große Hoffnungen für dieses Magazin.«

Catherine berührte sie am Arm. »Es wird bestimmt ein Erfolg, du hast wunderbare Arbeit geleistet.« So wie sie Elizabeth anschaute, erwartete ich fast ein »Es wird alles wieder gut«.

»Sind die Drinks umsonst?« fragte ich.

»Die ganze Nacht«, sagte Elizabeth.

»Dann wird alles gutgehen.«

»Danke, Mr. Sharman«, sagte sie und legte ihre Hand auf meine. »Ich wünschte, es wäre so einfach.« Hier wurden so viele Berührungen ausgetauscht, daß ich langsam das Gefühl hatte, wir könnten auch Sir Robert im Jenseits kontaktieren und ihn selbst fragen.

Mittlerweile trafen auch die ersten Gäste ein. Ich verstehe nicht viel von A- und B-Leuten, obwohl ich annahm, daß ich mich irgendwo zwischen X und Z ganz wohl fühlen würde. Aber diese Typen kamen mir auch wirklich nicht wie die Creme der Glitterati vor. Die ersten paar krochen mit ihrer Gratisausgabe des neuen Magazins in Händen durch die Tür und sahen ungefähr so glücklich aus wie die Jackson Five, während sie sich auf ein Konzert beim Ku-Klux-Klan vorbereiteten. Catherine verschwand wieder auf dem Klo. Schwache Blase? Vielleicht, vielleicht auch nicht.

»Herrje«, störte Elizabeth meine Betrachtungen. »Wo hat er denn diese Säcke her?«

»Von früher«, sagte ich. »Warum mischen Sie sich nicht unter die Massen und beehren den Pöbel mit Ihrem Charme und Ihrer Grazie? Keine Sorge, ich bin nicht weit weg. Und wir müssen sowieso bald reden, Catherine hat mir ein paar Sachen erzählt.«

»Was denn?«

»Kann ich Ihnen jetzt nicht sagen, vielleicht später.«

»Ich bin erst fertig, wenn alles vorbei ist. Wie wär's mit morgen?«

»Morgen früh, als allererstes?«

»Als allererstes, nachdem ich ausgeschlafen habe.«

»Es ist wichtig.«

»Schon gut, Mr. Sharman. Morgen als allererstes, ich versprech' es.«

Catherine kam von der Damentoilette zurück. Elizabeth schnappte sie sich, und die beiden ließen sich sofort von einem Pärchen Gerrard-Street-Schleimer umgarnen, die aussahen, als betrieben sie ein Tiefkühlkrabben-Franchise. Ich zögerte, aber Elizabeth zuckte mit den Achseln und machte eine Handbewegung, ich solle mich verziehen, also ließ ich sie machen.

Es wurde voller. Essen und Trinken umsonst lockte selbst die Wichtigsten von ihren Fernsehern und aus ihren Kneipen weg, um die Erstausgabe von *Cause Célèbre* zu begutachten. Ein paar Köche mit hohen Hüten bereiteten sich darauf vor, an einem langen Tisch am Ende des Restaurants ein gigantisches Buffet darzubieten, und eine Horde Kellner verpaßte der Menge tablettweise Champagner in hohen Flöten. Alles verlief ohne peinliche Zwischenfälle und sehr vornehm, aber insgesamt fühlte ich mich auf der Party überhaupt nicht wohl.

Ich tauschte mein leeres Wodkaglas gegen ein volles mit Champagner, verkroch mich in eine stille Ecke, parkte das Glas auf einem Fensterbrett, zündete mir eine Zigarette an und widmete der Party meine ganze Aufmerksamkeit.

Mittlerweile war der Raum zu etwa einem Viertel voll. Die Klimaanlage lief, und nach der Hitze draußen betrug die Temperatur angenehme zweiundzwanzig oder so. Ein paar Typen hatten in einer Ecke eine kleine Anlage aufgebaut und spielten eine Mischung aus Vierziger- und Fünfziger-Bop-and-Stroll-Platten in einer Lautstärke, daß man die Musik überall hören konnte, sie aber nicht störte. Genau das war ihre Aufgabe.

Barrington und Fiona hielten Hof an einem Tisch, der direkt am Haupteingang aufgestellt war und auf dem in hohen Stapeln die Erstausgabe des Magazins lag. Fiona hatte sich in ein Minikleid geworfen, das noch weniger bedeckte, falls das überhaupt möglich war. Dieses war purpurrot und dramatisch bis zum Nabel ausgeschnitten. Ich fragte mich, ob Brunel das Copyright auf ihre Unterwäsche hatte. Anregender Gedanke.

Die Leute liefen durcheinander, als tanzten sie eine komplizierte Gavotte. Kleine Grüppchen formten sich vor meinen Augen und lösten sich wieder auf; der Champagner ließ meinen Kopf schwitzen. Ich hörte viel zu und sagte wenig. Ein paar Leute begutachteten mich abschätzend, einige sagten belanglose Dinge. Ich antwortete, wenn ich etwas gefragt wurde, gab mir aber nicht viel Mühe. Das war nicht schwer. Ich hatte ein paar Gestalten im Auge, die so fertig waren, daß einem glatt die Piña Colada gerinnen konnte, und alles, worüber sie redeten, war Geld, Geld, Geld.

Wie gesagt, ich hörte viel zu, und ich brauchte nicht lange, um die Hackordnung in der Welt der Verlage und Herausgeber zu ergründen. Sie wurde anscheinend vor allem von Frauen beherrscht, und bald schon bildeten sich drei klare Typen heraus. Ganz unten waren die jungen Frauen. Viele blonde Haare, große Hintern, kleine Titten, Miniröcke und dunkle Strümpfe. In der Mitte waren Walküren mit Donnerstimmen, die einem das Trommelfell zerfetzen konnten. Sie hatten das Monopol auf häßliche Beine, Seidenschals von Hermès und so verwaschen bedruckte Blusen, daß es aussah, als könnte ein Ochsenfrosch in ihrem Dekolleté wohnen. Und ganz oben standen die großen dünnen Frauen mit Haaren wie Glasfasern, maskulinen Kostümen mit Schulterpolstern und einem Killerblick, der einem das Gefühl gab, wenn sie einem einen bliesen, würde man am Ende seinen Schwanz vielleicht nicht wiederkriegen. Ihre Begleiter waren eine eklektische Mischung aus Hurra-Henrys, tätowierten *Loveboys* und Vorstadtsozialarbeitern in Turnschuhen. Nette Leute, keine Frage. Am liebsten hätte ich meine Bohnensprossen und den Sesamsalat ausgekotzt.

Nach ungefähr einer Stunde hatte ich das Gefühl, ich sollte mal nachsehen, wo Catherine war. Ich machte mich auf in Richtung Hauptbar, blieb aber etwas außerhalb hängen, wo sich ein paar kichernde Friseure versammelt hatten. Sie quatschten über Scheren und Gel und Dauerwellen und andere wichtige Dinge. Sie begutachteten die Frisuren und suchten nach kahlen Stellen bei den Gästen. Plötzlich schien ein kleiner Streit auszubrechen, und einer der Pfauen, ein Traum in schwarzem Satin mit Plateauschuhen, brach aus der Meute aus und lief unsicher in meine Richtung. Mit erstaunlicher Kraft packte er mich am Arm und bedachte mich mit einem Blick aus seinen babyblauen Augen. »Willst du 'ne Line, Süßer?«

Ich entfernte seine Hand und strich den Ärmel meines Jacketts glatt. »Eine Line was?« fragte ich unschuldig.

Er kicherte und rieb sich das Gesicht, verschmierte seinen Eyeliner. »Komm mir nicht so«, flüsterte er. »Verschwinden wir doch bei den Herren.«

»Was ist mit Ihren Kumpels?«

Er schniefte, als wäre ihm nicht nur Kokain in die Nase geraten. »Diese Ziegen«, sagte er, »können mich am Arsch lecken und kriegen nichts von meinem Zeug. Ich teile lieber mit einem richtigen Mann.«

Ich empfand das als Kompliment. »Tut mir leid«, sagte ich. »Nicht jetzt. Ich suche nach der jungen Dame, mit der ich hergekommen bin.«

»Oh«, sagte er und verbarg einen kleinen Rülpser mit seinem Handrücken. »Sagen Sie, wer könnte das wohl sein?«

»Catherine Pike.«

Er sah aus, als würde er gleich einen Herzanfall bekommen. Er tanzte von einem Fuß auf den anderen; dann zerrte er – der kleine Streit von vorhin war offensichtlich vergessen – seine Freunde herüber, und als sie meinen Namen erfahren und sich alle vorgestellt hatten, schilderte er ihnen meine Situation.

»Also sind Sie der Neueste«, sagte ein großer, ägyptisch anmutender Mann mit dem unglaublichen Namen Ivan. »Ich muß sagen, sie hat auch nicht mehr den Stil von einst.«

»Aber ein bißchen rauh mochte sie es immer gern«, sagte mein erster neuer Bekannter, der auf den Namen Leee hörte, mit drei Vokalen. Er sah mich an. »Jetzt seien Sie nicht beleidigt. Wir machen nur Spaß und sind, zumindest was mich angeht, auch ein winzig kleines bißchen eifersüchtig. Wir haben Sie die ganze Zeit schon im Auge, seit wir reingekommen sind, und wir wollten unbedingt, daß Sie zu uns kommen, und jetzt sind Sie schon vergeben. Und ausgerechnet an Catherine, und sie hat mir nie davon erzählt.«

»Warum sollte sie?« fragte ich.

»Was glauben Sie wohl, wer dafür verantwortlich ist, daß die Lockenpracht der lieben Cathy zum Partytalk wird?« Er machte einen Schmollmund. »Jedes Haar schreit ›Leee‹. Ich bin ihr persönlicher Haarstylist. Sie faßt keine Shampooflasche an, ohne es vorher mit mir zu besprechen. Und jeder weiß schließlich, wie intim die Beziehung zwischen einer Frau und ihrem Friseur ist. Deshalb muß ich darauf bestehen, daß Sie mir über sich erzählen, Nicholas. Ich kann da drüben einen freien Tisch entdecken, und ich könnte sterben für einen Cuba Libre. Seien Sie doch so lieb und holen Sie mir einen von der Bar, dann können wir ein wenig plaudern.«

Wir ließen die anderen Friseure stehen, die sich darüber

beschwerten, daß sie immer ausgeschlossen wurden, und während Leee den Tisch besetzte, marschierte ich hinüber zur Bar und bestellte einen großen Rum mit Coca-Cola und einen Wodka für mich selbst. Wie erwartet saß Catherine da und war von einem kleinen Fanclub umgeben. Sie schien in guten Händen zu sein, und in denen beließ ich sie auch. Elizabeth war nirgends zu sehen.

Als die Drinks kamen, trug ich sie zurück an den Tisch und setzte mich neben Leee. Er nahm einen Schluck und zündete sich eine meiner Zigaretten an.

»Gut, mein lieber Nicholas«, sagte er. »Also erzählen Sie mir alles.«

Ich entschied mich, bei der Story zu bleiben, die ich schon Fiona erzählt hatte. »Es gibt nicht viel zu erzählen«, sagte ich. »Ich arbeite an Sir Roberts Nachlaß. Nichts Besonderes. Sammle bloß ein paar Papiere zusammen. Bis ich fertig bin, wohne ich in der Curzon Street, und Miss Pike hat mich zum Essen und dann hierher eingeladen. Nicht sonderlich interessant, fürchte ich.« Ich lächelte bescheiden und ernsthaft. Das übe ich jeden Morgen vor dem Spiegel, wenn ich mich rasiere.

»Catherines Freunde sind immer interessant«, sagte Leee. »So ein faszinierendes Sammelsurium.«

»Ein wenig rauh, haben Sie, glaube ich, vorhin gemeint.«

»Oh, Nicholas, ich habe doch schon gesagt, das war nur Spaß, aber ich könnte Ihnen da schon ein paar Geschichten erzählen.«

»Das möchte ich wetten.«

»Und vielleicht mache ich das auch.« Er grinste, und ich wußte, daß er mich in seine Geheimnisse einweihen würde, wenn es soweit war.

»Wie lange kennen Sie sie schon?« fragte ich.

»Seit dem ersten Tag, den sie in London war. Sie ist zum Waschen und Schneiden reingekommen.« Er grinste wieder. »Ich habe ihr Haar gemacht. Wir haben angefangen zu reden. Seitdem reden wir. Ein- oder zweimal die Woche kümmere ich mich um ihr Haar. Sie kann es sich leisten.

Reiche Leute reden mit ihren Friseuren. Ich kann zwischen den Zeilen lesen. Ich kann zwischen den Worten hören.« Er tippte sich auf die Stirn. »Um gewisse Sachen mitzukriegen, muß man nicht allzu clever sein.«

»Erzählen Sie mir von den anderen Männern.«

Er nahm einen großen Schluck seines Drinks und spuckte Eis zurück ins Glas. »Ich könnte schwören, daß Sie eifersüchtig sind, Nicholas«, sagte er.

»Ich bin bloß ein ergebener Diener der Familie. Ich schlafe nicht mit ihr. Warum sollte ich eifersüchtig sein?« Aber ich glaube schon, daß ich es war. Wenigstens ein bißchen.

»Aber Sie würden gern«, sagte Leee. »Ich kenn' doch die Symptome. Und ich wette, sie hat Ihnen schon klargemacht, daß das durchaus drin wäre.«

Ich zuckte mit den Achseln, und er lachte.

»Seien Sie vorsichtig, mein Lieber«, sagte er. »Wenn Catherine eine Droge wäre, dann die allerverbotenste. Männer würden für sie sterben. Ich habe sie zwei Schritte hinter ihr herlaufen sehen, mit glasigen Augen, völlig durcheinander. Ein wenig von ihr richtet schon eine Menge an, und sie begnügt sich selten mit ein wenig. Aber ich muß Sie warnen, sie fängt auch schnell an, sich zu langweilen, und dann geht sie wieder auf Abstand, also seien Sie vorsichtig, sonst gibt es Tränen.«

»Ich werd's überleben.«

»Vielleicht ja, vielleicht nein, wir werden sehen. Viele haben das nicht geschafft.«

»Wirklich?«

»Nicholas, Sie klingen immer weniger wie ein, was war es, ein Nachlaßverwalter, und immer mehr wie, na ja, ich bin nicht sicher, was.«

Darauf würde ich achten müssen. »Ich bin bloß neugierig«, sagte ich. »Also erzählen Sie schon.«

»Na gut, wenn Sie darauf bestehen. Es waren viele. Als ich sie kennenlernte, kannte sie niemanden in London. Wir wurden gute Freunde. Ich hab' sie unter meine Fittiche genommen.« Er lachte laut über den Ausdruck. »Wir haben uns verdammt gut amüsiert. Haben alles mögliche gemacht. Wir haben die Stadt auf den Kopf gestellt, mein lieber Nicholas. Die Heten umschwärmten sie wie die sprichwörtlichen Bienen den Honigtopf, und sie soll einen süßen kleinen Topf haben, hat man mir gesagt.« Er zwinkerte mir durch die Locken zu, die in seine Stirn fielen. »Natürlich weiß ich das nicht aus eigener Erfahrung, aber ich habe ein paar ihrer Reste vernaschen dürfen.«

Ich sah auf. Catherine stand am Eingang zur Bar und sah sich um, als suchte sie jemanden; vielleicht hielt sie nach mir Ausschau.

»Hören Sie«, sagte ich. »Wir müssen ein andermal weiterreden. Kann ich Ihre Nummer haben?«

»Sie Schlawiner.«

»Bloß geschäftlich«, versicherte ich ihm.

»Ich wette, das sagen Sie zu allen Jungs.«

Ich sah ihn ärgerlich an, und er überreichte mir seine Telefonnummer auf der Rückseite einer Karte, auf der vorn der Name des Salons stand, in dem er arbeitete. »Sie können jederzeit anrufen«, sagte er.

Ich sagte ihm, daß ich mich melden würde, und entschuldigte mich, um zu Catherine zu gehen. Wahrscheinlich hatte sie noch eine halbe Flasche Gin dazugeschüttet, seit ich sie das letzte Mal gesehen hatte, aber unter den gegebenen Umständen wirkte sie durchaus fit. »Sie haben Leee schon kennengelernt«, sagte sie.

»War kaum zu vermeiden.«

»Passen Sie auf, Nick, Sie sind genau sein Typ.«

»Danke, das hab' ich auch schon gemerkt.«

Sie kicherte und hielt sich die Hand vor den Mund, um sich in den Griff zu kriegen. »Heute ist Ihre große Nacht, was? Dieses kleine Flittchen Fiona Dingsbums, Leee, und ich darf mich ganz um mich alleine kümmern.«

»Sie scheinen gut damit klarzukommen.«

»Ich bin es gewohnt. Jetzt muß ich aufs Klo. Entschuldigen Sie mich?«

»Natürlich«, sagte ich, und sie stakste davon.

Ich erwischte einen Kellner und verhalf mir zu noch einem Gläschen Brause. Ich setzte mich in die Ecke eines nahegelegenen Sofas und dachte an all die Bruchstücke von Geschichten, die ich an diesem Abend gehört hatte. Ich sah auf meine Uhr. Mitternacht. Etliche Cinderellas ließen ihre gläsernen Schuhe stehen und machten sich auf den Weg zu anderen Vergnügungen, aber immer noch kamen neue Leute, und die Party zeigte keine Anzeichen von Flaute.

Plötzlich teilte sich die Menge vor mir, und Fiona taumelte heraus. »Platz da, Nick, ich muß mich setzen, Herrgott noch mal, meine verdammten Füße bringen mich um.«

Ich gehorchte, und sie ließ sich neben mir auf das Sofa fallen und zog ihre Schuhe aus. »Das tut gut.« Sie streckte die Zehen. »Augenblick, ich bin gleich wieder da.« Sie ging barfuß davon und nahm einem Kellner zwei Gläser Champagner ab, dann patschte sie zurück und setzte sich wieder zu mir aufs Sofa. Ich erhielt eines der Gläser.

»Prost«, sagte sie und nahm einen großen Schluck. »Fuck, was für ein Streß heute. Gott sei Dank ist das andere Mädchen aufgetaucht, und ich kann mal Pause machen.«

»Was machen Sie denn?« fragte ich.

»Das übliche. Leuten, die sich nur umsonst besaufen wollen, das dusselige Produkt aufschwatzen. Nett sein zu Arschgeigen, die bloß in meinen Ausschnitt glotzen wollen; mich mit irgendwelchen Arschgeigen fotografieren lassen und ihnen auf ihre fetten Finger hauen.«

»Kein Interesse, was?«

»Arschgeigen. Hab' ich doch schon gesagt, ich bin berühmt – na ja, fast. Aber ich arbeite jetzt professionell, und damit meine ich, als Model.«

»Gut«, sagte ich. »Noch eine wahre Individualistin, das gefällt mir.«

»Mir auch«, sagte sie. »Es geht mir supergut dabei. Haben Sie 'ne Kippe?«

Ich fischte für jeden von uns eine Silk Cut heraus, und sie zündete sie mit einem Zippo-Feuerzeug an, das sie aus den Tiefen ihrer Handtasche kramte. Das Feuerzeug war aus Messing und hatte ein emailliertes Regimentsabzeichen.

»Ist er ihr Freund?« fragte sie.

»Wer?«

»Leee, der Friseur der Stars. Ihr zwei saht aus, als ob ihr euch gut kennt.«

»Nein«, entgegnete ich.

»Sie sind nicht schwul, oder?«

Ich wußte, daß die Hemdfarbe ein Fehler gewesen war. »Sehe ich so aus?«

»Wie sehen Schwule aus?« schoß sie zurück. »Sie wären erstaunt. Oder doch nicht?«

»Wahrscheinlich«, sagte ich. »Und nein, ich bin nicht schwul. Ich rede bloß gerne mit Friseuren.«

Sie sah mir direkt in die Augen und sagte: »Sie sind ein komischer Kerl, Nick, aber ich mag Sie irgendwie. Wollen Sie gut draufkommen?«

»Wie gut?«

»Verdammt gut.«

»Womit?«

»Nepalesische Freudenkugeln.«

Ich tippte auf das Logo am Feuerzeug. »Ihr Mann?«

»Nein, Vater und Bruder.«

»Großer Gott.«

»Und, wollen Sie?« fragte sie wieder.

»Nichts lieber als das.«

»Dann kommen Sie.«

»Lieber nicht.«

»Warum nicht?«

»Vielleicht müßten wir heiraten.«

»Hätte ich nichts dagegen«, sagte sie. »Für 'ne Weile jedenfalls.«

»Aber würden Sie mich morgen früh immer noch ernst nehmen können?« fragte ich.

Sie kicherte. »Wollen Sie's wirklich wissen?«

»Liebend gern, aber heute abend bleibe ich besser auf

dem schmalen Pfad der Tugend. Ich bin ja mit den Herrschaften hier. Sie wissen schon.« Ich verabreichte ihr eines der bescheidenen, ernsthaften Lächeln, die ich geübt hatte.

»Ich weiß, aber ich mußte es wenigstens versuchen, oder?«

»Auf jeden Fall.«

»Wollen Sie meine Nummer?« fragte sie und fügte dann hinzu: »Obwohl mir der Sinn an einem anderen Abend vielleicht nicht mehr nach Ihnen steht.«

»Wollen Sie's wirklich wissen?« fragte ich, und sie grinste und steckte das Feuerzeug in ihre Tasche und wühlte darin herum, bis sie mit einer weiteren Visitenkarte für meine schnell wachsende Sammlung auftauchte.

»Das ist mein Agent«, sagte sie. »Da können Sie anrufen und eine Nummer hinterlassen, unter der ich Sie erreichen kann. Die gibt er an mich weiter. Wenn ich es mir nicht anders überlege, melde ich mich. Und das hier ist für jetzt.« Sie beugte sich vor und küßte mich auf den Mund. Ihre glitschige kleine Zunge zwängte sich zwischen meinen Lippen hindurch und berührte meine Zähne. Sie roch nach *White Linen* und heißer Frau. Ich streckte eine Hand nach ihr aus, aber sie war schon fort. »Leide wie ein Hund«, sagte sie, zwinkerte, nahm ihre Schuhe und verschwand auf der Damentoilette.

Genau das tat ich eine Weile, ich litt wie ein Hund, dann sammelte ich mich und strich mir den Anzug glatt, regte mich ab und ging zur Bar.

So verstrich die Nacht. Die Meute tanzte im Kreis wie ein Karussell. Ich lernte noch ein paar andere Leute kennen, die ich durch den Wodkanebel allerdings kaum wahrnahm. Ich sprach noch einmal mit Leee, mit Fiona und mit ein paar anderen, an die ich mich nicht erinnere.

Schließlich endete ich mit Catherine an der Bar. Wir waren beide breit und saßen mit den Knien aneinander auf zwei Barhockern und erzählten uns traurige Geschichten. Ich weiß noch, daß sie an einer Stelle weinte und daß ich ziemlich nah dran war. Sie ging aufs Klo und reparierte den

Schaden und kam zurück und sagte mir, daß sie gehen wolle. Sie verriet mir die Nummer des Autotelefons im Rolls, und ich lieh mir das Telefon hinter der Bar und rief Vincent an. Ich sagte ihm, er solle uns in fünfzehn Minuten am Eingang erwarten.

Wir verabschiedeten uns und holten ihren Mantel und gingen zur Tür. Ich meldete uns bei Elizabeth ab, und sie versicherte mir, daß sie die Firmenlimousine nehmen würde, um nach Hause zu kommen. Ich wünschte ihr noch einen schönen Abend und ging. Es war immer noch feuchtheiß draußen, und die Stadt roch nach altem Flanell.

Der Rolls parkte an der Old Compton, und Vincent ließ die Scheinwerfer aufblitzen, blinkte links und bog ab in die Dean Street. Catherine und ich gingen zwischen zwei Wagen hindurch in seine Richtung, aber noch bevor er abbiegen konnte, löste sich ein alter Marina oder Avenger mit ausgeschalteten Scheinwerfern hinter dem Rolls vom Bürgersteig. Er wirbelte herum und raste in unsere Richtung. Ich zerrte Catherine zurück, und die alte Kiste krachte in den Wagen neben uns und tanzte funkenschlagend und umgeben vom Geruch verbrannten Gummis über die Dean Street. Catherine sackte wie ein Stein zu Boden, und ich konnte sie gerade noch an der Hüfte auffangen.

Vincent hielt direkt vor uns, sprang heraus, riß die hintere Tür auf. Er half mir, Catherine hinten in den Wagen zu stopfen.

»Alles in Ordnung mit ihr?« fragte er mit Panik in der Stimme.

»Ich glaube schon. Fahren Sie in Richtung eines Krankenhauses, und machen Sie mir Licht hier drin.«

Er hopste hinters Steuer und drückte auf einen Knopf, der das Licht im hinteren Bereich des Wagens anschaltete. Catherine stöhnte, und ich tastete nach zerrissenem Stoff oder anderen Anzeichen, daß sie von dem Wagen erwischt worden war. Keine unangenehme Arbeit, und ich ließ mir Zeit damit.

Sie fühlte sich gut an, mehr als nur gut, und als sie die Augen aufschlug, war ich sicher, daß sie bloß ohnmächtig geworden war.

»Alles in Ordnung?« fragte ich.

»Das sollten Sie doch wissen«, sagte sie. »Ich bin nicht mehr so gründlich untersucht worden, seit ich das letzte Mal beim Gynäkologen war.«

»Alles in Ordnung.« Ich klopfte an die Trennscheibe und sagte Vincent, er solle das Krankenhaus vergessen und uns nach Hause fahren.

7

Am nächsten Morgen erwachte ich allein in einem fremden Bett. Das war nicht so schlecht. Wenigstens mal etwas anderes, als allein in meinem eigenen aufzuwachen. Ich fühlte mich übler als sonst. Ich hatte drei Stunden geschlafen. Auch das war besser als sonst, normalerweise schaffte ich kaum zwei.

Ich rollte mich auf den Rücken. Die Sonne war längst aufgegangen, es war stickig. Ich wünschte, ich hätte die Klimaanlage eingeschaltet. Ich krebste aus dem Bett und ins Bad. Ich werde niemandem verraten, wie ich aussah. Ich wusch mich und rasierte mich und fand all meine Sachen sorgfältig aufgehängt in der Garderobe. Vielen Dank, Miranda, dachte ich und fragte mich, ob ich nach dem Fiasko der letzten Nacht schnell wieder packen mußte. Ich zog eine Blue Jeans und ein weiches, weites Hemd an und wanderte durchs Haus, um meinen Kater zu verscheuchen. Es war so still wie an einem feuchten Nachmittag in Ongar. Auf der Suche nach Leben ging ich bis ins Untergeschoß und roch Speck und Kaffee; ich folgte meiner Nase und fand die Küche. Miranda saß an einem riesigen Holztisch und frühstückte mit einer dicken Frau in einer weißen Küchenschürze und einem älteren Mann mit stahlgrauen Haaren, der mit schwarzem Jackett und gestreifter Hose bekleidet war. Sie standen alle auf, als ich die Küche betrat. Miranda sah ziemlich gut aus in ihrem schwarzen Kleid und einer frischen Schürze.

»Guten Morgen«, sagte sie.

»Wirklich?« fragte ich.

»So schlimm?«

»Schlimmer.«

»Macht nichts.«

Die beiden älteren Herrschaften begutachteten mich. »Das ist Mr. Sharman«, sagte Miranda. »Mr. Sharman, das ist Mrs. Bishop, unsere Köchin, und Mr. Courtneidge, der Butler.«

Ich zwang mich zu lächeln. »Guten Morgen. Nett, Sie kennenzulernen. Bitte, stehen Sie meinetwegen nicht auf, ich arbeite hier bloß – im Augenblick jedenfalls.«

Sie entspannten sich beide, nickten mir zu und setzten sich wieder.

»Haben Sie etwas dagegen, wenn ich mich zu Ihnen geselle?« fragte ich. »Ich fühle mich grauenhaft.«

»Im Gegenteil«, sagte Courtneidge. »Bitte sehr.«

Ich setzte mich an den Kopf des Tisches.

»Würde Kaffee helfen?« fragte Miranda.

»Möglicherweise.«

»New Guinea, fein gemahlen, gerade frisch gebrüht.«

»Klingt gut.«

»Wie war die Party?« fragte sie.

»Die Party war gut.«

»Schön, ich bin froh, daß es gut gelaufen ist.«

»Hatte seine Momente.«

»Wann sind Sie zurückgekommen?«

»Halb vier oder so.«

»Sie sind früh auf.«

»Ich schlafe nicht mehr viel.«

»Warum nicht?«

»Wenn ich schlafe, träume ich, und wenn ich träume, wache ich auf.«

»Immer?«

»Im Augenblick.«

»Wovon träumen Sie?«

»Meistens von Toten.«

»Warum?«

Ich sah auf und sah ihr direkt in die dunkelbraunen Augen. »Die meisten Leute, die ich kannte, sind tot«, sagte ich.

Sie hielt meinem Blick stand. »Das klingt sehr dramatisch.«

»Kann es auch sein.«

Courtneidge und Mrs. Bishop waren schweigende Zeugen dieser Unterhaltung.

»Möchten Sie etwas frühstücken?« fragte Mrs. Bishop.

Vom Abenteuer zum Alltag in einem Wimpernschlag. So ist das Leben.

»Im Augenblick noch nicht, aber ich hätte gern einen Kaffee«, sagte ich, so freundlich ich konnte.

Miranda brachte mir eine Frühstückstasse voller Kaffee. Er roch himmlisch und schmeckte paradiesisch. »Vielen Dank«, sagte ich und steckte mein Gesicht in die Tasse. Der Kaffee war stark, so wie ich ihn mag, und dunkel und süß wie der Kuß einer Jungfrau. Ich fragte mich, wie viele Jungfrauen ich in letzter Zeit geküßt hatte, oder überhaupt.

Als ich die Tasse leer hatte, fragte mich Miranda, wie es mir ginge.

»Besser, aber immer noch schlecht – es liegt am Trinken.«

»Sie sollten nicht soviel trinken«, sagte sie. »Das ist nicht gut für Sie.«

»Miss Elizabeth braucht noch eine Weile. Sie hat die Anweisung gegeben, sie um acht zu wecken, und sie möchte Sie sofort sehen, sobald sie angezogen ist«, sagte Courtneidge. »Miss Catherine wird bis spät schlafen.«

»Das kann man ihr kaum vorwerfen!«

»Sind Sie sicher wegen des Frühstücks?« fragte Mrs. Bishop.

»Ziemlich, aber ich hätte gern noch eine Tasse Kaffee, wenn das geht.«

»Natürlich«, entgegnete sie lächelnd.

Ich saß da, trank noch mehr Kaffee und beobachtete Mirandas Hintern unter ihrem Rock, während sie ihren Pflichten nachkam. Ich habe Frauen immer schon auf den Hintern geschaut, solange ich mich zurückerinnern kann. Man kann daraus keine Rückschlüsse auf ihre Persönlichkeit ziehen, aber es ist ein großartiger Zeitvertreib.

Gegen halb acht, drei Tassen und zehntausend Revolutionen später, brach ich zu einem Spaziergang auf. Ich brauchte Luft, bevor ich dafür zusammengestaucht wurde, daß ich Catherine fast verloren hätte. Miranda zeigte mir, wie ich mich an den Mülleimern vorbeidrücken und ein paar Stufen hinaufgehen und dann zum Hinterausgang hinaus verschwinden konnte. Es war warm und stickig draußen, aber der Park roch in der Morgenluft dennoch besser. Ich kaufte mir eine Zeitung und war auch noch in dem verdammten Ding drin. Auf der Klatschseite war ein Foto von Catherine, der irgendein Popstar vorne im Kleid hing. Im Hintergrund war mein halbes Gesicht, säuberlich abgeschnitten am Rande des Fotos. Schwer zu sagen, wie ich wohl aussah, unter diesen Umständen. Ein paar Zeilen über den Empfang, aber nichts über einen zusammengeschlagenen Fotografen. Wahrscheinlich war Barrington gar nicht so schlecht.

Ich warf die Zeitung in den Müll und spazierte in den Hyde Park. Jede Menge reicher Leute ritten auf ihren Pferden herum, und arme Leute pennten daneben auf dem Gras. Außerdem spazierten jede Menge Mittelständler herum, deren Hunde auf den Rasen kackten.

Ich ging weiter, umrundete die Hundehaufen, spazierte durch Licht und Schatten, während die Sonne hinter Zweigen und Blättern Verstecken spielte.

Gegen halb neun ging ich zurück. Ich schlich mich wieder hinten herein und erwischte Miranda in der Küche allein.

»Ist sie schon auf?« fragte ich.

»Wer?«

»Elizabeth.«

»Miss Elizabeth ist im Frühstücksraum und ...«

»Frühstückt«, beendete ich ihren Satz.

»Genau.«

»Ist da oben Kaffee?« fragte ich.

»Eine große frische Kanne.«

»Toll. Dann leiste ich ihr mal Gesellschaft. Übrigens, wo ist eigentlich das Frühstückszimmer? Ich komme mit dem Grundriß dieses Hauses immer noch nicht klar.«

»Oben, zwischen dem Wintergarten und dem Eßzimmer.«

»Großer Gott«, sagte ich. »Ein Zimmer für alles, und alles hat ein Zimmer.«

Sie nickte mir irritiert zu.

»Und noch mal vielen Dank für den Erfrischungstrunk heute morgen«, sagte ich. »Sie kochen den besten Kaffee, den ich seit langem getrunken habe.«

Sie lächelte mit perfekten Zähnen. Einen Augenblick dachte ich, sie würde auch noch knicksen, aber das tat sie dann doch nicht.

»Vielen Dank, Sir«, sagte sie. »Aber da müssen Sie sich bei Mrs. Bishop bedanken.«

»Das werde ich, und bitte nennen Sie mich Nick. Auf bald.«

Ich verließ die Küche und stromerte durch stille Korridore, bis ich Elizabeth fand. Sie saß allein in einem sonnenerfüllten Raum an einem langen Tisch mit einer dicken weißen Decke. Sie schob ein Stückchen Toast über ihren Teller. Sie trug ein schwarzes Leinenkostüm, keine Strumpfhose, schwarze Pumps. Ihr Haar hing frei bis zu ihren Schultern. Sie sah blaß aus, aber das stand ihr gar nicht schlecht.

»Guten Morgen«, sagte ich.

»Ich wollte Sie vor einer halben Stunde sehen«, sagte sie scharf.

»Ich war nicht da.«

»Wo waren Sie?«

»Spazieren, und ich hab' über die Party in der Zeitung gelesen.« Ich brachte ein Lächeln zustande. »Mein Bild ist im *Express*, wie finden Sie das?«

»Verdammt, Sie sind ganz schön fröhlich für jemanden, der es letzte Nacht fast vergeigt hätte.«

»Der Geist bezwingt den Körper«, entgegnete ich. »Ich fühle mich beschissen.«

»Ich auch«, sagte Elizabeth.

Dazu sagte ich nichts, nahm mir einfach nur eine Tasse Kaffee und setzte mich ihr gegenüber.

»Catherine andererseits blühte auf. Letzte Nacht hat sie auf mich gewartet, um mir zu erzählen, was für ein Held Sie sind. Sie haben sie sehr beeindruckt.«

»Das freut mich.«

»Also, was war los?«

»Wann genau soll was losgewesen sein?«

»Hat jemand versucht, Catherine umzubringen?«

»Ich habe keine Ahnung.«

»Warum haben Sie nichts unternommen?«

»Was sollte ich denn tun? Ich war damit beschäftigt, mich um sie zu kümmern.«

»Das habe ich auch gehört.«

»Was soll das denn heißen?«

»Nichts.«

»Gut.«

»Haben Sie die Polizei benachrichtigt?«

»Wozu? Niemand hat das Nummernschild gesehen, und ich hatte kaum die Möglichkeit, hinter dem Wagen herzurennen.«

»Die Polizei könnte vielleicht etwas unternehmen«, sagte sie.

»Und vielleicht auch nicht. Sie könnte sagen, daß der

Fahrer nicht angehalten hat, weil er oder sie vielleicht betrunken war oder nicht versichert, oder so stoned, daß er oder sie es nicht mal mitbekommen hat.«

»Das nicht mitzubekommen, ist verdammt schwer«, entgegnete Elizabeth.

»Aber es passiert.«

»Und was glauben Sie?« bohrte sie nach.

»Ich glaube, daß Catherine Ihnen die Idee, mich zu engagieren, eingeredet hat. Sie hat mir erzählt, daß sie einige Anrufe erhalten hat, mit der Drohung, sie umzubringen, wenn sie nicht ein bißchen Geld rausrückt.«

»Was?« fragte sie mit hoher Stimme, und ihre Hände flogen an ihren Mund. Sie räusperte sich und wiederholte die Frage ruhiger.

»Sie haben mich gut verstanden«, sagte ich.

»Wann hat sie Ihnen das erzählt?«

»Letzte Nacht, beim Essen.«

»Mir hat sie das nie erzählt.«

»Mußte sie auch nicht. Sie haben ja auch so gemerkt, daß irgend etwas nicht stimmte.«

»Ja, das habe ich. Aber warum hat sie es mir nicht einfach erzählt?«

»Ich habe keine Ahnung.«

»Aber wer könnte sie umbringen wollen?«

Ich zuckte mit den Achseln. »Wer weiß? Vielleicht schuldet sie jemandem Geld und will es nicht zugeben. Hat sie eigenes Geld?«

»Ich weiß nicht.«

»Kommen Sie, Miss Pike«, sagte ich. »Tun Sie jetzt nicht so. Sie haben mir schon erzählt, daß Sie die Konten Ihres Vaters durchgesehen haben. Hat er ihr jede Menge Taschengeld oder wie auch immer Sie es nennen, gegeben?«

»Ja, und dann natürlich das Haus, das er ihr gekauft hat.«

»Wer steht im Grundbuch?«

»Catherine.«

»Aber Sie wissen nicht, ob sie außerdem noch Geld hat?«

»Nein. Wir stehen einander nahe, aber ich habe nie daran gedacht, das zu fragen. Wie auch immer, wem könnte sie Geld schulden?«

»Jedem, obwohl ich bezweifeln möchte, daß es ihr Hutmacher ist. Vielleicht ihr Coke-Dealer oder ihr Buchmacher, wenn sie auf sowas steht. Oder ein harter Ex-Lover, der schnell ein bißchen Cash braucht. Nach dem, was ich gehört habe, hatte sie davon ein paar. Die Frage ist, wem schuldet sie genug Geld, daß sie so massiv bedroht wird? Oder vielleicht schuldet sie auch niemandem was, und es geht um was ganz anderes.«

»Was zum Beispiel?«

Ich zuckte wieder mit den Achseln. »Vielleicht sollten wir das besser sie fragen.«

»Soll ich das machen?«

Ich dachte einen Augenblick darüber nach. »Nein«, sagte ich. »Sie würde Ihnen vielleicht nicht die Wahrheit erzählen. Natürlich, mir sagt sie die Wahrheit vielleicht auch nicht. Ihnen ist klar, daß das meinen Auftrag verändert.«

»Macht Ihnen das Sorgen?« fragte Elizabeth.

»Vielleicht liege ich unter dem nächsten Auto, das es auf Ihre Schwester abgesehen hat. Ja, das macht mir Sorgen.«

»Ich zahle Ihnen das Doppelte.«

Ich mußte lächeln. »Das Geld macht mir keine Sorgen, es geht darum, ob ich mein Leben riskieren will.«

»Und, wollen Sie?«

»Ich habe ihr gestern abend versprochen, daß ich sie beschützen werde, und ich halte meine Versprechen.«

»Vielen Dank, Mr. Sharman.«

»Sie können Nick zu mir sagen, wenn Sie wollen.«

Sie errötete. »Vielen Dank, aber nur, wenn wir allein sind«, sagte sie. Menschen sind schon merkwürdig.

»Sicher, wie Sie wollen«, sagte ich.

»Ich möchte, daß Sie nicht von ihrer Seite weichen.«

»Hören Sie, Miss Pike ...«

»Elizabeth.«

»Nur, wenn wir allein sind.«

Sie nickte.

»Elizabeth«, fuhr ich fort. »Catherine ist irgendwie ziemlich unabhängig. So wie sie erzogen oder eher nicht erzogen wurde, mußte sie das werden. Sie hat mir auch darüber gestern abend ein bißchen was erzählt«, fügte ich hinzu, bevor sie mich unterbrechen konnte. »Sie hat Angst, aber ob ich ›nicht von ihrer Seite weichen‹ kann, das bezweifle ich. Ich werde mein Bestes geben, aber mehr kann ich nicht versprechen.«

»Tun Sie, was Sie können.«

»Werde ich. Was steht denn heute auf dem Plan?«

»Ich gehe ins Büro, und Catherine will einkaufen gehen. Bleiben Sie dicht an ihr dran.«

»Selbst in der Umkleidekabine.«

»Keine Scherze.«

»Bezahlt sie eigentlich? Oder steckt sie's ein, so wie Sie?« Ich konnte nicht widerstehen.

Elizabeth errötete wieder, richtig kirschrot diesmal. »Mir wäre es lieber, wenn Sie das nicht mehr erwähnen würden. Das war, bevor Daddy gestorben ist. Ich habe mich geändert. Ich tue so etwas nicht mehr.«

»Es bleibt unser kleines Geheimnis«, sagte ich.

»Gut.« Sie ließ ihren Toast liegen, schob den Stuhl zurück und ging zur Tür. Sie sah auf ihre Uhr. Zehn vor neun.

»Können Sie hier auf Catherine warten und dann den Rest des Tages mit ihr verbringen?«

Ich nickte und zündete mir eine Zigarette an. Nach einer weiteren Tasse Kaffee verschwanden meine Kopfschmerzen langsam, aber essen konnte ich immer noch nichts.

Die nächste halbe Stunde war eine interessante Lektion über die Lebensgewohnheiten der Reichen. Obwohl niemand zum Frühstücken da war, liefen Miranda und Courtneidge mit Tabletts voller Essen herein und hinaus und boten mir mindestens dreimal Frühstück an. Ich fragte Miranda, was los sei, und sie verriet mir, daß es in diesem

Haushalt üblich sei, ein großes Frühstück bereitzuhalten, egal wie viele Familienmitglieder zu Hause sind. Ich fragte, was mit den Resten passiere, und erfuhr, daß die im Mülleimer landen. Himmel, so konnte man seinen Reichtum auch zur Schau stellen.

Als sie das nächste Mal mit frischem Kaffee hereinkam, fragte ich sie, wo die übrigen Familienmitglieder steckten. Sie sagte mir, daß Mr. David ins Büro gegangen war, seine Frau morgens nichts aß und Mr. Simon sein Frühstück im Bett zu sich nahm.

Catherine kam um halb zehn herunter. Sie trug eine sehr weite Blue Jeans, die sie hoch über die Knöchel aufgekrempelt hatte, ein kurzes rotes T-Shirt, das fünf oder sechs Zentimeter weiche Haut oberhalb des Hosenbundes frei ließ, und dazu schwarze hochhackige Schuhe und rote Socken. Sie entschuldigte sich freundlich für ihre Verspätung. Vom vorangegangen Abend schien sie sich vollkommen erholt zu haben und stapelte sich soviel Gebratenes auf ihren Teller, daß ein Bauarbeiter davon satt geworden wäre. »Hungrig?« fragte ich.

»Kurz vorm Verhungern. Und Sie?«

»Nein, ich habe noch einen kleinen Kater.«

»Krieg' ich nie«, sagte sie. »Ich habe immer gedacht, daß die übertrieben sind.«

»Wenn Sie nie einen bekommen, wie wollen Sie das dann beurteilen?« fragte ich und betrachtete ihr Essen.

Sie zuckte mit den Achseln und nahm ein Häppchen Niere. Ich schauderte und goß mir Kaffee nach.

»Ich weiß nicht genau, wie ich es sagen soll«, sagte sie, nachdem sie gekaut und das Stück heruntergeschluckt hatte. »Aber ich bin Ihnen was schuldig für gestern nacht.«

»Gern geschehen.«

»Aber jemand hat versucht, mich zu überfahren.«

»Nicht unbedingt.«

»Aber der Wagen hat mich beinahe erwischt, das haben Sie gesehen.«

»Ich habe auch jemanden mit einer Pistole gesehen, als

wir kamen, bloß war es keine Pistole. Es war eine Nikon 35mm mit Pistolengriff, und ich hätte das arme Schwein deswegen beinahe umgebracht.«

»Tut mir leid. Ich gehe Ihnen allmählich auf die Nerven, oder?«

»Ich werde gut bezahlt«, sagte ich.

»Geld ist nicht alles.« Nur Arschlöcher mit viel Kohle haben solche Sprüche drauf.

Ich wechselte das Thema. »Elizabeth macht sich große Sorgen um Sie.«

»Ich weiß.«

»Sie möchte, daß ich von jetzt ab ständig in Ihrer Nähe bin. Ich habe ihr erzählt, was Sie mir gestern abend über die Telefonanrufe gesagt haben.«

»Es wäre mir lieber gewesen, wenn Sie das nicht gemacht hätten.«

»Ich mußte aber. Wir wollen beide wissen, wer Sie bedroht.«

»Ich habe keine Ahnung.«

»Sind Sie sicher?«

»Natürlich.«

»Denken Sie noch mal darüber nach.«

Sie wich meiner Frage aus. »Sind Sie jetzt mein Bodyguard?« fragte sie.

»Ich bin noch hier, oder?«

»Gott sei Dank, das ist schön. Haben Sie eine Waffe?«

»Ja.«

»Darf ich die mal sehen?«

»Warum?«

»Weil ich sie sehen möchte.«

»Sie sind der Boß.« Ich holte die Baby B aus ihrem Knöchelholster und hielt sie hoch, um sie ihr zu zeigen. Sie stand auf, um sie besser sehen zu können. Sie fuhr mit ihren Fingern über den kurzen blauen Lauf und sah mich durch halbgeschlossene Augen an. Ich schwöre bei Gott, daß es mich anmachte, Kater oder nicht.

Dann fragte sie mit heiserer Stimme: »Würden Sie damit

schießen?« Einen Augenblick lang wußte ich nicht, ob sie die Waffe meinte oder etwas anderes.

»Im Notfall«, sagte ich.

Einen Augenblick schwiegen wir beide. »Ich dachte, wir gehen einkaufen.« Ich steckte die Waffe weg.

Sie kehrte wieder in die Wirklichkeit zurück. »Ja, machen wir«, sagte sie, und der Augenblick war vorbei.

Ich hasse einkaufen. Meine Kleiderkäufe am Tag zuvor hatte ich alle zu Fuß erledigt, in maximal vierzig Minuten. Aber ich wußte einfach, daß Catherine eine ernstzunehmende Konsumentin war.

Und genau das war sie, ein richtiger Einkaufsprofi. Wir shoppten uns von Covent Garden nach Knightsbridge, mit Zwischenstation in Bond Street und St Christopher's Place. Sie kaufte mit manischer Intensität, und schon bald war der Kofferraum des Rolls voll, und die Päckchen kullerten auch im Fahrgastraum umher.

Ich dackelte wie ein Schoßhund hinter ihr her. Ja, ich trug auch ein paar Tüten, aber ich hielt immer ein Auge offen, um zu sehen, ob wir verfolgt wurden. Ich entdeckte niemanden.

»Ich war nicht mehr richtig einkaufen, seit mein Vater gestorben ist«, sagte sie, als wir auf eine Bloody Mary im Connaught innehielten. »Sie scheinen mir gutzutun.« Und sie berührte meine Wange mit ihren Fingerspitzen.

Ich werde nicht behaupten, daß mir das nicht gefiel, weil es mir nämlich ausnehmend gut gefiel. Wir aßen im Beauchamp Place und tranken Tee im Savoy. Gegen fünf kehrten wir in die Curzon Street zurück, und ich wollte meine abgelaufenen Füße nur noch in die Badewanne stecken.

»Abendessen gibt es um acht«, sagte sie mir, als wir vor ihrer Tür auseinandergingen. »Oder können Sie nicht mehr?«

»Na logisch«, sagte ich.

8

Das Abendessen war eine unvergeßliche Erfahrung, wie die meisten Mahlzeiten, die ich in der Curzon Street einnahm. Aber diese war die schlimmste. Viertel nach sechs krabbelte ich aus dem Bad und lief eine Weile in einer sauberen Boxershorts in meinem Zimmer herum, rauchte und nippte an einem Bier. Ich saß auf dem Bett und ließ mir die Ereignisse der letzten beiden Tage durch den Kopf gehen, als das Telefon auf dem Nachttisch klingelte. Elizabeth auf der hausinternen Leitung lud mich ein, die Familie um sieben im Salon bei ein paar Drinks kennenzulernen. Noch ein gottverdammtes Zimmer mit einem eigenen Namen, dachte ich.

Ich zog mir einen neuen marineblauen Anzug an, dazu ein helles Hemd und eine gemusterte Krawatte. Ich brauchte eine Weile, um den Salon zu finden, aber schließlich hörte ich leise Stimmen durch eine geschlossene Tür im Erdgeschoß. Ich öffnete die Tür und marschierte hinein. Ich kam mir absolut todschick vor. Die drei Leute auf der anderen Seite aber waren aufgebrezelt, als wollten sie den Abend in der Oper verbringen. Plötzlich kam ich mir so falsch angezogen wie ein Salatblatt vor, das die Öl- und Essigkaraffen verpaßt hatte.

Die drei, zwei Männer und eine Frau, waren mir unbekannt; weder Elizabeth noch Catherine waren zu sehen.

»Tut mir leid«, sagte ich und blieb in der Tür stehen. »Aber auf der Einladung stand: ›Kommt, wie ihr seid‹.«

Drei Augenpaare schwangen in meine Richtung, und ich bedachte ihre Eigentümer mit einem breiten, entwaffnenden Grinsen.

»Wie gut, daß Sie nicht unter der Dusche standen, als Sie eingeladen wurden«, sagte ein großer, schlanker Mann im weißen Smoking mit schwarzer Krawatte, der sich schräg gegen das Sims des leeren Kamins lehnte. Er hielt lässig eine Zigarette in einer Hand; ein halbvolles Cocktailglas kippte in der anderen. Sein Haar war schmutzigblond, und eine Strähne bildete ein unsauberes Komma über einem Auge. Ich wußte sofort, daß wir noch vor dem Ende der Nacht Busenfreunde sein würden.

»Wäre ich beinahe«, sagte ich.

»Das hätte das Leben vielleicht ein wenig interessanter gemacht«, bemerkte die Frau in dem tief ausgeschnittenen schwarzen Abendkleid, die in einem hoch gepolsterten Sessel saß. Auch ihr Mieder war ein bißchen hoch gepolstert, und es sah aus, als könnte die Schwerkraft jeden Augenblick den Kampf gewinnen. Sie wirkte gelangweilt und krank, und obwohl sie nicht schlecht aussah, zeigte sich in ihrem Gesicht bereits die typische Verbitterung der mittleren Jahre. Das würde wahrscheinlich ihr ständiger Gesichtsausdruck für den Rest ihres Lebens bleiben.

Ich grinste weiter, bis ich das Gefühl hatte, mein Grinsen würde sich gleich umdrehen und mich beißen.

Elizabeth rettete die Situation, indem sie durch die geöffnete Tür hereinmarschierte und sagte: »Mr. Sharman, ich muß mich entschuldigen, daß ich nicht hier war, um Sie vorzustellen, und vor allem auch dafür, daß ich Ihnen nicht gesagt habe, daß wir uns gewöhnlich zum Abendessen feinmachen. Ich habe überhaupt nicht daran gedacht, daß Sie möglicherweise kein Dinnerjackett bei sich haben.«

Ich nahm mir vor, in Zukunft immer eines bei mir zu führen, am besten in einem Holster an meinem anderen Knöchel.

»Wenn Sie Courtneidge Ihre Größe sagen«, fuhr sie fort, »lasse ich Ihnen morgen eins schicken.« Sie sagte es, als wäre das so normal, wie eine Extraflasche Milch zu bestellen. »Ich finde, Mr. Sharman trägt einen sehr netten Anzug«, sagte der blonde Mann, der sich am Kaminvorsprung festhielt. »Obwohl seine Krawatte vielleicht ein bißchen zu niedlich für ein Abendessen ist.«

Mir war danach, ihm eine reinzuhauen. Elizabeth hielt mich mit kühler Hand davon ab. »Kümmern Sie sich einfach nicht um Simon«, sagte sie. »Er hatte schon immer eine Schwäche für Comedy, aber seine Versuche sind leider nicht sehr lustig.«

Ich sagte nichts, ließ sie nur ihre Hand auf meiner halten. Das gefiel mir.

»Und jetzt darf ich Ihnen alle vorstellen. Simon Pike ist der Neffe meines verstorbenen Vaters. Er wohnt bei uns, bis sein eigenes Haus bezugsfertig ist.«

Ich nickte dem Komiker zu, bot aber nicht an, die Hände zu schütteln. Er nickte nicht einmal zurück.

»Unglücklicherweise dauert das länger, als er gedacht hat«, sagte die Frau in dem Sessel. »Und ein kurzer Besuch wird langsam zu einem Marathonaufenthalt.«

Simon warf der Frau einen bösen Blick zu.

»Das ist Claire«, sagte Elizabeth. »Die Frau meines Bruders David.«

Claire streckte ihre Hand aus, und ich ging zu ihr hinüber und ergriff sie. Sie war pummelig, mit fetten kleinen Fingern, die noch dicker durch die juwelenbesetzte Ringe wurden. Ich drückte sie vorsichtig und gab sie ihr heil zurück. »Wie geht es Ihnen?« fragte ich wie ein gut erzogener kleiner Junge auf seiner ersten Erwachsenenparty, und genauso kam ich mir auch vor.

Claire bedachte mich mit der Nachbildung eines Lächelns und versicherte mir, wie entzückt sie sei, mich kennenzulernen, wonach sie nicht im geringsten aussah.

Der andere Mann im Zimmer trat zwischen uns und streckte die Hand aus. »David Pike«, sagte er. »Wie geht's, Mr. Sharman?«

»Gut. Wie war Ihre Amerika-Reise?« fragte ich.

»Anstrengend, aber ich habe erreicht, was ich wollte. Im Augenblick würde ich lieber darüber reden, warum Lizzy findet, daß wir einen Privatdetektiv im Haus haben müssen.«

»Ich habe meine Gründe«, sagte Elizabeth. »Private Gründe, und es ist genauso mein Haus wie eures.«

»Im Augenblick noch«, sagte David.

Ich durfte die ganze Zeit seine Hand halten, während

dieses kurze Streitgespräch stattfand. Sie war trocken und stark, und er drückte kräftiger zu als nötig.

Nachdem er meine schmerzenden Finger losgelassen hatte, trat die gesamte Familie ein wenig zurück und beäugte mich. Mir war danach, mit den Füßen zu scharren und so was wie »He, Leute« vor mich hin zu murmeln. Ich verfiel in einen Ehrfurchtsanfall vor der Aristokratie, und das paßte mir gar nicht. Ich dachte zurück an meine Tage bei den Bullen und versuchte, wieder klar zu denken.

»Miss Pike hat das Gefühl, daß ein bißchen mehr Sicherheit derzeit angebracht wäre«, sagte ich. »Das Arrangement besteht zwischen mir und ihr und …«

Simon ließ mich nicht ausreden. »Damit Sie ihr soviel wie möglich aus dem Kreuz leiern können.«

Elizabeth mischte sich ein, bevor ich etwas sagen konnte. »Mr. Sharman berechnet seinen üblichen Satz«, sagte sie. »Und keinen Penny mehr.«

»Dann muß er noch dümmer sein, als er aussieht, oder er will mit dir ins Bett«, sagte Simon.

Damit lag er richtiger, als mir recht war, und ich hatte den Kamin schon halb erreicht und wollte Simon einen rechten Haken spendieren, als Elizabeth mich wieder am Arm festhielt. »Nein«, sagte sie.

Simon hatte sich nicht gerührt. Entweder war er stärker, als er aussah, oder es war immer jemand da gewesen, der für ihn die Streitigkeiten ausgetragen hatte. Ich vermutete letzteres.

Ich blieb stehen und kam mir vor wie ein Tier. »Ich glaube, Sie sollten sich bei Miss Pike entschuldigen«, sagte ich. Es klang ein bißchen lahm, selbst in meinen Ohren.

Simon kicherte.

»Simon«, unterbrach David. »Du bist im Haus meines Vaters, benimm dich.«

Simon zuckte mit den Achseln. »Tut mir leid, Herzchen«, sagte er sarkastisch zu Elizabeth.

Mir war, als hätte er mich verarscht, und auch das gefiel mir gar nicht.

Elizabeth löste die Spannung, indem sie mir etwas zu trinken anbot. Auf einem kleinen Tischchen, das unter den ganzen Flaschen zusammenzubrechen drohte, goß sie mir einen Wodka on the rocks ein. Der Drink war eiskalt und tat meiner ausgetrockneten Kehle gut. »Wenn dieser Idiot noch ein paar solche Scherze macht, hau' ich ihm eine rein«, sagte ich leise.

»Ignorieren Sie ihn einfach«, entgegnete sie.

In diesem Augenblick wirbelte Catherine in einer Kreation aus schwarzer Spitze ins Zimmer, die der Vorstellungskraft so wenig Freiraum ließ, daß irgendwelche Vorstellungen beinahe überflüssig wurden. In ihrem Haar steckte eine frische Gardenie.

»Guten Abend«, sagte sie, als wir sie alle anstarrten. »Gefällt euch mein neues Kleid?«

»Ich bin sicher, es wird wunderbar, wenn es fertig ist«, sagte Claire.

Catherine ging hinüber zu dem Tischchen mit den Schnäpsen und goß acht Zentimeter Wodka über einen Eisberg und eine kleine Scheibe Zitrone. Die Tonic-Flasche ließ sie links liegen. Sie hatte mir erzählt, daß ihre Mutter ganz gut becherte. Da war sie ihrer Mutter offensichtlich nicht unähnlich. »Ach, Claire«, sagte sie. »Du hattest deinen Finger schon immer am Puls der Mode. Schade nur, daß ich heute nicht mit dir einkaufen war.«

Ich konnte sehen, wie sie alle die Klauen ausfuhren.

Catherine nahm ihr Glas und ging direkt auf mich zu. Sie hängte sich bei mir ein. »Fette alte Schlange«, flüsterte sie gerade laut genug für mich. »Sie kauft alles bei C & A.«

»Catherine«, sagte Simon, »wenn du schon darauf bestehst, mit den Angestellten freundschaftlichen Umgang zu pflegen, dann sei doch so nett und laß uns alle an dem Gespräch teilhaben. Es ist unhöflich, zu flüstern.«

Ich verspannte mich, aber Catherine lächelte: »Simon«, sagte sie lässig, »ich hab' dich da gar nicht in der Ecke rumhängen sehen. Du hättest wirklich diesen Selbstdarstellungskurs besuchen sollen, von dem ich dir erzählt habe.«

Er errötete ein wenig und wollte gerade eine weitere schneidende Bemerkung loslassen, die mir zweifelsohne nur noch die Möglichkeit gelassen hätte, ihn zu Boden zu schlagen, als eine Bedienstete, die nicht Miranda war und deshalb Constance sein mußte, in der Tür erschien und uns darüber informierte, daß das Dinner serviert wurde.

Wir marschierten geschlossen hinüber ins Eßzimmer. Es war groß wie ein Rugbyfeld und hatte ein Fenster hinaus zur Curzon Street. Der Eßtisch war eine Wüste aus weißem Leinen, gedeckt mit glänzendem Silberbesteck.

Ich habe wirklich schon in vergnüglicheren Runden gegessen. Erst einmal saßen wir so weit auseinander wie nur möglich, was, wenn man die Persönlichkeit einiger Mitglieder dieser Familie bedachte, wahrscheinlich gar keine schlechte Idee war. Außerdem konnte man sich mit den ganzen ziselierten Silberdekorationen und Blumen und dem Kristallschrott, der mitten auf dem Tisch stand, schwer des Eindrucks erwehren, daß man ganz alleine aß. Courtneidge und Constance servierten das Essen.

Wir hatten kalten Lachs mit Salat und anschließend Erdbeeren mit Sahne. Sich dafür schick anzuziehen, lohnte sich nun wirklich nicht. Aber was verstand ich schon davon? Die letzten Monate hatte ich den Großteil meiner Mahlzeiten aus einer Dose gelöffelt oder über der Spüle zwischen zwei Scheiben Brot in mich reingeschlungen, um nicht abwaschen zu müssen.

Ohne miteinander geredet zu haben, erreichten wir Kaffee und Port. Aber als die Zigarren hervorgeholt wurden, wurden auch die Klauen wieder ausgefahren. Ich saß neben Claire, die Catherine gegenübersaß, und Simon saß mir gegenüber. Wir saßen am Fußende des Tisches, das immer noch eine Meile weit weg zu sein schien und an dem Elizabeth saß. David thronte am Kopf der Tafel.

Courtneidge hatte die Kaffeekanne auf der Anrichte stehenlassen. Die Portflasche kreiste. Beinahe erwartete ich, daß die Damen uns drei alleine ließen, aber sie blieben sitzen, als wären sie festgewachsen.

Simon war der erste, der etwas sagte, nachdem die beiden Bediensteten gegangen waren und Courtneidge die Doppeltür hinter sich geschlossen hatte.

»Also, wie war der *Launch* unseres neuen Magazins?« fragte er.

»Hervorragend«, sagte Elizabeth.

»Ich habe dich heute morgen in der Zeitung gesehen. Schade, daß ich nicht eingeladen war.«

»Wärst du denn gekommen?« fragte sie.

»Natürlich«, entgegnete Simon. »Alles für Gratisdrinks.«

»Bloß wären sie nicht gratis gewesen. Pike Publications hat dafür bezahlt.«

»Für mich wären sie es wohl gewesen«, sagte Simon gehässig. »Ich hab' schließlich keine Anteile an der Company, wie du sehr wohl weißt.«

»Und genau deswegen warst du auch nicht eingeladen«, schürte Catherine das Feuer.

»Du Aas!«

»Ruhig«, sagte ich.

Simon wandte mir seinen Haß zu. »Ach, der Ritter in seiner glänzenden Rüstung ist erwacht. Bloß ist sie mittlerweile recht angelaufen, habe ich mir sagen lassen.«

»Ach, halt den Mund, Simon«, sagte David. »Du kannst manchmal wirklich so grauenhaft langweilig sein. Du weißt, daß es Wichtigeres gibt, worüber wir reden müssen.«

»Ja, aber mir war nicht klar, daß wir das vor den Mietkräften besprechen würden«, sagte Simon.

Ich sah hinüber zu Elizabeth und entdeckte einen bittenden Ausdruck in ihrem Blick. Also ließ ich mich nicht provozieren. Simon sah ziemlich sauer aus, also wußte ich, daß ich das Richtige getan hatte.

»Simon, ich sage es dir nicht noch einmal«, sagte David. »Mr. Sharman ist Elizabeths Gast, und ich bestehe darauf, daß du ihn entsprechend behandelst.«

»Gast!« spie Simon, aber das war alles.

»Bitte entschuldigen Sie sein Verhalten, Mr. Sharman«, sagte David zu mir. »Also, wo waren wir? Ach, ja. Morgen wird das Testament meines Vaters eröffnet. Wir sollen uns um zehn in der Kanzlei treffen. Ich denke, wir werden alle zusammen mit Vincent im Rolls fahren. Ist das in Ordnung?«

»Ich möchte, daß Mr. Sharman mitkommt«, sagte Elizabeth.

Das war neu für mich.

»Wozu denn?« fragte David.

»Weil ich will.«

»Tut mir leid, Elizabeth, aber ich kann wirklich nicht erlauben, daß Mr. Sharman dabei ist.«

»Aber ich will es.«

»Warum?«

Ich beobachtete den Austausch wie ein Tennisspiel, bei dem die Worte über das weiße Tischtuch hin und her geschlagen wurden.

»Hey«, sagte ich. »Immer mit der Ruhe. Wenn Sie über mich reden wollen, sollte ich vielleicht doch besser gehen.«

»Bleiben Sie, wo Sie sind«, befahl Elizabeth.

»Ja, Ma'am«, sagte ich.

»Meine liebe Elizabeth«, sagte David mit jener übertriebenen Geduld, die man sich für Idioten und Kinder aufspart, »ist das wirklich nötig?« Er sah mich an. »Und entschuldigen Sie, Mr. Sharman, daß ich über Sie gesprochen habe, als wären Sie nicht hier. Aber ist es wirklich nötig, daß Mr. Sharman bei der Eröffnung des Testaments dabei ist?«

»Nein«, sagte ich.

»Doch, wenn ich sage, daß es ist«, entgegnete Elizabeth stur.

»Ich könnte ja mitkommen und draußen warten«, bot ich an. Ich wußte wirklich nicht, was der ganze Affentanz sollte. Ich war ziemlich sicher, daß ich nichts erben würde.

»Das klingt nach einem guten Kompromiß«, sagte David. »Elizabeth, findest du das auch in Ordnung?«

»Ich denke schon«, sagte sie eisig. »Aber ich weiß wirklich nicht, warum du immer das letzte Wort bei allem haben mußt.«

Unter der Oberfläche ging in diesem Zimmer aller möglicher Scheiß vor sich, und ich wollte eigentlich nicht unbedingt in der Nähe sein, wenn er an die Oberfläche trieb und den Laden vollstänkerte.

»Weil er glaubt, daß er morgen das große Los zieht und Schloßkönig wird«, sagte Simon gehässig.

»Warum hältst du nicht den Mund, Simon«, ätzte Catherine. »Du hast wirklich schlechte Manieren. Vielleicht könnte Mr. Sharman dir ein paar beibringen.«

»Wenn ich Unterricht von ihm oder einem australischen Bastard brauche, frage ich danach, besten Dank.«

Das reichte. Ich stand auf und wollte über den Tisch hechten und ein paar Manieren in ihn hineinprügeln.

»Nick, nicht«, bat Elizabeth.

»Nick heißt er also?« meldete sich Claire. »Wie niedlich.«

»Klappe, Claire«, schrie Elizabeth. »Ich kann das nicht mehr ertragen.« Sie sprang auf und vergoß ihren Portwein auf der weißen Damasttischdecke; er sah aus wie frisches Blut. Sie warf ihre Serviette in den See und floh aus dem Zimmer.

Ich schob meinen Stuhl ebenfalls zurück und folgte ihr. Im Vorbeigehen sagte ich zu Simon: »Sie hatten Glück bis jetzt, Freundchen, aber das hört jetzt auf.« Er prostete mir mit seinem Portweinglas zu, und ich verpaßte ihm einen hoffentlich mörderischen Blick. Genausogut hätte ich ihm einen Bittbrief schicken können.

Ich jagte Elizabeth durch Flure und Hallen mit polierten Holzfußböden und getäfelten Wänden, die unsere Schritte wie Maschinengewehrfeuer verstärkten. Schließlich erreichte ich sie auf einer Treppe, die behangen war mit alten Meistern, die ich nicht mal einem Hund zum Angucken vorgesetzt hätte. Ich hielt sie am Arm fest und drehte sie herum, so daß sie mich ansah. Sie weinte, und das Mascara war ihr in dunklen Streifen über das Gesicht gelaufen. Sie verrieb die Striche zu Schmiergemälden und lehnte sich an die Wand und schluchzte heftig.

»Was war das denn?« fragte ich.

»Ach, Nick«, sagte sie durch die Tränen hindurch. »Ich möchte die Familie so sehr zusammenhalten, aber ich habe das Gefühl, als schlüge ich meinen Kopf gegen eine Ziegelmauer.«

»Vielleicht versuchen Sie es zu sehr.«

»Wenigstens wissen wir morgen nach der Testamentseröffnung, wie es weitergeht.«

»Hier liegt doch genug Kohle für alle herum. Warum machen Sie sich Sorgen?«

»Weil es Daddys Company war, sein Leben, und jetzt ist er fort. Ich möchte, daß die Firma wächst und gedeiht. Er fehlt mir so sehr. Und jetzt sagen Sie mir, daß Catherine, meine einzige wirkliche Freundin, in Gefahr ist.«

»Elizabeth«, sagte ich, »werden Sie nicht hysterisch.«

Aber genau das wurde sie. Ihre Hände hatten sich zu Fäusten geballt, und sie wedelte wild damit herum. Ich hasse das, habe es immer gehaßt. Ich wollte ihr keine Ohrfeige geben wie im Film, also versuchte ich statt dessen, ihre fliegenden Fäuste von mir abzuhalten, nahm sie in die Arme und hielt sie fest. Sie war steif wie eine der Leinwände an der Wand. Ich konnte ihren Herzschlag spüren.

»Hören Sie auf«, sagte ich, und sie schluchzte noch ein letztes Mal verzweifelt und klammerte sich an mich. Ihr Körper krümmte sich, und aller Schmerz der Welt lag in ihrer Stimme, als sie sprechen wollte. »Lassen Sie's gut sein«, sagte ich. »Lassen Sie einfach los.«

Das tat sie, und zwar genau über die Vorderseite meines neuen Anzugs. In ihr mußte eine Tonne Trauer gewesen sein, und meine neue gekämmte Wolle saugte alles auf. Ich hielt sie fest und wiegte sie hin und her, und langsam beruhigte sie sich. Schließlich ließ ich sie los, und sie trat zurück. Sie war außer Atem, und ihr Make-up war total hinüber.

Sie sah, wie ich sie ansah, und sagte: »Ich muß schrecklich aussehen.«

Ich hätte das Drehbuch schreiben können.

»Sie sehen großartig aus«, sagte ich, und das tat sie auch.

»Ich habe noch nie geweint, nicht richtig. Nicht, seit Daddy tot ist. Nur kleine Schluchzer. Jetzt geht es mir besser. Vielen Dank, Nick.«

»War mir ein Vergnügen.«

»Ich habe Ihren Anzug ruiniert.«

Ich sah an mir herunter. Sie hatte recht. »Nicht der Rede wert.«

»Ich kauf' Ihnen einen neuen.«

Warum müssen reiche Leute immer alles verderben? Ich werde das nie verstehen.

»Egal, es macht nichts«, sagte ich.

»Habe ich was Falsches gesagt?«

»Nein«, entgegnete ich, und so war es auch. Nicht nach ihren Maßstäben. Sie hatte einfach bloß zuviel Geld.

Sie schien nicht überzeugt zu sein. »Sind Sie sicher?«

Ich lächelte – warum nicht? Ich hatte gerade eine sehr schöne Frau sehr eng an mich gedrückt, und es hatte sich gut angefühlt.

»Ich schwöre«, sagte ich. »Ich bin froh, daß ich helfen konnte.«

»Es tut mir gut, daß Sie hier sind.«

Ich kam mir ungefähr drei Meter groß vor. »Gut«, sagte ich.

»Jetzt geh' ich auf mein Zimmer.« Sie lächelte. »Ich nehme ein Bad, und dann gehe ich schlafen. Es tut mir leid, daß ich Sie allein lassen muß, aber ich bin erschöpft und brauche meinen Schönheitsschlaf.«

»Mir fällt niemand ein, der ihn weniger braucht«, sagte ich.

»Sie sind so charmant, Mr. Sharman.«

»Aber mir geht es ähnlich. Ich glaube, ich lege mich auch bald hin.« Ich war auch wirklich fix und fertig.

»Machen Sie es sich bequem«, drängte sie mich. »Fühlen

Sie sich wie zu Hause. Das tun alle anderen auch.« Der letzte Satz war voll von Bitterkeit.

»Das werde ich«, sagte ich. »Bleiben Sie locker. Ich kümmere mich schon um alles.«

»Ich hoffe, das gelingt Ihnen.«

»Keine Sorge.«

»Morgen früh besorge ich Ihnen ein Dinnerjackett. Das tut mir so leid. Ich wollte Sie wirklich nicht dumm aussehen lassen.«

»Keine Sorge. Ich bin schon in größere Fettnäpfchen getreten.«

»Wir können uns ja zum Frühstück treffen und dann weiterreden«, schlug sie vor.

»Ich freue mich darauf.«

»Dann gute Nacht.«

»Gute Nacht, Elizabeth.«

Ich dachte, sie würde noch etwas sagen, und ich wünschte es mir auch. Aber sie warf mir bloß ein Küßchen zu und ging die Treppe hinauf und verschwand in den Schatten wie ein Geist.

9

Ich kehrte nicht zurück zu den Überresten des Dinners, statt dessen suchte ich mir den Weg zu meiner Suite, schaltete den Fernseher im Wohnzimmer ein und mixte mir einen Wodka-Tonic. Ich schaute zu den französischen Fenstern hinaus und zündete mir eine Zigarette an. Die Luft draußen war schwer und staubig, keine Spur von Wind. Ich schaltete kein Licht an, sondern ließ den Fernsehbildschirm mit seinen buntblitzenden Farben das Zimmer erhellen. Draußen wurde es dunkel.

Schließlich schaltete ich eine kleine Tischlampe ein und

betrachtete die Sammlung Zigarettenkippen im Aschenbecher. Ich warf zwei leere Tonicflaschen in den Papierkorb und entschied mich, ins Bett zu gehen. Ich stemmte mich vom Sofa hoch und fühlte mich alt und müde. Es klopfte an der Tür. Ich ging hinüber und öffnete. Catherine lehnte mit je einer Flasche Champagner in den Händen am Türrahmen. »Hallo, Nick«, sagte sie. »Ich dachte schon, Sie hätten mich sitzengelassen.«

»Nein«, entgegnete ich. »Mir lag nur nicht so viel an Ihren Tischgenossen.«

»Wollen Sie ein Geheimnis wissen? Mir auch nicht. Deswegen habe ich zwei Flaschen vom besten Zeug freigesetzt, die man vom Pike'schen Geld kaufen kann, und hier bin ich. Darf ich reinkommen?«

Ich trat zur Seite. »Natürlich. Seien Sie willkommen.«

»Vielen Dank.«

»Irgendwo sollten Gläser sein.«

»Wenn nicht, dann gehört dieses Zimmer nicht zum Pike-Imperium.«

Ich fand zwei Sektflöten in der Glassammlung oben auf dem Kühlschrank. Catherine drehte einer der Flaschen geübt den Korken aus dem Hals. Sie füllte beide Gläser, und wir stießen an. »Auf das Verbrechen«, sagte sie.

»Und die Bestrafung«, entgegnete ich.

Sie setzte sich auf das Sofa, und der Rock ihres Kleides rutschte über ihre Schenkel hoch. Ich schaute weg und bot ihr eine Zigarette an. »Vielen Dank.« Als sie sich vorbeugte, um sie sich anzünden zu lassen, konnte ich fast bis zu ihrem Nabel sehen. Falls sie es darauf angelegt hatte, mich anzumachen, war sie erfolgreich.

»Können wir Musik hören?« fragte sie.

»Geht hier nicht.«

»Aber natürlich.« Sie kam wie eine Katze aus den Tiefen des Sofas hoch und ging hinüber zum Bücherregal. Sie spielte daran herum und öffnete eine Schiebetür. Dahinter befand sich eine niedliche kleine Stereoanlage. Sie schaltete sie ein und fand einen Radiosender, der Jazzstandards spielte, ohne daß irgendein dämlicher Moderator dazwischenquatschte. Sie stellte die Lautstärke so ein, daß Anita O'Day aus den versteckten Lautsprechern quoll wie Sirup von einem warmen Pfannkuchen.

»Erstaunlich«, sagte ich.

»Hat Miranda Ihnen das nicht gezeigt? Ich werde morgen mal ein ernstes Wort mit ihr reden.«

»Bitte nicht«, sagte ich. »Ich glaube, mein Privatdektiv-Charisma hat sie geblendet, als sie mich hochgebracht hat.«

»Das überrascht mich nicht«, sagte Catherine. »Mir geht es genauso.« Sie lächelte liebreizend, und ich lächelte ebenso zurück. Zumindest bemühte ich mich.

Anita O'Day wurde von Ray Charles abgelöst, der *One Mint Julep* sang, und Catherine fragte: »Wollen wir tanzen?«

»Klar.« Sie kam in meine Arme und schmiegte ihren Kopf an meinen Hals, und ich roch ihre Frische. Ihr Körper paßte genau zu meinem.

Wir tanzten zu Ray Charles, anschließend sang Ella *Where Or When*, danach kam Sinatras Version von *Love For Sale*, und schließlich dröhnte Jimmy Smiths *Hobo Flats*. Beide konnten wir nicht mehr und sanken zurück aufs Sofa.

»Das war schön«, sagte sie.

»Das war es; ist lange her.«

»Was?«

»Seit ich mit jemand getanzt habe.«

»Das kann ich nicht glauben.« Sie goß nach und zündete sich eine Zigarette an.

Plötzlich beugte sie sich vor und küßte mich auf den Mundwinkel. Sie schmeckte nach Tabak und Alkohol, und ihre Lippen waren weich und feucht wie geschmolzene Butter.

»Versuchen Sie, mich zu verführen?« fragte ich.

»Könnte sein, aber Sie wollen nicht mich, oder?«

»Wie bitte?«

»Es ist Elizabeth, nicht wahr?«

»Ach Scheiße, Catherine.«

»Wir könnten einfach bloß vögeln und es dabei belassen«, sagte sie.

»Ich halte nicht viel davon, mit einer Klientin zu schlafen.«

Darüber dachte sie einen Augenblick nach. »Aber ich bin nicht wirklich Ihre Klientin, das ist Elizabeth.«

»Das ist Haarspalterei.«

»Und wie steht es damit, sich mit der Klientin zu betrinken?«

»Dafür bin ich immer zu haben.«

Sie stand auf und öffnete die zweite Flasche Champagner. »Dann tun wir es doch.«

Und wir taten es.

Gott allein weiß, wann wir aufhörten zu trinken. Ich weiß nur, daß wir jeden Tropfen Alkohol im Zimmer verschwinden ließen, bevor Catherine unsicher durch die Verbindungstür von meiner Suite in ihr Zimmer wankte.

Ich ließ alles stehen und liegen und machte nicht mal mehr das Licht aus. Auf dem Weg zum Bett hinterließ ich eine Spur Klamotten. Für ein paar Stunden wälzte ich mich dann von der einen auf die andere Seite. Schließlich kam ich gegen halb acht zu mir, lag da und versuchte, nicht zu kotzen. Schlechte Nachrichten, Nick, dachte ich. Morgens zu kotzen ist ernsthafter körperlicher Mißbrauch. Was war los mit mir? Ich wurde alt, war die einzige Antwort, die mir einfiel. Zu alt und kalt für durchzechte Nächte. Ich legte den Gedanken so sanft beiseite, als ob ich einen wertvollen Edelstein auf Samt betten würde.

Ich stemmte mich aus dem Bett und dankte Gott für die leichte Brise, die die weißen Vorhänge am Fenster hochwehte. Ich stand eine Weile einfach da und genoß das bißchen Erfrischung in der Sonnenhitze, die bereits versuchte, die Ziegelmauern schmelzen zu lassen. Dann stellte ich mich dem Rasierspiegel.

Ich schabte Stoppeln und Haut von meinem Gesicht. Wenn es einem Freund gehört hätte, würde ich mich mit ihm hinsetzen und ihm mal einen ernsthaften Vortrag über seinen exzessiven Lebensstil halten. Ich bändigte mein Haar mit kaltem Wasser und zwang es mit einem Kamm aus meiner Waschtasche zum Gehorsam. Zuerst wehrte es sich, aber ich zeigte ihm schnell, wer hier der Boß war.

Ich zog eine Jeans an, schwarze Slipper mit roten Socken, ein schwarzes Polohemd. Ich nahm eine Mulberry-Sonnenbrille mit Perlmuttgestell von der Kommode, pfropfte sie mir auf die Nase, und dann gab ich es auf. Zum Teufel, besser würde es mir nun mal an diesem Morgen nicht gehen.

Ich marschierte ins Frühstückszimmer. Elizabeth saß alleine am Tisch, schnitt eine Scheibe Toast in streichholzgroße Stückchen und stippte sie in eine Kaffeetasse.

»Herrje«, sagte ich. »Was ist das denn, Beschäftigungstherapie?«

Sie trug wieder ein schwarzes Kleid mit allen Accessoires. Sie sah zum Anbeißen aus, bloß hatte ich keinen Appetit.

»Könnte man sagen«, entgegnete sie. »Und was ist mit Ihnen los? Sie sehen schrecklich aus.«

»Danke schön«, sagte ich. »Jetzt fühle ich mich schon viel besser. Ich bin das Opfer eines wiederkehrenden Katers. Zwei Tage in Folge. Ich bin nie in Hochform, wenn die Türen in meinem Kopf dauernd zuknallen.«

»Sie sollten weniger trinken.«

Das hatte ich schon öfter gehört. Ich setzte mich ihr gegenüber, Tasse und Untertasse klirrten in meinem zitternden Griff. »Danke für den Ratschlag, aber ich habe nur versucht, Catherine Gesellschaft zu leisten.«

»Dafür sind Sie nicht engagiert worden.«

»Genau dafür bin ich sehr wohl engagiert worden.«

»Machen Sie doch, was Sie wollen.«

»Entschuldigung«, sagte ich. »Wenn Sie wollen, geh' ich raus und komm' wieder rein, und dann können wir noch mal von vorne anfangen.«

»Wozu die Mühe?«

»Wozu die Mühe für irgendwas?«

»Ich dachte, Sie wollten sich alle Mühe geben, uns zu helfen?«

»Will ich ja, will ich ja. Aber geben Sie mir ein paar Minuten Zeit.«

Das Schweigen zwischen uns war beinahe greifbar. Ich trank meinen Kaffee, sie füllte ihre Tasse mit matschigen Krumen, so daß mir wieder ganz schlecht wurde.

»Elizabeth.«

»Ja?«

»Hören Sie damit auf.«

»Womit?«

»Mit Ihrem Essen zu spielen.«

»Entschuldigung.« Sie stieß ihre Tasse weg, so daß die Flüssigkeit auf die Untertasse schwappte. Ich trank meinen Kaffee aus und zog ein zerknittertes Päckchen Zigaretten aus meiner hinteren Hosentasche. Ich zündete eine mit einem Streichholz an und hielt Elizabeth das Päckchen hin. Sie nahm die Zigarette aus meinem Mund, also zündete ich mir noch eine an.

»Tut mir leid«, sagte ich. »Morgens bin ich kein guter Gesprächspartner.«

»Ich werd's mir merken«, sagte sie durch einen Mund voll graublauen Rauchs.

Ich ließ ihr ein halbes Lächeln zuteil werden, sie gab mir die andere Hälfte zurück.

»Also, kommen wir zur Sache«, sagte ich. »Wann geht diese Show heute los?«

»Wir sollen um zehn in der Kanzlei sein, also denke ich, daß wir hier gegen Viertel nach neun losfahren.« Ich sah auf meine Uhr. Viertel nach acht. »Die anderen dürften bald zum Frühstücken kommen«, fuhr sie fort.

»Und Sie wollen immer noch, daß ich mitkomme?«

»Natürlich.«

»Ich werde Sie nicht mehr davon abbringen. Dann sollte ich mir besser etwas anziehen, das zu einem Ausflug zum Anwalt paßt. Haben Sie mit Catherine über die Telefonanrufe gesprochen?«

Elizabeth nickte. »Sie war nicht allzu glücklich, daß Sie mir davon erzählt haben. Aber, ja, wir haben darüber geredet.«

»Keine neuen Ideen?«

»Nein.«

»Wir sollten uns sobald wie möglich alle mal zusammensetzen.«

»Meinetwegen. Aber lassen Sie uns erst die Testamentseröffnung hinter uns bringen.«

»Sie sind der Boß«, sagte ich. »Wir sehen uns später.« Ich überließ sie den Überresten ihres Frühstücks, ging wieder nach oben und stand unter der kalten Dusche, bis mein Kopf taub war. Ich zog mir einen Anzug und eine Krawatte an. Ich kam rechtzeitig herunter, um mich mit dem Rest der Familie in der Halle zu treffen. Sie trugen alle verschiedene Ausführungen von Beerdigungsfummeln, und ich war froh, daß ich mich umgezogen hatte.

Ich fuhr vorne im Rolls bei Vincent mit, der die ganze Fahrt über kein Wort zu mir sagte. Die fünf Familienmitglieder quetschten sich hinten rein, und ich hatte wahrscheinlich den besten Platz. Der Anwalt der Familie residierte im Lincoln's Inn, und die Fahrt dorthin dauerte vielleicht fünfundzwanzig Minuten. Vincent parkte direkt davor auf einer doppelten gelben Linie.

Ich folgte der Familie in das Anwaltsbüro, das sich in einem umgebauten Stadthaus befand, das nach Bienenwachs, frischen Blumen und Zigarrenrauch roch. Wir verschwanden in einem Wartezimmer, und nach etwa einer Minute kam eine Frau in einem dunklen Kostüm und mit einem respektvollen, besorgten Blick, den sie möglicherweise als passend zum Thema empfand, herein und führte die anderen durch eine Doppeltür. Ich blieb und setzte mich in einen ledernen Chesterfield-Sessel.

Ich saß und rauchte und trank eine Tasse Kaffee, die eine überraschend attraktive Empfangsdame mit Brüsten, die sich kraftvoll gegen die Restriktionen ihrer weißen Bluse zur Wehr setzten, mir gebracht hatte. Als ich die Hälfte der zweiten Zigarette hinter mir hatte, flog eine der Doppeltüren auf und knallte gegen die Wand. David barst durch die Türöffnung auf den Flur und rief den Gang hinunter: »Ich bleibe keinen Augenblick länger. Claire, komm schon, wir rufen uns ein Taxi.«

Claire hoppelte hinter ihm her, und Simon folgte ihr. Elizabeth kam an die Tür, sah ihnen nach und sagte etwas, das ich nicht verstand. Dann kam sie rüber ins Wartezimmer.

»Was zum Teufel sollte das denn?« fragte ich.

»Das verdammte Testament. Daddy hat alles gerecht auf alle seine Kinder verteilt, inklusive Catherine. Das findet David nicht gerade toll. Jetzt fährt er zu seinen eigenen Anwälten, um das Testament anzufechten.«

»Herrje«, sagte ich. »Die Kacke ist am Dampfen.«

»Sehr richtig, Mr. Sharman, sehr richtig. Sollen wir gehen?«

»Wie hat Catherine reagiert?«

»Sie ist nicht glücklich. Sie sitzt drin und weint.«

»Und ich hab' keine sauberen Taschentücher dabei«, sagte ich.

Sie ignorierte die Bemerkung und ging wieder zurück ins Büro. Ich drückte meine Zigarette aus und wartete. Nach ungefähr einer Minute erschienen Elizabeth und Catherine wieder in der Tür, diesmal stand ein älterer Knabe hinter ihnen. Er rieb sich nervös die Hände und sprach so leise mit ihnen, daß ich ihn nicht verstehen konnte. Catherine kam zu mir herüber. In ihren Augen standen Tränen, und sie stützte sich an mir ab, während Elizabeth sich verabschiedete. Der alte Mann zog sich in sein Büro zurück und schloß die Tür.

»Und jetzt?« fragte ich.

»Ich weiß nicht«, sagte Elizabeth.

»Ich könnte was zu trinken vertragen.«

»Das war zu erwarten«, entgegnete sie und marschierte durch den Flur vor mir weg.

»Meinetwegen«, sagte ich zu ihrem Rücken.

Wir ließen Vincent am Inn On The Park halten und schlugen uns durch zur Cocktailbar. Es war noch früh, und nur ein paar Profis waren im Einsatz. Ich bestellte an der Bar drei große Bourbons, pur. Es war eben so ein Morgen. Dann leistete ich den beiden Frauen an einem Tisch in einer einsamen Ecke Gesellschaft.

Ein Kellner lieferte unsere Bestellung ab und tänzelte wieder davon.

»Ich sollte mir seine Nummer für Leee geben lassen«, sagte ich.

»Müssen Sie immer Witze machen?« fragte Elizabeth.

»Tut mir leid«, sagte ich. »Wollte nur die Laune heben.«

Catherine lächelte zum ersten Mal, seit wir die Anwaltskanzlei verlassen hatten. »Laß ihn, Liz. Vielleicht hat er sogar recht. Er würde Leee gefallen.«

»Also, was bedeutet das jetzt?« fragte ich durch den rauchigen Nachgeschmack meines Drinks.

»Der Nachlaß ist jetzt blockiert«, sagte Elizabeth.

Na und, dachte ich, sagte es aber nicht. »Wie lange?« fragte ich statt dessen.

»Woher zum Teufel soll ich das wissen?« bellte Elizabeth mich an.

»Es ist alles meine Schuld«, sagte Catherine. »Ich hatte keine Ahnung.«

»Es ist nicht deine Schuld«, versicherte ihr Elizabeth, »es ist Davids.«

»Und Daddys«, sagte Catherine.

»Es war sein Geld, und er konnte damit tun und lassen, was er wollte.« Elizabeth griff nach ihrem Drink. »Wenn er dir ein Drittel davon hinterlassen wollte, meinetwegen. Großer Gott, es ist genug da für dreitausend Leute, mal ganz abgesehen von dreien.«

Das war ungefähr das, was ich ihr am Abend zuvor gesagt hatte. »Aber David scheint das nicht so zu sehen?« fragte ich.

»Er ist ein gottverdammtes Schwein«, sagte Elizabeth. »Genau wie die anderen.«

»Und was haben Sie jetzt vor?«

»Vor?« fragte Elizabeth. »Was wir vorhaben? Wir werden eine Party geben. Das haben wir vor.«

»Wann?« fragte Catherine überrascht.

»Heute abend«, sagte Elizabeth. Sie trank mit einem großen Schluck aus und erhob sich, nahm ihre Tasche und marschierte hinaus. Catherine und ich sahen einander an, dann folgten wir ihr.

Vincent wartete geduldig im Wagen. Er fuhr uns um die Ecke, zurück nach Haus. Wir drei gingen in den Wintergarten und beauftragten Miranda, uns Drinks zu machen. Sie brachte einen Krug Martini, groß genug, um einen Esel darin zu ersäufen, und überließ ihn uns.

»Finden Sie wirklich, daß eine Party eine gute Idee ist?« fragte ich.

»Warum nicht?« sagte Elizabeth. »Ich werde David zeigen, auf wessen Seite ich stehe.«

»Und eine Party ist dazu eine gute Gelegenheit?«

»So gut wie jede andere. Ich möchte, daß er weiß, daß ich fest zu Catherine halte.«

Catherine lächelte sie über ihr Martini-Glas hinweg dankbar an.

»Haben Sie noch mehr Drohanrufe bekommen?« fragte ich Catherine.

»Nicht, seit Sie hier sind«, sagte sie.

»Ich würde ja gern glauben, daß das an mir liegt, aber ich bezweifle es«, sagte ich. »Und ich werde nicht so recht froh bei dem Gedanken, daß jede Menge Leute hierherkommen. Wenn jemand es auf Sie abgesehen hat, wäre das eine hervorragende Gelegenheit. Ich bin bloß einer, und wir reden hier über ein großes Haus mit jeder Menge Nischen und Winkel. Und beim besten Willen kann ich nicht jede Sekunde bei Ihnen sein.«

»Glauben Sie, daß einer unserer Freunde dahintersteckt?« fragte Catherine. »Weil nämlich heute abend unsere Freunde kommen werden.«

»Wer weiß?« fragte ich. »Aber bei einer so spontanen

Party wird es keine formellen Einladungen geben. Jeder kann ins Haus gelangen. Es hat mehr Eingänge als Harrod's, und bei diesem Wetter werden sie alle offenstehen.«

»Das Personal ist doch da.«

»Das sind aber keine Sicherheitsexperten.«

»Was meinst du, Catherine?« fragte Elizabeth.

»Ich finde, wir sollten eine Party feiern.«

»Ich auch«, sagte Elizabeth. »Und wenn wir das wollen, dann habe ich jetzt anderthalb Millionen Dinge zu erledigen. Ich muß ein paar Leute einladen, ich muß ein bißchen einkaufen und das Personal briefen. Da fang ich mal besser an damit.«

»Ich auch«, sagte Catherine. »Ich bin so froh, daß ich gestern einkaufen war. Ich geh' nach oben und häng' mich ans Telefon. Ich lade alle ein, die mir einfallen, Liz. Ich weiß schon, wen du hier haben willst. Überlaß mir das, dann kannst du in Ruhe losgehen. Ich kümmere mich um alles. Für wie viele Leute sollen wir das Buffett rechnen? Sechzig?«

»Kommt ungefähr hin. Ich sage Courtneidge, er soll David und Claire und Simon Bescheid geben. Glaubst du, sie kommen?«

»Wer weiß?« fragte Catherine achselzuckend. »Nick, wollen Sie mit nach oben kommen und mir Gesellschaft leisten?«

»Okay«, sagte ich, und wir ließen unsere leeren Gläser stehen und gingen aus dem Zimmer.

Ich begleitete Catherine im Aufzug nach oben und folgte ihr in ihre Suite. Die Zimmer sahen genauso aus wie meine, bloß war der Grundriß spiegelverkehrt. Die Möbel waren mit blassem Brokat überzogen, der mit den Vorhängen an den französischen Fenstern harmonierte. Es gab einen kleinen Balkon, genau wie den vor meinem Wohnzimmer.

Sie schob eine Cowboy-Junkies-CD in den Player, drehte sie ganz leise und setzte sich in einen Sessel neben einen Tisch, auf dem ein Telefon stand und ein ledernes

Adreßbuch lag. Ich fand einen Aschenbecher und einen Stapel Zeitschriften und setzte mich auf das Sofa. Zuerst rief sie Courtneidge an und sagte ihm, was geplant war, und dann Leee, dem sie ebenfalls von der Party erzählte und ihn bat, gegen vier zu kommen, damit er sich um ihr Haar kümmern und dann zum Fest bleiben konnte. Dann legte sie erst richtig los mit Telefonieren, und ich saß da, hatte die Augen geschlossen und hörte mit einem Ohr zu, während sie ungefähr zwanzig Freunde einlud, später gemeinsam ein Fläschchen Vino zu köpfen.

Constance servierte um halb zwei Mittagessen. Sie kam und ging wie in einer Rauchwolke und hinterließ uns einen Rollwagen mit lauter Leckereien.

Ich pickte an einem Waldorfsalat herum und trank ein bißchen sprudelnden Wein, während wir *Nachbarn* anschauten. Herrje, ist es großartig, reich zu sein. Nach dem Essen spielten wir *Trivial Pursuit*, und ich gewann zwei von drei Spielen. Wir tranken noch mehr Wein, und Catherine telefonierte weiter. Um halb vier ging sie baden. Ich nahm mein Glas und eine frische Flasche hinaus auf den Balkon und stand in der Sonne, schaute über die Dächer hinweg und hinunter auf den Wintergarten und die Gartenanlage unter mir. Um genau vier Uhr klingelte das hausinterne Telefon. Ich ging ran. Constance informierte mich, daß Mr. Leee vor der Haustür stünde. Ich bat sie, ihn hochzuschicken.

Zwei Minuten später wirbelte er wie ein Minitaifun herein, umarmte mich, nahm einen Drink, stahl sich eine Zigarette, beklagte sich über die Hitze und wie schwer es sei, im West End ein Taxi zu kriegen, und über das Gewicht seiner Handtasche. Er fragte, wo Catherine wäre, und das alles in allerhöchstens zwanzig energiegeladenen Sekunden.

»Mach mal langsam, Leee«, sagte ich. »Sie machen mich ganz schwach.«

»Da hab' ich was für dich, mein Lieber.« Er holte ein Briefchen aus der Tasche seiner weißen Jacke und zog zwei fette Lines auf einem kleinen Spiegel, bevor man auch nur Rasierklinge sagen konnte. »Probier mal, gutes Zeug«, sagte er und holte einen dicken Strohhalm von etwa zehn Zentimeter Länge hervor. Er zog seine Line und tanzte einen Augenblick im Zimmer herum, dann wechselte er Elgars *Variationen* gegen Guns'n'Roses aus und drehte die Lautstärke hoch. »Wird 'ne tolle Party«, brüllte er über die Musik hinweg.

Ich war dabei. Ich schnupfte meine Line, säuberte den Spiegel mit dem Zeigefinger und erfreute mein Zahnfleisch.

Catherine steckte den Kopf aus dem Badezimmer heraus. Ich konnte gerade erkennen, daß sie ein Badehandtuch umgeschlungen hatte. »Ich hätte mir denken können, daß du das bist.«

»Aphrodite direkt aus dem Pool«, sagte Leee. Ich hatte das Gefühl, daß er da etwas durcheinanderbekommen hatte, aber ich war zu stoned, als daß mich das kümmerte.

»Ich zieh mir bloß schnell was über und bin gleich bei euch«, sagte Catherine zu ihm.

»Unsertwegen mußt du dir nicht die Mühe machen, Schätzchen«, sagte Leee. »*Au naturelle* reicht völlig, keine Frage.«

Catherine grinste. »Was hast du denn genommen, Leee?«

»Das würdest du wohl gern wissen.«

»Aber führ Mr. Sharman nicht in Versuchung.«

»Der ist er längst erlegen, Schätzchen, sieh ihn dir doch nur an. Übrigens, warum verwaltet er eigentlich nicht den Nachlaß oder was auch immer seine Aufgabe ist? Ich habe langsam das Gefühl, daß er mir vorgestern nacht nicht die ganze Wahrheit gesagt hat.«

»Ich habe heute frei«, sagte ich, bevor Catherine etwas entgegnen konnte.

»Aber natürlich, mein Lieber.« Er sah Catherine an und schnitt eine Grimasse. »Aber natürlich.«

Es war ein schöner Nachmittag. So einer, wie er hin und

wieder einfach so über einen kommt. Ich zündete mir eine Zigarette an und öffnete eine weitere Flasche Wein aus dem Eimer voller Eis.

Catherine kam wieder ins Zimmer und hatte eine lange dünne Seidenrobe angelegt, die gleichzeitig alles und nichts verbarg. Leee zog die Augenbrauen hoch und setzte sie auf einen Stuhl mit hoher Lehne. Er holte seine Tasche mit Scheren und Kämmen und fing mit der Arbeit an. Er spielte ungefähr eine halbe Stunde mit ihren Haaren herum, bis er sich für zufrieden mit dem Ergebnis erklärte. Es sah immer noch so aus, als hätte sich seit einem Monat keiner mehr darum gekümmert, und ich sagte ihm das.

»Aber das soll es doch auch«, sagte er. »Dummer Junge. Es ist wild, es ist ungebändigt. Es ist so …« Ihm fehlten die Worte.

»Leee«, bemerkte ich trocken.

»Genau.« Er strahlte glücklich. »Oder machst du Spaß? Ist ja auch egal. Ich bin froh und die liebe Catherine auch, oder?«

»Bin ich«, sagte Catherine und bewunderte sich in Leees Handspiegel.

»Wie sieht's mit dir aus, Nick?« Leee hielt seinen Kamm hoch. »Kann ich für dich auch etwas tun?«

»Ich glaube nicht, ich könnte die Aufmerksamkeit nicht ertragen, die mir das einbringen würde.«

»Du machst Spaß«, sagte er.

Der Tag wurde zum Abend, die Lautstärke der Musik nahm ab, und wir hörten ein bißchen Steve Earle und Randy Travis. Leee erzählte uns von seiner Phantasie, Country-Sänger zu sein, und rollte einen Joint. Wir wurden noch ein wenig higher, und Catherine bestellte Roastbeef-Sandwiches und Bier zum Dinner.

»Auf der Party gibt es jede Menge zu essen«, sagte sie. »Und ich möchte nicht, daß Cook schlechte Laune kriegt.«

»Was ist mit Elizabeth und den anderen?«

»Sie leistet uns gleich Gesellschaft. Die anderen können sich meinetwegen ins Knie ficken.«

»Ganz genau, meine Liebe«, sagte Leee.

Courtneidge tauchte um sieben mit dem Essen auf, und Elizabeth kam mit einem Haufen Päckchen hinter ihm her. »Das ist für Sie«, sagte sie zu mir.

»Was ist das?«

»Aufmachen, aufmachen«, rief Leee. »Ich liebe Überraschungen.«

Ich öffnete die Schachteln und Tüten und fand ein zweireihiges Dinnerjackett mit passender Hose, welche dünne Satinstreifen an den Seiten der Beine zierten, drei weiße Hemden, sechs Paar seidene Socken, eine Fliege und ein Paar schwarze Lackschuhe.

»Vielen Dank«, sagte ich.

»Miranda hat Ihre Größen nachgesehen«, erklärte Elizabeth. »Ich hoffe, es paßt alles. Und Catherine und ich dachten, die könnten Sie vielleicht auch gebrauchen.« Sie öffnete ihre Handtasche und holte ein kleines Geschenkpäckchen heraus. Sie gab es mir. Ich wickelte das Geschenkpapier ab und fand eine kleine Lederschachtel. Ich öffnete sie. Auf dem samtenen Inneren lag ein Pärchen Manschettenknöpfe, genau wie die, die sie vor so vielen Wochen in der Molton Street in ihrer Tasche hatte verschwinden lassen.

»Keine Sorge, sie sind bezahlt«, sagte sie, und die beiden Frauen brachen kichernd zusammen.

»Was ist daran denn lustig?« fragte Leee. Aber wir lehnten es ab, ihm das zu erklären, und schon bald hatte er es vergessen.

»Du mußt alles anprobieren, gleich nach dem Essen.« Leee grinste. »Du kannst dich hier umziehen, wenn du magst.«

»Das werde ich nebenan machen«, sagte ich.

»So schüchtern – das liebe ich!«

Wir setzten uns und aßen. »Was trägst du heute abend, Leee? Auch so was?« Ich zeigte auf meinen neuen Abendanzug.

Er sah Catherine an, und sie grinsten verschwörerisch.

»Oh nein, mein Lieber«, sagte er. »Etwas ganz anderes, das ist mein Geheimnis.«

»Wie du willst«, sagte ich.

»Ich habe mir gestern ein wunderbares Kleid gekauft«, verkündete Catherine.

»Mehrere«, sagte ich.

»Welches gefiel Ihnen denn am besten?«

»Ich kann mich nicht erinnern.«

»Typisch Mann«, sagte Leee wegwerfend.

»Ich hatte zuviel zu tun und konnte mich nicht darauf konzentrieren«, sagte ich.

»Zuviel damit zu tun, in die Mädchenumkleidekabinen zu schielen, möchte ich wetten.« Leee amüsierte sich königlich.

»Jetzt hört auf damit«, sagte Catherine.

Als wir gegessen hatten, schleppte ich die neuen Sachen in mein Zimmer.

»Können Sie um Viertel vor neun bei mir klopfen?« bat Catherine, als ich ging.

»Ist mir ein Vergnügen.«

»Was für ein Gentleman«, sagte Leee. »Wir sehen uns später, Nick. Bleib sauber!«

10

Ich ging auf mein Zimmer und schaltete den Fernseher ein. Wieder eine Serie. Ich drehte die Lautstärke runter und ging ins Bad, um zu duschen. Als ich zurückkam, lief die Serie immer noch. Ich schaltete den Fernseher aus und zündete mir eine Zigarette an.

Ich probierte meinen neuen Anzug, und natürlich paßte er hervorragend. Es gelang mir einigermaßen, die Fliege zu knoten, aber ich konnte mich an schönere Zeiten erinnern – als jemand dagewesen war, der sie mir gebunden hatte. So ist das Leben.

Ich klopfte pünktlich um acht Uhr fünfundvierzig an Catherines Tür. Sie saß allein im Zimmer. Sie erhob sich, als ich eintrat. Sie hatte ein Kleid an, wie ich es noch nie gesehen hatte. Es war aus Rohseide und hatte genau die Farbe ihres Haares. Wie sie da so stand, sah sie aus wie eine Statue aus reinem Gold. Das Kleid war hochgeschlossen und hatte lange, geknöpfte Ärmel, aber der Schlitz ihres Rocks, der sich wie zwei Blütenblätter vorn übereinanderlegte, gab den Blick frei auf jede Menge Bein, und als anständig konnte man den Schnitt deswegen nicht gerade bezeichnen.

»Sie glauben doch nicht, daß mir zu warm werden wird, oder?« fragte sie.

»Ihnen nicht«, sagte ich. »Aber mir vielleicht.«

»Das haben Sie aber nett gesagt.«

Sie ging zu mir herüber und küßte mich auf die Wange. Manche Ohrfeige hatte mich weniger umgehauen.

»Wo ist Leee?« fragte ich.

»Im Bad. Er braucht noch ewig. Er ist viel schlimmer als ich. Gehen wir runter und schauen nach, was los ist. Ich bin ganz nervös. Mir kommt es vor, als wäre es Monate her, seit ich etwas anderes als schwarz getragen habe.«

»Dann kommen Sie, Miss Pike.« Ich bot ihr meinen Arm.

»Wie freundlich, Sir«, sagte sie und hakte sich ein, dann gingen wir gemeinsam zum Fahrstuhl.

Courtneidge und Constance standen am Eingang, als Empfangschef und Garderobiere. Miranda und Vincent warteten mit Champagner und Gläsern auf. Vincent war in einen Smoking, ein gestärktes Hemd und eine Fliege gesteckt worden, und er vermied Augenkontakt zu mir. Ich begann mich zu fragen, ob mein eigener Abendanzug mir tatsächlich Peinlichkeiten am Abendbrottisch ersparen oder mich nur mit so wenig Aufwand wie möglich in Dieneruniform zwängen sollte. Ich zupfte an meinem

Kragen und wußte, wie sich Vincent fühlte. Möglicherweise würde ich später Tom-Jones-mäßig den Kragen aufknöpfen und die Fliege lösen. Vielleicht warfen ja irgendwelche Frauen mit Unterwäsche nach mir. Sehr wahrscheinlich sogar.

Ich erwischte Miranda im Eßzimmer und nahm für Catherine und mich je ein Glas. »Sie sehen gut aus«, sagte sie.

»Ich glaube, dafür kann ich mich bei Ihnen bedanken.«

»Gefällt Ihnen der Anzug?«

»Wunderbar. Vielen Dank, daß die Größen stimmen.«

»Ich bin zu Mr. Simons Schneider gegangen. Er hält sich für, Sie wissen schon, ganz schön schick.«

»Das möchte ich wetten.«

»Trinken Sie nicht zuviel, ich möchte nicht, daß Ihnen schlecht wird.«

»Mir wird doch nicht schlecht, Miranda«, sagte ich. »Ich genieße bloß das Leben. Das sollten Sie doch mittlerweile wissen.«

»Passen Sie auf sich auf.«

»Ich versprech's«, sagte ich, aber wenn ich eine Hand frei gehabt hätte, hätte ich meine Finger hinterm Rücken gekreuzt.

Ich brachte Catherine den Champagner. »Immer noch nervös?«

»Ja, sieht man das?«

»Nein.«

Die Türklingel läutete. Es war kurz nach neun. »Viel Glück«, sagte ich. Es war Quatsch, aber ihr bedeutete es etwas, also warum nicht. Sie lächelte und strich den Rock ihres Kleides glatt.

Zuerst kamen ein paar Post-Punk-Reptile mit ihren androgynen Freundinnen. Sie trugen Leder und Spitze und zerrissene Strumpfhosen, und ich spreche jetzt von den Männern.

»Nette Idee, das mit dem Anzug«, flüsterte ich Catherine zu, nachdem wir einander alle vorgestellt worden waren und ich gerade genug Zeit gehabt hatte, ihre Namen wieder zu vergessen.

»Seien Sie doch nicht so spießig«, sagte sie. »Sie sehen toll aus, und später kommen noch jede Menge Männer, die Abendkleidung tragen.«

»Das möchte ich hoffen«, sagte ich. »Ich komme mir vor, als sollte ich Drinks servieren.«

»Sie sehen aus, als ob Ihnen das Haus gehört.« Sie wußte genau, wie sie mich um den Finger wickeln konnte.

Und sie hatte recht. Die männliche Hälfte des nächsten Paares, das erschien, trug einen sehr schicken Smoking mit Satinaufschlägen. Die weibliche Hälfte hatte sich in noch mehr Satin gequetscht und begrüßte Catherine wie eine verlorene Freundin. »Darling«, quietschte sie. »Du siehst wunderbar aus.« Und dann begeisterte sie sich über Catherines Kleid.

In diesem Augenblick sah ich David, Claire und Simon durch die Eingangstür kommen. David hatte einen ähnlichen Anzug an wie ich, und Claire trug eine weit ausgeschnittene Kreation, für die sie um die Hüften herum ein wenig zu dick war. Simon führte einen weißen Smoking mit schwarzer Hose, schwarzem Hemd und weißer Fliege aus. Er sah aus wie ein Statist aus *Casablanca*.

Die Frau, die Catherine vollblubberte, kam allmählich zum Ende. Ich sah Catherine an und dann hinüber zur Tür. Ihr Blick folgte meinem, und sie entschuldigte sich.

»Der Rest der Familie hat sich entschieden, zu kommen«, sagte ich.

»Dann sollte ich sie besser auch begrüßen.« Sie setzte ein Lächeln auf und ging in Richtung Tür. Ich folgte ihr wie ein Schatten.

David schüttelte mir wieder die Hand, und Claire nickte mir zu wie ein kleiner Plastikhund auf der Hutablage eines Wagens. Simon ignorierte uns bewußt.

»Hallo ihr alle«, sagte Catherine.

David sah sie angeekelt an. »Also wirklich, Catherine. Wessen tolle Idee war das eigentlich? Deine?«

»Genaugenommen Elizabeths«, sagte Catherine.

»Ich verstehe das nicht. Und ausgerechnet heute.«

»Warum seid Ihr dann gekommen?«

»Weil wir meinem Vater und dem Verlag zuliebe nach außen eine Einheit demonstrieren müssen. Wenn irgend etwas von dem Vorfall heute morgen sich herumspricht, fallen unsere Aktien.«

Ich fand es zwar ein bißchen spät, sich darüber Sorgen zu machen, nachdem er laut brüllend aus der Anwaltskanzlei gerannt war, aber was verstand ich schon davon? Wahrscheinlich kannte Claire sich mit solchen Situationen am besten aus. Sie packte ihn am Arm und zog ihn weg, wobei sie zischte: »Komm schon, Schatz, wir müssen uns sehen lassen.«

»Du weißt doch, daß ich Partys hasse. Ich brauche jetzt schon frische Luft », klagte er, ließ sich aber wegzerren.

»Ich sollte mich wohl auch besser sehen lassen«, sagte Simon. »Irgendwo hier wird ja jemand Interessantes sein, mit dem man reden kann.« Mit diesen Worten drehte er sich auf dem Absatz herum und ging davon.

Catherine sah ihm nach. »Ekelhaftes kleines Arschgesicht.«

Ich mußte ihr zustimmen und sagte es. Sie schnitt eine amüsierte Grimasse.

Jetzt kamen immer mehr Gäste. Ich ließ Catherine mit ihnen reden, entführte eine Flasche Brut und suchte mir einen Platz an der Bar im Wintergarten, von dem aus ich Catherine im Auge behalten und gleichzeitig die Leute begutachten konnte, die hereinkamen und mit denen sie sprach. Ein Querschnitt durch die Londoner Society. Abgefeierte Stars. Dons, Dämlacks und Dämchen. Models, Modelfreunde, Modelfreundinnen. Sessiontypen, AIDS-Opfer und Leute, von denen man wußte, daß sie auch bald welche werden würden. Kleine Popstars, Möchtegernstars und ihre Fans. Allerlei Irre jeder Rasse und Farbe und Minorität. Catherine kannte alle, und alle wollten sie kennen.

Elizabeth ließ sich gegen zehn sehen. Sie sah hinreißend

aus in einem Kleid aus dunkelrotem Samt, das ihrem rotbraunen Haar noch mehr Farbe zu verleihen schien. Ihre Lippen leuchteten karminrot und kontrastierten mit der Blässe ihres Gesichts. Sie kam geradewegs auf mich zu.

»Amüsieren Sie sich?« fragte sie.

»Jetzt schon, wo Sie hier sind.«

»Sie sind wieder charmant, Mr. Sharman. In Peckham Rye können Sie bestimmt jede Disco ausnehmen.« Sie nannte mich wieder Mr. Sharman. Schlechtes Zeichen.

»Habe ich was Falsches gesagt?«

»Eigentlich nicht. Seien Sie nicht sauer – ich bin an Komplimente einfach nicht gewöhnt.«

»Das überrascht mich.«

»Die meisten Männer haben Angst, mit mir zu reden. Ich habe auch ein bißchen den Ruf, daß man sich bei mir leicht eine Abfuhr holt.«

»Wie erstaunlich.«

»Wer sagt jetzt was Falsches?«

Ich grinste, sie grinste zurück.

»Sind Sie allein?« fragte ich.

»Nein, Sie sind doch hier.«

»Sehr lustig«, sagte ich. »Ich meine, keine Begleitung?«

»Nein, keine Begleitung, kein Gatte, kein Freund, kein Lover, der bei mir wohnt, und auch keiner, der nicht bei mir wohnt.«

Ich hob spielerisch abwehrend die Hände. »Entschuldigen Sie die Frage. Ich dachte bloß, daß es da jemanden geben könnte.«

»Warum?«

»Weil Sie gesagt haben, daß Sie an dem Abend, an dem Ihr Vater gestorben ist, mit einem Freund essen waren, und ich bin davon ausgegangen …«

»Sie sollten nie von etwas ausgehen, Mr. Sharman.«

»Ich weiß, aber es lag irgendwie daran, wie Sie es mir gesagt haben.«

»Bin ich so leicht zu durchschauen? Na ja, es stimmt, aber es war niemand Wichtiges. Nicht mehr.«

»Dann entschuldigen Sie die Frage.«

»Nein, ich muß mich bei Ihnen entschuldigen, ich bin manchmal ein bißchen empfindlich.«

»Empfinden Sie ruhig.«

»Kein Flirten, Mr. Sharman, nicht, wenn Sie arbeiten.«

»Und wenn nicht?«

»Werden wir noch sehen.«

Ich grinste wieder, angelte ein Glas hinter der Bar hervor und goß ihr einen Drink ein. »Erzählen Sie mir was über diese Leute«, sagte ich. »Für mich sind die alle ein bißchen zu reich. Zu William Hickey, wenn Sie wissen, was ich meine.«

»Ich weiß. Was wollen Sie wissen?«

»*Who's who.*«

»Das Buch steht in der Bibliothek.«

»Ich schau' später rein. Jetzt können Sie mir erst mal was über ein paar erzählen.«

»Na gut. Wo soll ich anfangen?«

»Wo Sie wollen. Trinken Sie noch was, und erzählen Sie mir ein paar Geheimnisse.«

Sie hob ihr Glas, und ich füllte Champagner nach.

»Sie sind leider nicht sonderlich interessant, es sei denn, man mag Klatsch und Tratsch.«

»Tue ich«, entgegnete ich.

»Okay, sehen Sie den da drüben?« Sie zeigte auf einen stämmigen, rotgesichtigen Mann im Abendanzug, der einer jungen Frau so dreist ins Dekolleté starrte, daß er beinahe seinen Drink verschüttete. »Das ist Sir Stafford Fontaine. Er sitzt im Board von Pike. Er mag junge Mädchen und alten Scotch, nicht unbedingt in dieser Reihenfolge.« Der Mann löste seine Augen von dem ganzen jungen Fleisch, als er Elizabeths Blick bemerkte, und hob grüßend sein Glas. Elizabeth prostete zurück. »Er wollte mir an die Wäsche, als ich dreizehn war. Inzwischen bin ich viel zu alt für ihn, und er hat das Interesse verloren.«

»Welch ein Narr«, sagte ich.

»Vielen Dank. Und da drüben stehen ein paar Redakteure von Pike.« Sie zeigte in Richtung einer durchmischten Gruppe von alternden Leutchen in bester Ausgehuniform. »So, wie sie angezogen sind, zahlen wir ihnen viel zuviel.«

»Und so, wie sie sich die Pastetchen und den Champagner reintun, zahlen Sie ihnen nicht genug.«

»Da könnten Sie recht haben.«

»Sie machen das sehr gut«, sagte ich.

»Gut.«

»Noch jemand?« fragte ich.

»Der da drüben.« Sie nickte mit dem Kopf in Richtung eines rothaarigen Riesen, der versuchte, einen Zigarettenstummel aus seinem Scotch herauszufischen. »Fünfundzwanzigster Thronanwärter.«

So, wie er sich aufführte, hoffte ich nicht, daß die anderen vierundzwanzig bei einem Flugzeugabsturz ums Leben kamen. »Prima Erbmaterial«, sagte ich. »Und wer ist der harte Typ, der gerade reingekommen ist?«

Ein großer, gut aussehender Mann stand in der Tür und sah sich um. Er war etwa dreißig, gut gebräunt, mit langem Haar. Er trug eine Lederjacke, die so abgeschabt war, daß sie aussah wie die Falten im Gesicht eines alten Mannes. Er trug sie über einem schwarzen T-Shirt, engen Blue Jeans und schwarzen Schnürstiefeln. Eine Spiegelsonnenbrille saß auf seiner Nase, und eine Zigarette hing von seinen Lippen.

»Curtis!« sagte sie. »Verdammt.«

»Sie kennen ihn?«

»Er ist der, der nicht mehr wichtig ist. Was zum Teufel macht der hier, und wer hat ihn eingeladen?«

»Sie nicht?«

»Natürlich nicht.«

»Catherine?«

»Das möchte ich sehr bezweifeln.«

»Cooler Typ«, sagte ich.

»Davon ist er jedenfalls absolut überzeugt. Diesen Auftritt hat er sicher den ganzen Nachmittag vor dem Spiegel geprobt.«

»Und das beeindruckt Sie nicht?«

»Nicht mehr. Am Anfang ist es in Ordnung, aber man gewöhnt sich schnell daran.«

»Kann ich mir vorstellen.«

»Und er hält sich für ein Geschenk des Himmels.«

»Und?«

»Für manche Frauen vielleicht.«

»Nicht für Sie?«

»Nein, ich mag meine Diamanten ein wenig geschliffener.«

»Aber nicht viel mehr.«

»Nein, nicht viel.« Sie lächelte mich an. Es war eines dieser Lächeln, die einen tief im Bauch treffen und einem den Atem nehmen. Danach kann man süchtig werden. Das gefiel mir.

»Sie starren wieder, Mr. Sharman.«

»Das liegt an der Aussicht.«

Sie lächelte wieder. »Catherine sieht heute abend wunderbar aus, finden Sie nicht?«

»Sie auch.« Ich ließ mich nicht ablenken.

»Vielen Dank.«

Als hätte sie gespürt, daß wir über sie sprachen, sah Catherine zu uns herüber; sie sprach gerade mit dem ausgesprochen großen weitläufigen Mitglied der Königsfamilie, das sie wie in der Position einer Gottesanbeterin überragte. Sie winkte, entschuldigte sich und kam zu uns herüber. Curtis trat ihr in den Weg. Sie sah ihn erstaunt an. Elizabeth wollte auch zu ihm hinübergehen. »Überlassen Sie das mir«, sagte ich. »Dafür bezahlen Sie mich schließlich. Amüsieren Sie sich, es ist Ihre Party. Wir sehen uns später.« Ich drückte sie am Arm und drängte mich durch die Menge, hinüber zu Curtis und Catherine.

»... will sie sehen, aber sie weigert sich, mit mir zu sprechen«, sagte er, als ich näher kam.

»Wer könnte ihr das übel nehmen?« fragte Catherine.

»Deswegen bin ich hergekommen.«

»Aber du bist nicht eingeladen«, sagte sie.

»Simon hat mich angerufen und gesagt, daß Ihr eine Party feiert. Ich bin gleich in den Wagen gesprungen und hergefahren. Ich konnte doch keine eurer berühmten Partys versäumen.«

»Typisch«, sagte Catherine bitter. »Ich wünschte mir, Simon würde sich um seinen eigenen Kram kümmern.«

»Ärger, Miss Pike?« fragte ich.

Curtis wandte sich langsam um und betrachtete mich von oben bis unten durch seine Sonnenbrille. »Wer ist der Affe in dem albernen Anzug?« fragte er. Dafür mochte ich ihn um so lieber.

»Das ist Nick Sharman«, sagte Catherine. »Er kümmert sich für uns um einige Feinheiten des Nachlasses.« Die Story wurde immer alberner.

»Er sieht auch aus wie ein Nachlasser«, sagte Curtis.

»Haben Sie gesagt, daß er nicht eingeladen war?« fragte ich und ignorierte Curtis und sein großes Maul.

»Simon hat ihn eingeladen«, sagte Catherine zögernd. »Alles in Ordnung.«

»Sind Sie sicher?« fragte ich.

»Hat sie doch gesagt, oder?« unterbrach Curtis.

Zum ersten Mal sah ich ihn direkt an. »Reden Sie mit mir?« fragte ich. »Oder kauen Sie Ziegel?«

»Du bist dir auch für nichts und niemanden mehr zu schade, Catherine«, sagte Curtis. »Aus welchem Rinnstein hast du denn diese Arschgeige gezerrt?«

Ich sprach Catherine an: »Ich begleite ihn hinaus, wenn Sie möchten.«

»Versuch das bloß«, sagte Curtis.

»Nein, es ist schon in Ordnung, Mr. Sharman. Lassen Sie ihn bleiben.«

»Wie Sie meinen, Miss Pike.«

»Und verschwinden Sie. Ich will mit der Lady unter vier Augen reden«, sagte Curtis.

Ich zog in Catherines Richtung eine Augenbraue hoch.

»Keine Sorge«, sagte sie.

Curtis grinste und steckte sich eine Rothman ins Grinsen.

»Ich bleibe in der Nähe«, sagte ich.

»Wie beruhigend«, sagte Curtis. »Geben Sie mir noch Feuer, bevor Sie abhauen, ja, Sharman?«

Ich zögerte, dann zog ich mein Feuerzeug hervor und verbrannte das Ende seiner Zigarette. Immerhin zitterte ich nicht. Ich lächelte und trat wie ein braver Junge beiseite.

Dabei spürte ich, daß plötzlich jemand an meinem Ärmel zupfte, und sah mich um. Direkt neben mir stand Fiona in einem orangenen Kleid, das so eng war, daß jede Erhebung und Vertiefung ihrer Figur deutlich zu sehen war. »Hallo, Nick Sharman.«

»Selber hallo. Wie geht's?«

»Gar nicht gut, in diesen gottverdammten Schuhen«, entgegnete sie.

Ich sah an ihren Beinen herunter, was, ganz unter uns, nicht unangenehm war. Ihre Füße steckten in einem Paar orangener hochhackiger Schuhe, deren Plattformsohlen beinahe orthopädisches Extremformat hatten. »Dieses Arschloch hat geschworen, daß es Größe 36 ist«, sagte sie. »Aber ich wette, es sind 34er, und sie haben die Größe rausradiert.«

»Sehr schick«, sagte ich.

»Kein Scheiß. So was trägt man jetzt.«

»Und, was machen Sie hier?« fragte ich. »Irgendwie hatte ich vorgestern abend das Gefühl, daß Sie nicht Busenfreundin Nummer eins meiner Auftraggeberinnen sind.«

»Höchstens, wenn ich mir 'ne Zielscheibe auf die Stirn male«, sagte sie. »Nein, ich bin mit einem von Elizabeth Pikes ehrbaren Freunden hier. Langweiler. Kriegt ihn nicht hoch. Schnupft die ganze Zeit. Zuviel Koks ist schlecht für die Eier. Ich bin bloß Ihretwegen gekommen. Sie haben nicht angerufen.«

»Sie haben mir doch erst vorgestern Ihre Nummer gegeben«, protestierte ich.

»Die meisten Männer, denen ich meine Nummer gebe, rufen am nächsten Tag an.«

»Ich bin nicht die meisten Männer.«

»Und ich wette, Sie sind auch kein Nachlaßverwalter, oder was auch immer für einen Quatsch Sie verzapft haben. Sind Sie sicher, daß Sie kein Bulle sind?«

»Bin ich«, sagte ich.

»Waren Sie mal einer?«

Ich wußte, sie würde keine Ruhe geben. »Schon gut, Fiona«, sagte ich, »ich geb' auf. Ich war mal Cop.«

»Ich wußte es, sehen Sie, ich hab' immer recht. Also, warum sind Sie wirklich hier?«

»Security.«

»Für die beiden?« Ich vermutete, daß sie Elizabeth und Catherine meinte.

»Genau.«

»Wovor fürchten die sich, vor der Modepolizei?«

»Wie gemein, Fiona.«

»Schon gut. Egal, was hatten Sie mit diesem Widerling zu schaffen?«

»Wem?«

»Dem Loverboy mit der Sonnenbrille. Sie sahen aus, als wäre er gerade in Ihren Lieblingsscheißhaufen getreten.«

»Ich wollte ihn rauswerfen, aber Catherine wollte es nicht.«

»Passen Sie auf, Nick, er kann ganz schön ekelhaft werden.«

»Ich auch. Möchten Sie was trinken?«

Sie nickte. Ich führte sie rüber zur Bar und bestellte uns beiden was zu trinken. Ich stützte meinen Ellenbogen auf den Tresen und beobachtete, wie Curtis und Catherine angeregt miteinander redeten. Einmal packte er sie am Arm. Sie schüttelte ihn ab; ihr Blick wies mich an, zu bleiben, wo ich war. In meinem Magen verbrannte das Roastbeef zu Kohle, aber ich unternahm nichts.

Ich sah mich nach Elizabeth um und konnte sie nicht entdecken, aber statt dessen sah ich noch einen großen Kerl ins Zimmer kommen und sich kurzsichtig umsehen.

»Großer Gott, mein adliger Ritter«, sagte Fiona. »Ich

zieh' besser los und wechsle ihm seine Inkontinenzhöschen.«

»Alles klar«, sagte ich. »Wir sehen uns.«

»Ruf mich an.« Sie stellte ihr Glas auf den Tresen und küßte mich auf die Wange.

»Verlaß dich drauf«, sagte ich, dann war sie verschwunden.

Schließlich machte sich Catherine von Curtis los und kam zu mir herüber. Ich konnte ein spöttisches Lächeln auf seinem Gesicht sehen. Ich drückte mein Glas, bis es beinahe zerbrach.

»Machen Sie das nie wieder mit mir«, sagte ich, als sie bei mir war.

»Tut mir leid, tut mir leid, tut mir leid.« Sie war offensichtlich aufgewühlt. »Es ist schwierig. Curtis war Elizabeth gegenüber so ein Schwein, aber sie ist immer wieder zu ihm zurückgekehrt. Man weiß nie, woran man mit den beiden ist. Im einen Augenblick liebt sie ihn, im nächsten haßt sie ihn.«

»Ich verstehe«, sagte ich. »Ich glaube, im Augenblick sind wir im Haßmodus.«

»Gut, er macht mir nämlich eine Gänsehaut.«

»Wo ist Leee?« fragte ich.

»Oben, er zieht sich immer noch um. Ich gehe ihn mal holen.«

»Ich komme mit.«

»Nein, ist okay. Ich geh' bloß auf mein Zimmer. Außerdem wäre Leee wütend, wenn ihn jemand vor seinem großen Auftritt sieht.«

»Wenn Sie meinen.«

»Ja. Es dauert nur einen Augenblick. Ich möchte, daß Sie Curtis und Elizabeth im Auge behalten. Mir gefällt es gar nicht, wenn sie im selben Zimmer sind.«

»In Ordnung«, sagte ich, mehr nicht.

Ich sah ihr nach, als sie den Raum verließ. Ihr Gang konnte einen Pfadfinder schwach werden lassen. Ich drehte mich um und sah Curtis und Elizabeth langsam aufeinander zumäandern, bis sie schließlich miteinander sprachen. Genauer genommen sprach Curtis, und Elizabeth ignorierte ihn. Sie stand mit desinteressiertem Blick und einem Champagnerglas da und starrte an ihm vorbei, als existierte er nicht. Ich sah ihn immer aufgeregter werden, bis er Elizabeths Schulter packte und sie zu sich herumwirbelte. Das Glas flog ihr aus der Hand und fiel zu Boden. Ich stieß mich von der Bar ab und drängelte mich zwischen den Leuten hindurch, die zwischen uns standen. Ich packte Curtis von hinten und nahm ihn in den Schwitzkasten. Er versuchte, mir auf den Fuß zu treten, aber ich schob seine Beine zusammen und drückte ihn gegen die Mauer. »Schluß damit«, sagte ich. »Das ist nicht nett.«

»Laß mich los.« Seine Stimme wurde von der Tapete gedämpft. »Nimm deine dreckigen Pfoten von mir.«

»Nur wenn du freundlich bist.«

Er wehrte sich, aber ich hatte ihn fest im Griff, und er wußte es.

»Und?«

»Schon gut«, spie er, und ich ließ ihn los.

Als er sich umwandte, spürte ich den Schrei mehr, als ich ihn hörte. Ich sah mich um, und das Glasdach des Wintergartens implodierte in einem Regen aus Glassplittern und Blut. Es war unglaublich; als wäre eine Bombe hochgegangen. Ich war wie erstarrt.

Die Leute schrien und riefen, und die Menge teilte sich wie das Rote Meer unter einem Meer aus Rot. Ich erkannte das goldene Kleid, und in meinem Hals erstickte ein Schrei. Catherines Kopf und Oberkörper brachen durch das Glas, und ein Splitter, so lang und breit wie ein Fleischerbeil, riß eine blutige Wunde in ihren Bauch. Sie blieb an einem der Holzbalken hängen, die das Glas gestützt hatten, und hing herunter wie ein Stück Fleisch. Ihr Haar war rot und verhüllte ihr Gesicht wie ein Vorhang. Der erste Blutstrom, der zu Boden gespritzt war, wurde zu einem Rinnsal, schließlich sickerten nur noch einzelne Tropfen von den

Säumen ihres Kleides über den einen Arm herunter, der in unsere Richtung ragte.

Ich ging durch die Leere, die die Gäste hinterlassen hatten, tappte knirschend über das Glas und spürte, wie die Sohlen meiner Schuhe auf dem Holzboden klebten. Dann löste sich langsam das blonde Haar vom Kopf und segelte zu Boden. Jemand schrie und hörte abrupt wieder auf, als wäre er geschlagen worden. Ich sah hoch, das Blut tropfte auf die Schultern meines Jacketts, und ich starrte in Leees Augen.

11

Ich schaute ihn, glaube ich, stundenlang an, aber wahrscheinlich waren es nur ein paar Sekunden, dann sprang ich zurück in die Wirklichkeit. »Jemand soll einen Krankenwagen und die Polizei rufen«, brüllte ich, drehte mich um und rannte aus dem Zimmer in Richtung Haustür. Der Aufzug war im obersten Stockwerk blockiert. Ich hämmerte auf den Knopf, aber das Ding reagierte nicht. Ich fluchte und rannte in großen Schritten die Treppe hinauf. Ich keuchte, als ich das oberste Stockwerk erreichte, und prallte von den Wänden ab, während ich durch den Flur zu Catherines Zimmer rannte. Ich stieß die Tür auf und sah Catherine auf den Balkon stehen. Sie sah hinunter. Als sie die Tür gegen die Wand knallen hörte, richtete sie sich auf und sah mich an. Mit der einen Hand verdeckte sie ihren Mund, ihre Augen waren weit aufgerissen. »Was ist passiert?« rief ich. »Was haben Sie getan?«

»Nichts«, sagte sie. »Nick, ich habe nichts getan. Er war auf dem Dach. Er wollte für sich und mich eine Blume für das Haar pflücken, vom Dachgarten, so eine wie meine gestern abend. Er hat gesagt, er wäre gleich wieder da. Ich habe hier gestanden und ein Geräusch dort oben gehört.«

Sie zeigte zur Decke. »Er ist direkt an mir vorbeigestürzt. Er hat geschrien.« Ihr Gesicht verknitterte, sie warf sich gegen mich und klammerte sich fest. Ihre Hände krallten sich in meine Oberarme. Ich hielt sie einen Augenblick, dann löste ich sie ab und hielt sie mit ausgestreckten Armen.

»Wie kommt man dort rauf?«

»Die Treppe ist am Ende des Flurs, braune Tür.«

Ich hopste und zog die Baby Browning aus dem Knöchelholster, überprüfte die Munition, löste den Sicherungshebel und lud eine Patrone in die Kammer. Ich rannte zu der braunen Tür und eine schmale Treppe hinauf, die in einer Art kleiner Hütte auf dem Dach endete.

Das Dach war flach, mit einer hüfthohen Ziegelmauer am Rand. Auf der Mauer war zur Sicherheit noch ein Maschendraht angebracht, den Metallstangen, die in die Mauer getrieben worden waren, hielten. Stillgelegte Kamine unterbrachen die glatte Fläche des metallbeschlagenen Daches, und jemand hatte einen Dachgarten mit ein paar rosenüberwucherten Durchgängen angelegt. Keramiktöpfe und Hängekörbe voller wunderschöner Gardenien hingen an der Hütte und an den Kaminen, und Kästchen voller Blumen standen auf improvisierten Tischchen. Es gab sogar eine briefmarkengroße Rasenfläche. Das Dach war eine Mischung aus Licht und Schatten, und ich lief vorsichtig hinüber zur Rückseite des Hauses, wo der Maschendraht zerrissen war und herunterhing. Mehrere Blumentöpfe waren umgestoßen worden, und für den Fall, daß Fußabdrücke sicherzustellen waren, achtete ich darauf, daß ich nicht auf die Erde trat. Ich schaute vorsichtig über die Brüstung. Ich schluckte, als ich Leees Leiche immer noch halb im Innern des Wintergartens, halb im Freien auf dem Balken hängen sah, und fragte mich, warum zum Teufel niemand ihn heruntergeholt hatte.

Ich hörte die Sirenen von der Straße, marschierte zurück und schaute vorn über die Mauer, gerade noch rechtzeitig, um einen Krankenwagen, einen Streifenwagen und einen Funkwagen mit Blaulicht zu sehen. Sie sausten wie Spielzeuge über den Asphalt unter mir, und der Verkehr auf der Curzon Street begann, sich hinter ihnen in beide Richtungen zu stauen. Türen wurden aufgerissen und zugeknallt, und Stiefel klackten über den Straßenbelag, als die kleinen Uniformen in Richtung Eingangstür liefen. Ich steckte meine Waffe wieder weg und ging zurück zu der Tür am oberen Ende der Treppe.

Catherine stand am unteren Ende. Sie zitterte, hatte ihre rechte Hand zur Faust geballt, rieb sie in der linken Handfläche, als wollte sie die Haut abreißen. Ich hatte keine Zeit, nett zu sein. »Was zum Teufel ist los, Catherine? Warum hatte Leee Ihr Kleid an?« Ich sah sie an, korrigierte mich. »Ein Kleid wie Ihres. Was hatten Sie vor?«

»Es war nur ein Scherz, einfach nur Spaß. Wir haben das manchmal gemacht, wenn wir ausgingen. Leee hat unheimlich gern Frauensachen angezogen. Er hat meine Größe. Er hat sich Sachen von mir geliehen. Heute abend wollten wir einen großen Auftritt machen. Nur aus Spaß.«

Und dann zerbrach sie, wie eine Nußschale. Tränen füllten ihre Augen, und sie schluchzte und begann, sich mit ihrer rechten Hand zu schlagen, die immer noch zur Faust geballt war. Sie verpaßte sich ein paar kräftige Hiebe, bevor ich ihr Handgelenk erwischte und sie in meine Arme zog. Ich hielt sie so fest, daß sie sich nicht bewegen konnte. Sie wehrte sich, dann wurde sie steif wie ein Bügelbrett. Schließlich sackte sie zusammen, und ich mußte sie aufrecht halten.

Ich hörte Schritte im Flur und ein uniformierter Police Sergeant und ein Constable kamen eilig um die Ecke galoppiert. Sie blieben abrupt stehen und sahen mich über Catherines Schulter an. »Guten Abend, Sir«, sagte der Sergeant. »Können wir Ihnen helfen?«

»Sie können vor dieser Tür stehenbleiben und niemanden dort hochlassen, der nicht hoch soll. Ich glaube, vor ein paar Minuten wurde jemand von dort oben hinuntergestoßen.«

Catherine schluchzte wieder.

»Dies ist Miss Catherine Pike«, fuhr ich fort. »Ihrem

verstorbenen Vater hat dieses Haus gehört. Mein Name ist Sharman, ich bin ihr Bodyguard. Ich werde sie jetzt auf ihr Zimmer bringen. Ihre Vorgesetzten werden mit ihr reden müssen, und es wäre mir lieb, wenn sie sich ein paar Minuten beruhigen könnte. Der Mann, der hinuntergestoßen wurde, war ein Freund von ihr.«

»Mann?« fragte der Sergeant. »Es sah aus wie eine Frau.«

»Sehen Sie genauer hin, Sergeant.« Ich wollte Catherine den Flur entlangführen.

»Augenblick, Sir.«

Ich wandte mich um. »Ja?«

»Der Constable wird Sie begleiten. Nur um ganz sicher zu gehen.«

»Natürlich«, sagte ich.

»Geh mit, Webb, und sei höflich«, sagte der Sergeant.

»Ja, Sarge«, sagte der uniformierte Constable.

Wir brachten Catherine auf ihr Zimmer, und als sie sich still und stumm hingesetzt hatte, sagte ich zu dem Uniformierten: »Ich bin gleich wieder da.«

»Nein, Sir, Sie müssen hierblei...«

Ich drehte mich um und ging hinaus. Ich hörte, wie der Bulle mir hinterherrief, aber ich ging einfach weiter bis zum oberen Ende der großen Treppe. Der Fahrstuhl war verschwunden. Ich sah hinab; die Kabine befand sich im Erdgeschoß.

12

Nach zehn Minuten hatten Polizisten das Haus wie eine blaue Sicherheitsdecke überzogen.

Ich wurde vierzig Minuten lang in einem Kellerraum neben der Küche verstaut, wo mir nur ein Computer Gesellschaft leistete, während die Spurensicherung sich Leiche und Dach ansah. Dann wurde ich zu einem kleinen Gespräch ins Eßzimmer gebeten.

Zwei Cops saßen im Zimmer. Einer war sehr jung, der andere viel älter. Ich kannte sie nicht. Sie kannten aber mich oder wußten zumindest über mich Bescheid. Das konnte ich daran erkennen, wie sie mich begutachteten, als sei ich ein Ausstellungsstück unter Glas.

»Setzen Sie sich, Mr. Sharman«, sagte der ältere der beiden, der am Kopf des Eßtisches saß. Er war zwischen fünfzig und fünfundfünfzig, ein typischer Karriere-Detective. Hart wie Stahlnägel und doppelt so unangenehm. Sein Gesicht war von harschen Linien durchfurcht, und seine tiefliegenden blauen Augen schienen alles Elend, das die Welt zu bieten hatte, schon mehrfach gesehen zu haben. Sein Haar war grau und dünn und mußte dringend geschnitten werden. Er trug eine Reißverschlußjacke mit vielen Taschen, die aussah, als stammte sie vom *House of Nylon*, dazu eine Hose und Schuhe von *Burton's*. Auf dem polierten Tisch vor ihm lag in einem Aschenbecher eine kalte Pfeife, daneben ein Päckchen dänischer Tabak, ein linierter Stenoblock und ein Bleistift mit abgekautem Ende. Er zeigte auf den Stuhl neben sich.

»Ich bin Sutherland«, sagte er. »Das ist Endesleigh.« Er nannte keine Ränge. Ich hielt ihn mindestens für einen Inspector. Der andere Bulle sah aus, als wäre er gerade einmal achtzehn, er hatte einen Schopf blondes Haar, das ihm dauernd über die Augen fiel. Ich vermutete, daß er ein Detective Constable war, der an seinem ersten großen Fall arbeitete. Er trug einen schicken grauen Anzug aus gekämmter Wolle, dessen Knie noch nicht ausgebeult waren und bei dem die Ellenbogen noch nicht glänzten. Er stand am Fenster und schaute durch einen Spalt zwischen den Vorhängen und drehte sich um, als sein Name fiel. Er betrachtete mich von oben bis unten und grunzte. Als er gesehen hatte, was er sehen wollte, drehte er sich wieder um.

Ich sagte nichts.

Die Stille zog sich, während Sutherland mich betrachtete und Endesleigh die Außenwelt.

Der ältere Mann brach die Stille. Er war von eisiger Höflichkeit. Was ihn anbetraf, waren die Formalitäten erledigt. Nettigkeiten waren fehl am Platz. »Sagen Sie uns der Reihe nach alles, was Sie wissen über das, was heute abend hier vorgefallen ist«, sagte er.

»Ich weiß ungefähr so viel wie Sie, nehme ich an«, sagte ich. »Fast nichts.«

Er sah wieder hinüber zu dem jungen Polizisten, dann sah er mich an.

»Erzählen Sie's mir trotzdem«, sagte er.

Ich erzählte es ihm, von Anfang an. Ich ließ die Morddrohungen weg, obwohl ich inzwischen sicher war, daß sie auf irgendeine Art und Weise existierten. Aber die hob ich mir für später auf. Alles andere erzählte ich ihm. Es dauerte nicht lange.

Als ich fertig war, lehnte er sich in seinem Stuhl zurück und spielte mit dem Bleistift. Er dachte ein oder zwei Minuten nach, dann beugte er sich vor und fragte: »Als Sie diesen Job angenommen haben, haben Sie da geglaubt, daß das Leben von einer der beiden Misses Pike in Gefahr wäre?«

»Nein.«

»Warum haben Sie dann angenommen?«

»Ich brauchte das Geld.«

»Das war alles?«

»Ja.«

»Und Sie haben gedacht, es sei nichts dran?«

Ich zuckte mit den Achseln. »Ich habe mir bloß gedacht, daß Elizabeth neurotisch wäre, oder Catherine, oder beide, und daß sie reich genug sind, sich ihre Neurosen leisten zu können.«

»Aber Sie waren vorbereitet.«

»Wie bitte?« fragte ich.

Der jüngere Polizist wandte sich vom Fenster ab, kam herüber und legte meine .357 Magnum vor mir auf den

Tisch. Er hatte sie die ganze Zeit vor mir versteckt in Händen gehalten. Sie war immer noch in ihrem Holster, aber ich ging davon aus, daß jemand sie entladen hatte. Ich hatte gewußt, wenn ein Profi das Zimmer durchsuchte, würde er sie finden. Diese Männer waren gut, das war ihr Job. Der jüngere Mann achtete sorgfältig darauf, den Tisch nicht zu verkratzen. Auch das war sein Job.

Sutherland schüttelte ungläubig den Kopf. »Sie stecken in der Scheiße«, sagte er. »Ich denke, wir sollten Sie einlochen.« Die Browning an meinem Knöchel fühlte sich an wie ein großer Baumstumpf. Er hatte recht, ich saß in der Scheiße.

»Wäre das nicht ein wenig übereilt?« fragte Endesleigh. Sutherland und ich sahen ihn beide an.

»Wie meinen Sie das?« fragte Sutherland. Als wüßte er das nicht, und als hätten sie ihren kleinen Auftritt nicht ausgearbeitet, während ich mir im Keller die Füße kühlte.

»Mr. Sharman steckt in der Scheiße, genau wie Sie sagen«, sagte Endesleigh. »Aber er könnte uns helfen und sich dabei einen Gefallen tun.«

»Uns helfen? Wie? Er ist ein Niemand, ein gottverdammtes Nichts«, sagte Sutherland.

Endesleigh sah ihn schmerzerfüllt an. »Sind Sie da nicht ein wenig hart mit ihm? Er war einer von uns. Er weiß, was wir wissen wollen, und die Leute hier scheinen ihm zu trauen.«

»Ihm trauen!« höhnte Sutherland. »Ich würde ihm nicht trauen, mir die richtige Uhrzeit zu sagen.«

»Was haben wir zu verlieren? Wir haben die Kanone, wir können ihn jederzeit einkassieren.«

So gesehen hatte er recht, aber Sutherland machte eine große Show daraus, die Stirn zu runzeln, als wäre es eine schwierige Entscheidung. Ich wußte, die Sache war schon klar. Sie hatten mich an den Eiern, und wir wußten es alle.

»Okay«, sagte Sutherland schließlich. »Aber Sie tragen die Verantwortung.«

Nett gemacht, dachte ich. Treibt die Gegner auseinander

und gibt mir einen Kumpel, dem ich mein Herz ausschütten kann. Ein bißchen Psychologie hat noch niemals geschadet.

»Gut, Mr. Sharman«, sagte Sutherland. »Wir lassen Sie in Ruhe, aber vergessen Sie nicht, Sie benehmen sich besser anständig, sonst sind Sie schneller in einer Zelle, als Sie es sich vorstellen können, verstanden?«

Ich verstand voll und ganz. Ich nickte, und die Atmosphäre im Zimmer entspannte sich ein wenig, aber auch nur ein wenig.

Endesleigh spielte den guten Cop. Er seufzte wie jemand, der lieber in einem weichen Bett liegen würde. »Unangenehme Sache, das«, sagte er.

»Sagen Sie das Leee«, sagte ich.

»Clive«, sagte Sutherland.

»Was?«

»Clive Simpson war sein Name«, erklärte er. »Clive Simpson aus Honor Oak. So steht es auf seiner Geburtsurkunde. Die Polizei vor Ort war bei seiner Mutter.«

»Sie sind schnell.«

»Manchmal, Mr. Sharman, manchmal. Sein Mitbewohner war zu Hause und hatte die Adresse seiner Mutter. Hat ganz offiziell seinen Namen in Leee Monroe geändert. Offensichtlich war Marilyn Monroe sein Lieblingsfilmstar.«

»Wir leben in einem freien Land«, sagte ich.

»Dagegen habe ich auch nichts. Aber ein bißchen eigenartiger Typ, finden Sie nicht? Sie kennen ihn schließlich.«

»Ich habe ihn zweimal getroffen«, sagte ich.

»Aber Sie hatten seine Karte oben in Ihrer Schublade liegen.«

Sie waren gründlich gewesen.

»Er hat sie mir gegeben, als wir uns vorgestern abend zum erstenmal getroffen haben. Jede Menge Leute geben mir ihre Karten.«

»Das möchte ich nicht bezweifeln. Aber es ist doch eigenartig, daß er Ihnen vor zwei Tagen seine gegeben hat und jetzt ist er tot, finden Sie nicht? Wollten Sie sich die

Haare schneiden lassen? Oder war er Ihr Dope-Dealer? Wir haben alles mögliche in seiner Handtasche gefunden. Coke, Dope, Uppers, Downers.«

»Weder noch. Er wußte alles mögliche über diese Familie. Ich wollte die Infos in seinen Gehirnwindungen anzapfen.«

»Die sind auf den Boden des Wintergartens gespritzt«, sagte Sutherland. »Bedienen Sie sich.«

»Finde ich nicht lustig. Er war in Ordnung.«

»Wer hat ihn dann umgebracht?« fragte Endesleigh.

»Ich weiß nicht«, sagte ich. »Jemand, der gedacht hat, Leee wäre Catherine, nehme ich an.«

»Wußten Sie was über diese Verkleidungsgeschichte?« fragte Endesleigh.

»Nein.«

»Catherine Pike hat Sie also immer auf dem laufenden gehalten?« sagte Sutherland.

»Das ist ja wohl kaum etwas, was man zufällig im Gespräch fallenläßt. Es war ein Spaß, ein Witz.«

Endesleigh sah mich an. »Es ist schiefgegangen, nicht wahr?«

»Ja«, sagte ich. »Vor allem für Leee.«

»Es könnte Selbstmord gewesen sein«, sagte Sutherland.

»Man begeht nicht Selbstmord, wenn man sich eine Blume als Haarschmuck holen will«, sagte ich, »und wenn man den ganzen Nachmittag damit verbracht hat, sich toll herzurichten, und wenn man es auf einen so großen Auftritt wie er angelegt hat. Ich kann mir einfach nicht vorstellen, daß man in so einer Situation plötzlich mörderische Schuldgefühle wegen seines Lebensstils bekommt oder weil man nicht in der Lage ist, die Gasrechnung zu zahlen, und dann den ganzen Maschendraht abreißt und den großen Sprung riskiert.«

»Keine Ahnung«, sagte Sutherland. »Muß komisch sein«, fuhr er fort, »sich so die Eier abzuschnüren. Sie drücken sie sich anscheinend fast bis in die Arschlöcher.«

»Darüber scheinen Sie ja Bescheid zu wissen.«

»Keine dummen Sprüche, Sharman«, grummelte Sutherland. »Und jetzt lassen Sie uns noch mal alles durchgehen, wo Sie jetzt sozusagen auf unserer Seite sind. Und ich warne Sie, wenn ich herausbekomme, daß Sie uns irgend etwas verschweigen, schmeiß' ich Sie höchstpersönlich in die Zelle, und es wird mir ein Vergnügen sein.«

Ich glaube, das meinte er sogar ernst. Ich lockerte meine Krawatte. »Ich weiß wirklich nicht viel«, wiederholte ich. »Nur was man mir erzählt hat. Ich bin erst seit ein paar Tagen hier.«

»Dann sagen Sie uns, was Sie wissen«, sagte Sutherland.

Also erzählte ich noch mal die ganze Geschichte. Wieder verschwieg ich die Morddrohungen. Ich wollte zuerst mit Elizabeth und Catherine sprechen.

»Also, der Alte ist tot, das Testament noch nicht vollstreckt, und wie es mit dem Verlag weitergeht, weiß keiner. Und wir reden hier ja nicht über einen Tante-Emma-Laden«, sagte Sutherland. »Und dann wird so eine dumme kleine Schwuchtel, die genauso angezogen ist wie das Mädchen, das den ganzen Ärger ausgelöst hat, umgebracht, ermordet. Sehr verwirrend.«

Ich konnte ihm nur zustimmen.

»Und wer steckt mittendrin«, fuhr er fort, »natürlich Sie, Sharman. Und nach allem, was ich weiß, bringen Sie den Ärger mit.«

»Ich versuche bloß, mir meine Brötchen zu verdienen.«

Er sah sich im Eßzimmer um, meinte damit das ganze Haus. »Hier kriegen Sie mehr als bloß Brötchen«, sagte er. »Also, Mr. Ex-Detective-Constable, was glauben Sie?«

»War es Selbstmord?« fragte ich. »Robert Pike, meine ich. Daran gibt es keinen Zweifel, oder?«

Sutherland sah Endesleigh an. Endesleigh sah zurück und sagte: »Soweit wir wissen. Die Akte ist jedenfalls geschlossen.«

»Ich weiß nicht«, sagte ich. »Lassen Sie es mich herausfinden. Haben Sie heute abend noch mit jemand anders gesprochen?«

»Mit ein paar Leuten, darunter auch Elizabeth Pike, und mit der anderen reden wir, wenn wir mit Ihnen fertig sind.«

»Warten Sie nicht zu lange.«

»Wir haben die ganze Nacht.«

»Sie nicht, sie hat einen bösen Schock.«

»Nicht so böse wie der von Simpson.«

Da hatte er recht. »Ich vermute mal bei dem Ganzen«, jetzt war ich damit dran, im Zimmer umherzuschauen, »und bei den Leuten, um die es geht, betrachten Sie das als einen wichtigen Fall.«

»Könnte man sagen«, sagte Sutherland.

»Also kommen morgen früh die dicken Kanonen«, sagte ich.

»Vielleicht. Deswegen brauchen wir schnell Ergebnisse.«

»Oder einen Maulwurf im Haus.«

»Genau.«

»Aber sagen Sie Ihren Chefs nicht, wer es ist, weil die vielleicht was dagegen haben.«

Daran kauten sie ein Weilchen, schluckten es, spuckten es wieder aus. Und dann kam Sutherland aus einer neuen Richtung. »Wer war im Wintergarten, als Simpson durch das Dach gekracht ist?«

»Hab' ich Ihnen doch schon gesagt.«

»Sagen Sie's uns noch mal.«

»Ich, Elizabeth, Vincent, das ist ihr Chauffeur, Miranda, sie ist eine der Bediensteten. Der Typ, den ich gegen die Mauer geknallt hatte – Curtis. Und ein paar andere Leute, die ich wiedererkennen würde. Ich kenne ihre Namen nicht. Einer war Fontaine, und das Mädchen, das er mitgebracht hatte.«

»Worum ging es in dem Streit?« fragte Sutherland.

»Curtis hat Elizabeth Pike belästigt. Im Grunde war es versuchte Körperverletzung. Ich habe bloß die Wogen geglättet.«

»Er sagt, Sie hätten ihn von hinten angesprungen, und genaugenommen hätten Sie ihn angegriffen.«

»Polizeiausbildung«, sagte ich. »Und irgendwie hab' ich nicht das Gefühl, daß er mich verklagen wird.«

»Keine Scherze, Sharman«, sagte Endesleigh. »Sie sind kurz davor, in den Bau zu wandern, vergessen Sie das nicht.«

Ich vergaß vor allem meine Browning nicht und hielt den Mund.

»Waren die anderen Familienmitglieder da?« fragte Sutherland.

»Ich habe sie nicht gesehen. Sie waren aber früher dort. Fragen Sie Elizabeth, sie erinnert sich vielleicht.«

»Haben wir, hat sie nicht. Mit den anderen reden wir morgen früh. Sie sollen für uns herumschnüffeln. Machen Sie sich nützlich. Wir behalten Sie im Auge. Wir wollen die Sache schnell geklärt haben. Macht sich nicht gut in den Akten.«

Endesleigh zog ein rechteckiges Kärtchen aus seiner Brusttasche. Er nahm den Bleistift vom Tisch und schrieb etwas auf die Rückseite. Er gab mir die Karte.

»Hier ist noch eine Karte für Ihre Sammlung«, sagte er. »Und lassen Sie die nicht herumliegen.«

Ich sah ihn an, dann den älteren Mann, dann die Karte. Ich konnte nicht glauben, was ich las, und wieder sah ich Endesleigh an. Ich hätte immer noch geschworen, daß er bloß ein grüner Junge war. »Detective Inspector«, sagte ich.

»Genau. Und das ist Sergeant Sutherland.«

»Aber ich dachte ...«

»Nicht denken, Sharman«, sagte Endesleigh. Ich erinnerte mich, daß Elizabeth etwas ähnliches gesagt hatte, als ich das letzte Mal mit ihr gesprochen hatte. Das wurde allmählich zum Leitmotiv des ganzen Falls.

»Wirklich gut«, sagte ich. »Gefällt mir. Geschickt. Bringt die Leute aus dem Gleichgewicht.«

»Nicht wahr?« fragte Endesleigh. »Sie können jetzt gehen.«

»Was ist mit meiner Waffe?«

»Darum kümmern wir uns für sie. Ein Pfand auf die Zukunft, sagen wir mal. Keine Sorge, wir ölen sie ab und zu.«

»Ciao«, sagte ich.

»Gute Nacht, Sharman«, sagte der Detective Inspector. »Schlafen Sie gut.«

Ich dachte daran, wie Leee mit einem Krachen, das beinahe mein Herz hatte stillstehen lassen, durch das Glasdach des Wintergartens gestürzt war, und an das Blut, das im Lampenschein hellorange ausgesehen hatte, und an die kleinen Stückchen von ihm, die sich über den Boden verteilt hatten, und ich bezweifelte, daß ich gut schlafen würde. »Nacht«, sagte ich, stand auf und ging.

Miranda saß auf einem Stuhl vor dem Eßzimmer, und der junge Cop, der sich um mich gekümmert hatte, versuchte, ihr unter den Rock zu schauen. Sie hatte geweint und hielt eine Menge nasser Taschentücher in der Hand. »Hallo, Miranda«, sagte ich.

»Hallo, Mr. Sharman. Ich muß mit der Polizei reden. Ich habe Angst.«

»Müssen Sie nicht. Sie sind in Ordnung, und bei Ihnen wird auch eine Polizistin dabei sein.«

»Ja, ich weiß, ich habe schon mit ihr gesprochen. Sie ist nett. Sie macht gerade Tee.«

»Wunderbar. Sie müssen sich um gar nichts Sorgen machen.«

»Es war schrecklich, Mr. Sharman. Ich muß dauernd daran denken.«

»Ich weiß.«

»Ich dachte, es wäre Miss Catherine.«

»Ich weiß«, sagte ich noch mal. »Ich werde ihr sagen, daß Sie nach ihr gefragt haben, falls Sie sie nicht vor mir sehen.«

»Das wäre nett«, sagte Miranda. »Sie wird zu tun haben.«

»Nicht viel.«

»Ich meine, sie wird durcheinander sein. Dieser Leee war witzig, sie haben einander geliebt, verstehen Sie.«

»Ich weiß.« Sie begann wieder zu weinen.

»Haben Sie ein Taschentuch, Constable?« fragte ich.

»Nein.«

»Dann holen Sie ein paar, ja?«

»Ich bin nicht Ihr gottverdammter Diener.«

Ich sah ihn von oben bis unten an, aber bevor ich mich mit ihm anlegen konnte, kam eine junge Polizistin mit einem Tablett voller Teegeschirr aus Richtung Küche um die Ecke. »Haben Sie Taschentücher?« fragte ich.

»Ja, in meiner Tasche. Ich kümmere mich um Miranda.«

»Ich gehe rauf. Können Sie Miranda bald ins Bett schicken, Miss? Bitte, versuchen Sie die da drinnen an der Leine zu halten«, sagte ich zu der Polizistin.

Sie lächelte. »Werde ich«, sagte sie. Na also, nicht alle Bullen sind Arschlöcher.

Ich fuhr im Fahrstuhl nach oben. Der Sergeant, den ich schon kennengelernt hatte, bewachte Catherines Tür. »Sie können da nicht rein«, sagte er. »Der Arzt ist da. Aber machen Sie sich keine Sorgen, wir werden die ganze Nacht hier Wache halten.«

»Gut. Sind ihre Fenster abgeschlossen?«

»Ja, Sir.«

»Dann gute Nacht, Sergeant. Wir sehen uns morgen früh.«

»Nein, Sir. Ich habe in einer Stunde Schluß, dann löst mich jemand ab.«

»Gut«, sagte ich und ging in mein Zimmer.

13

Ich zog mich aus und schnallte die Browning ab. Ich steckte sie zusammen mit meiner Uhr in die Schublade des Nachttisches. Es war zehn vor eins, als ich ins Bett stieg, und trotz meiner Bedenken schlief ich sofort ein. Nach zwei Tagen voller Besäufnisse und Kater war ich hundemüde.

Ich erwachte, als mir jemand immer wieder ins Gesicht schlug. Helles Licht schien mir in die Augen, und zuerst dachte ich, die Polizisten wären zurückgekehrt und hätten sich entschieden, ihre Taktik zu ändern und die Gummischläuche mitzubringen. Ich wollte mich aufsetzen und wurde kräftig zurück auf die Matratze gestoßen. Jemand hatte die Nachttischlampe in meine Richtung gedreht, und die Glühbirne leuchtete mir direkt in die Augen. Ich weiß noch, daß ich irgend etwas Kluges wie »Was?« oder »Wer?« sagte, aber nach einem weiteren Schlag hielt ich den Mund, lag unbeweglich da und versuchte, mich darauf zu konzentrieren, was los war.

Ich war auf dem Bett, nur unter einem Laken, und trug bloß eine Shorts. Im Zimmer war es dunkel, und ich hatte keine Ahnung, wie spät es war, ob es draußen noch Nacht war, oder ob nur die Vorhänge vorgezogen worden waren. Außer mir waren noch mindestens zwei andere Menschen im Zimmer.

Gegen das Licht der Glühbirne konnte ich ihre Schatten erahnen. Einer saß in einem Sessel, der nahe an die linke Seite des Bettes herangezogen worden war, und der zweite stand auf der anderen Seite, nahe genug, daß ich ihn atmen hören konnte. Ich vermutete, daß er mich geschlagen hatte. Der Lichtschein spiegelte sich auf einer Automatik mit einem langen, gelochten Schalldämpfer auf dem Lauf, den der Sitzende in der Hand hielt. Der Hammer war gespannt. Die Hand, die die Waffe hielt, steckte in einem schwarzen, glänzenden Handschuh, der aus einer gestreiften Manschette hervorwuchs, die aus einem dunklen Ärmel kam, der fast vollständig das Goldarmband einer Uhr verdeckte.

Ich lag still und spürte mein Herz gegen die Rippen hämmern.

»Keinen Ton«, sagte eine Stimme aus der anderen Ecke des Zimmers. Sie stammte von keinem der Männer an den Seiten des Bettes. Also drei. Die Stimme hatte einen Cockney-Akzent. Nein, eigentlich nicht Cockney. Australisch, genau. Ich war nicht überrascht. Ich blinzelte in das Licht, aber die Gesichter waren unsichtbar in den Schatten. »Ein bißchen früh für solche Späße«, sagte ich. Mein Mund war trocken, und ich befeuchtete mir die Lippen. »Lustiger Kerl«, sagte der Stehende neben meinem Bett. Auch er hatte einen australischen Akzent.

»Wir sind gekommen, weil Sie eine Nachricht an Catherine Pike weitergeben sollen«, sagte der Mann mit der Knarre.

»Und wir haben auch eine Nachricht für Sie«, sagte der Mann, der neben meinem Bett stand.

Ich sagte nichts.

Der Sitzende sagte: »Sagen Sie ihr, daß sie uns schuldet, worauf wir uns geeinigt hatten. Wir hatten einen Deal, und sie hält sich nicht daran. Das paßt uns gar nicht.«

Ich konnte fühlen, wie der Schweiß über meinen Körper perlte und die Laken durchfeuchtete.

»Und was Sie angeht«, sagte der Stehende, »Sie sind im Weg. Die Sache hat nichts mit Ihnen zu tun. Richten Sie ihr unsere Nachricht aus und gehen Sie heim. Sie spielen auf dem falschen Spielplatz.«

Ich fuhr mir wieder mit der Zunge über die Lippen. »Ich habe keine Ahnung, wovon Sie reden«, sagte ich.

»Haben wir auch nicht erwartet. Geben Sie einfach die Nachricht weiter und verpissen Sie sich.«

Der Mann in dem Sessel hob die Waffe und zielte damit auf mein Gesicht. Instinktiv drückte ich meinen Hinterkopf tiefer ins Kissen. »Ich war dafür, Sie jetzt umzubringen«, sagte er. »Aber die gelassenere Fraktion hat sich durchgesetzt. Nächstes Mal höre ich nicht auf die.«

»Laß ihn in Ruhe«, sagte die Stimme des Mannes, den ich nicht sehen konnte.

»Vor der Tür steht ein Polizist«, sagte ich.

»Gleich machen wir uns in die Hose«, sagte der Typ mit der Kanone. »Ein unbewaffnetes Männchen, halb im Schlaf. Rufen Sie doch nach ihm. Sie sind tot, bevor er überhaupt zu sich kommt, und er ist tot, sobald er seinen Kopf zur Tür reinsteckt. Tun Sie einfach, was wir Ihnen sagen.«

»Warum sagen Sie es Catherine nicht selbst?«

»Geben Sie ihr das.« Er warf eine messingumhüllte Patrone auf den Nachttisch. Sie rollte glänzend über das polierte Holz und klickte gegen den Fuß der Lampe. »Sagen Sie ihr, daß es noch eine davon gibt, auf der ihr Name steht. Und für Sie haben wir auch noch eine, wenn Sie morgen abend noch hier sind.«

»Welcher von euch ist Lorimar?« fragte ich. Es war ein Versuch, aber ich schien ins Schwarze getroffen zu haben.

»Wie bitte?« Wieder der Unsichtbare, aber mittlerweile konnte ich ihn erkennen, zumindest seinen Umriß, drüben am Fenster. Zum erstenmal wirkte er nicht ganz so selbstsicher.

»Sie haben mich verstanden«, sagte ich. Ich sprach mit seinem Schatten. »Sind Sie das?«

Keine Antwort.

»Hab' ich mir gedacht«, sagte ich. »Sie haben Leee umgebracht.«

»Ja«, sagte er kalt.

»Worum geht es denn hier eigentlich?« fragte ich.

»Geschäfte, ganz einfach. Wir haben unseren Teil eingehalten, sie nicht. Das gefällt uns gar nicht. Mehr müssen Sie nicht wissen. Je weniger Sie wissen, desto besser. Wir gehen jetzt. Bleiben Sie, wo Sie sind. Wir haben Ihre kleine Pistole. Wenn Sie Ärger machen wollen, bitte schön, aber dabei wird jemand verletzt werden, und möglicherweise sind Sie es. So, und jetzt stehen Sie auf und gehen ins Badezimmer.«

Ich tat, wie mir befohlen wurde. Der Stehende glitt in den Schatten, und ich schwang mich aus dem Bett und ging hinüber zur Badezimmertür. »Gehen Sie rein und bleiben Sie drin«, befahl einer von ihnen. Wieder tat ich wie geheißen. Ich versuchte, das Licht im Badezimmer anzuschalten, aber sie mußten die Glühbirne herausgedreht haben. Ich stand in der Dunkelheit. Mir kam es vor wie Stunden, aber es konnten bloß ein paar Minuten gewesen sein. Dann öffnete ich die Tür wieder, und das Schlafzimmer war leer.

Ich ging hinein. Die Nachttischlampe war ausgeschaltet, die Vorhänge standen offen, so daß das erste Licht der Dämmerung zum Fenster hereintröpfeln konnte. Ich ging hinüber und schaute hinaus, ohne die Vorhänge zu berühren. Die Feuertreppe war so leer, als wären sie nie dagewesen.

Ich schloß die Vorhänge und schaltete die Deckenlampe ein. Das Zimmer sah genau so aus wie zu dem Zeitpunkt, als ich ins Bett gegangen war. Meine Uhr lag immer noch in der Nachttischschublade. Es war drei Uhr morgens. Die Browning und das Knöchelholster waren verschwunden. In dieser Nacht hatte ich kein großes Glück mit Feuerwaffen.

Obwohl es warm und schwül im Zimmer war, trocknete mir der kalte Schweiß auf der Haut. Ich ging zurück ins Badezimmer und holte mir ein Handtuch. Das Licht aus dem Schlafzimmer schien durch die Tür herein, und ich tastete herum, bis ich schließlich ein Handtuch fand und mich abtrocknen konnte. Ich holte mir Zigaretten aus dem Wohnzimmer, zündete mir eine an und setzte mich aufs Bett. Jetzt ging es los. Jetzt wurde es ernst. Ich war belogen worden und wollte wissen, was zum Teufel hier wirklich vor sich ging. Weil die Polizei da war, konnte ich mit meinen Riesentretern nicht direkt mittenrein springen. Ich mußte geduldig sein. Ich war nicht mehr müde, also saß ich den Rest der Nacht da, rauchte und dachte nach.

14

Ich saß auf dem Bett, schaute mir das Nachtprogramm im Fernsehen an und trank sämtliche Softdrinks aus dem Kühlschrank. Ich döste und wurde dann wieder wach. Leees Tod und der Film, den ich sah, und meine Träume und was Lorimar und seine mörderischen Mannen gesagt hatten, sickerten ineinander wie die verschiedenen Schichten einer Torte, bis ich mich lange nach Sonnenaufgang anzog und nach unten begab.

Ein anderer Bulle bewachte Catherines Tür. Er hatte einen zerbrechlichen Chippendale-Stuhl gefunden und lungerte wie ein ungehorsamer Schuljunge darauf herum, aber er richtete sich auf, als ich in den Flur trat. »Alles in Ordnung?« fragte ich.

»In Ordnung«, entgegnete er unfreundlich. Mein Ruf war mir vorausgeeilt, oder der Stuhl war so unbequem, wie er aussah.

»Keine Chance, daß letzte Nacht jemand hier reinkommen konnte, während Sie und Ihre Kollegen Wache gehalten haben«, sagte ich. Er murmelte irgend etwas Unverständliches. »Machen Sie weiter so mit der guten Arbeit«, sagte ich und ging an ihm vorbei. Herrje, was ihn betraf, hätte ich in meinem Bett ermordet werden können. Ich fragte ihn gar nicht erst nach Catherine. Er würde sowieso nichts wissen. Kanonenfutter.

Ich ging runter ins Eßzimmer. Es war kurz vor sechs, der Raum war leer. Keine Bullen, kein Kaffee, die Stühle standen wieder an ihren Plätzen. Ich mußte mit Elizabeth sprechen, aber zuerst brauchte ich Kaffee. Ich ging hinunter in die Küche. Courtneidge stand neben einem kalten Ofen und trank aus einer großen weißen Porzellantasse. »Guten Morgen«, sagte ich.

»Nicht für uns.«

»Natürlich nicht.« Ich konnte erkennen, wie nötig er jemanden hatte, der seinen Klagen lauschte.

»Cook liegt im Bett und droht zu kündigen. Miranda und Constance sind noch nicht einmal heruntergekommen.«

»Die Polizei hat sie lange wachgehalten.«

»Sie sollten hier sein«, sagte er, als hätte ich nichts gesagt.

Ich zuckte mit den Achseln; es interessierte ihn nicht, was ich zu sagen hatte. Er war zu sehr mit sich selbst beschäftigt. »Gibt es Kaffee?«

»Instant, oder Tee da drüben in der Kanne. Tut mir leid, aber ich muß das Frühstück für die Familie alleine vorbereiten. Später wird es frisch gebrühten Kaffee geben.«

»Ist das wichtig?«

»Natürlich ist das wichtig. Ein gewisses Niveau ist immer wichtig.«

»Lassen Sie's doch mal gut sein, Courtneidge«, sagte ich. »Wir haben eine Leiche im Wintergarten. Ist es wirklich wichtig, ob sich die Familie mit Cornflakes begnügen muß statt Festessen, das normalerweise sowieso in den Müll wandert?«

»Mir ist es wichtig.«

Ich schüttelte den Kopf und löffelte Kaffee in eine Tasse, gab Milch und Zucker und heißes Wasser dazu. Es war vollkommen in Ordnung.

»Bitte entschuldigen Sie mich jetzt, Mr. Sharman. Ich habe viel zu tun.«

»Soll ich helfen?«

»Vielen Dank, nein.«

Ich wußte, wann ich unerwünscht war, und trug meine Tasse nach oben. Die Tür zum Wintergarten war versiegelt, ein weiterer Kerl in Uniform lehnte an der Wand davor. Ich ging in den Salon und hinaus auf die geflieste Terrasse. Es war schon heiß, und der Morgennebel hatte sich beinahe aufgelöst. Eine Plastikfolie war über das Dach des Wintergartens gespannt worden, und die Jalousien waren heruntergelassen. Ich zündete mir eine Zigarette an, setzte mich auf ein niedriges Mäuerchen und trank meinen Kaffee.

Ich drückte die Zigarette aus und hatte plötzlich das Gefühl, als ob jemand mich beobachtete. Unwillkürlich erschauerte ich unter meinem Hemd. Ich wandte mich langsam um und sah an der Rückseite des Hauses hinauf. Das Sonnenlicht spiegelte sich in den Fenstern und ich mußte die Augen zusammenkneifen, aber ich glaubte, daß ich im zweiten Stock ein Gesicht an einem der Fenster gesehen hatte. Ich schaute noch einmal hin, und es war verschwunden.

Ich trug meine Tasse zurück in den Salon, ließ sie dort auf dem Tisch stehen und machte mich auf die Suche nach Leben. Ich klopfte an die Tür von Elizabeths Wohnzimmer. Sie antwortete, und ich trat ein. Sie saß im hellen Sonnenlicht an einem Schreibtisch und notierte etwas in einem ledergebundenen Buch. Zeitungen lagen verstreut auf dem Sofa. Sie klappte das Buch zu, als sie mich sah, und drehte sich zu mir um. »Guten Morgen«, sagte ich.

»Wirklich?«

»Wie geht es Catherine?«

»Nicht besonders. Ich habe gestern nacht noch ihren Arzt angerufen. Sie stand kurz vor einem Zusammenbruch. Er hat ihr etwas gegeben, damit sie schlafen kann. Wenn es ihr heute morgen nicht besser geht, soll ich ihn wieder anrufen. Himmel, was für ein Schlamassel.«

»Ich hatte letzte Nacht Besuch«, sagte ich.

»Was für Besuch?«

»Freunde von Catherine.«

»Was soll das heißen? Was für Freunde?«

»Unangenehme Freunde mit Kanonen. Unangenehme Freunde, die Leee umgebracht haben.« Ich zog die Patrone, die der Australier mit der Knarre auf den Nachttisch geworfen hatte, aus meiner Tasche. »Unangenehme Freunde, die das hier als Warnung hinterlassen haben. Einer dieser unangenehmen Freunde heißt Lorimar, und er kennt Catherine. Ihm zufolge schuldet sie ihm sogar Geld aus irgendeiner Vereinbarung.«

Elizabeths Gesicht wurde bleich.

»Wußten Sie, daß sie Lorimar kannte?« fragte ich.

»Nein.«

»Sind Sie sicher?«

»Natürlich bin ich sicher.«

»Ich würde es gar nicht zu schätzen wissen, wenn Sie mich an der Nase herumführen, Elizabeth. Irgend jemand lügt, und ich möchte wissen, wer. Meine Besucher haben mir eine Nachricht für Catherine hinterlassen. Ich muß mit ihr sprechen, mit Ihnen beiden.«

»Nicht jetzt, Catherine ruht sich aus. Sie kann so was noch nicht verkraften. Außerdem schnüffeln überall Reporter herum. Die Zeitungen sind voll davon. Mord, Männer in Frauenkleidern. Großartige Schlagzeilen.«

»Man kann es ihnen kaum vorwerfen«, sagte ich. »Stellen Sie sich mal vor, was die erst aus meinen Besuchern machen würden.«

Ihr Gesicht wurde noch bleicher, falls das möglich war. »Das werden Sie nicht tun«, sagte sie.

Ich schüttelte den Kopf. »Nein. Sie können mir vertrauen.«

»Ich wußte, daß ich das kann«, sagte sie. »Wir reden später, versprochen.«

»Okay, ich werde warten, aber ich warte nicht gern. Was haben Sie heute morgen auf dem Plan?«

»Die Polizei kommt gegen acht zurück. Der Wintergarten wird sobald wie möglich gesäubert und repariert, und dann kehren wir zum normalen Alltagsleben zurück.«

»Glauben Sie, daß Ihnen das jemals gelingen wird?« fragte ich. »Ich will nicht mit den Bullen reden. Sie haben mich letzte Nacht genug in die Mangel genommen. Ich gehe raus. Ich muß ein bißchen nachdenken. Wenn ich nachher zurückkomme, möchte ich mit Catherine reden, egal wie es ihr geht.« Ich stand auf und verließ das Zimmer, ohne auf eine Antwort zu warten.

Ich ließ mich von der Schwerkraft nach unten treiben und traf Miranda auf dem Treppenabsatz des ersten Stocks. »Wie geht es Ihnen?« fragte ich.

»Schrecklich«, entgegnete sie. »Ich möchte hier weg.«

»Mir geht es genauso.«

Bei der Erinnerung zuckte es in ihrem Gesicht. »Da war so viel Blut«, sagte sie.

»Versuchen Sie, nicht daran zu denken.« Ich berührte sie am Arm. »Sie sollten heute nicht arbeiten. Können Sie nicht für ein paar Tage freibekommen?«

»Könnte ich, aber der ganze Haushalt liegt darnieder, und ich möchte die Familie nicht allein lassen.«

Ich wußte nicht, was ich dazu sagen sollte, also sagte ich nichts. »Ich brauche ein bißchen frische Luft«, sagte ich ihr. »Ich gehe spazieren.«

»Vorne können Sie nicht raus. Dort sind überall Reporter und Fotografen und Fernsehkameras.«

»Dann gehe ich hinten rum.«

»Mr. Courtneidge hat auch von dort schon einige Reporter verjagt. Sie haben unsere Mülleimer durchsucht.«

»Bei so was sind die ganz schnell«, sagte ich. »Aber mich werden sie sicher in Ruhe lassen.« Dennoch wollte ich ihnen nicht begegnen. Ich wollte überhaupt niemandem begegnen. »Wie spät haben Sie es?« fragte ich.

Sie sah auf ihre Armbanduhr. »Sieben Uhr.«

»Tun Sie mir einen Gefallen. Gehen Sie runter und machen Sie um genau fünf nach die Eingangstür auf. Gehen Sie nicht raus, lassen Sie sich nicht sehen. Lassen Sie die Tür einfach nur ein oder zwei Minuten offenstehen. Okay?«

»Warum?«

»Alle von hinten werden nach vorne rennen, und ich kann entwischen.«

»In Ordnung, Mr. Sharman.«

»Sie sind ein Engel, Miranda. Ich schulde Ihnen was.«

Wir gingen runter in die Halle, und Miranda wartete, während ich in die Küche hinunterstapfte, in der es nach gebratenem Speck duftete. Ich ging hinaus und drückte mich an den Mülleimern vorbei. Ich lugte durch die Geländerstäbe und konnte drei Typen entdecken, die quatschend und rauchend herumstanden. Zwei von ihnen hatten Kameras um den Hals hängen. Ich sah auf meine Uhr, und genau pünktlich ertönte ein Ruf von der anderen Seite des Hauses. Die drei Reporter eilten davon. Ich lächelte, duckte mich und verschwand in die entgegengesetzte Richtung.

15

Ich ging wieder in den Park. Unterwegs kaufte ich mir sämtliche Morgenzeitungen, ein Käsesandwich und einen Styroporbecher schwarzen Kaffee an einem Zeitungsladen mit angeschlossener Imbißbude hinter dem Hilton. Ich ging hinüber zur Serpentine und setzte mich auf eine Bank. Ich überflog die Schlagzeilen, trank Kaffee und untersuchte das Innere des Sandwiches, was sich als Fehler herausstellte.

Alle Spätausgaben hatten die Story; die Regenbogenpresse hatte sie, mit Ausnahme der Pike-Zeitungen, natürlich groß auf die Seite eins geklatscht. Ein gefundenes Fressen. Ich fand die Nachrichten ebenso unverträglich wie das Essen, das ich gekauft hatte, also warf ich schließlich die Zeitungen weg und verfütterte Brot und Käse an die Enten. Der Kaffee allerdings war nicht schlecht. Ich rauchte ein halbes Päckchen Silk Cut, während die Sonne vom Himmel herunterbrannte, und dachte darüber nach, was in der vergangenen Nacht geschehen war.

Als ich von irgendwoher aus Richtung Queensway eine Uhr elf schlagen hörte, war ich verdammt nervös und ausgesprochen abgenervt über alle mit dem Nachnamen Pike. Ich stand auf und machte mich auf die Suche nach einer Kneipe. Ich landete in einem großen alten Gin-Palast an der Scotch Corner. Er war leer und anonym, und das Personal interessierte sich einen Dreck für die Kunden. Das paßte mir hervorragend, abgesehen davon, daß das Bier warm war, und ungefähr so teuer, wie sie es sich erlauben konnten, ohne geteert und gefedert und auf einem Schienenstück aus Knightsbridge getragen zu werden.

Ich verwässerte das Becks mit Eis, bis es genießbar war, und setzte mich in eine stille Ecke. Als ich das Zigarettenpäckchen aufgeraucht hatte, sah ich zu, wie die Trinker von Touristen abgelöst wurden, dann von Großmüttern auf dem Shopping-Trip im *Harrod's* und schließlich von Lohnsklaven, die in ihrer kurzen Mittagspause hierher kamen. Als es zu voll wurde, verdrückte ich mich hinaus in die Ein-Uhr-Hitze.

Ich ging quer durch das Eckchen Park zurück zur Curzon Street, wo immer noch ein Haufen Deppen mit Kameras und tragbaren Telefonen und Minicams und ab und zu sogar einem anachronistischen Notizbuch samt abgekautem Bleistift vor dem Haus campierten. Ich ging wieder hinten herum und schlüpfte ins Haus, bevor ich auf Film oder Video verewigt werden konnte.

Ich verschwand in der Kühle des Untergeschosses und ging durch die Küche, wo Miranda vor dem Herd stand und in einer Teflon-Sauciere rührte.

»Oh, sind Sie wieder zurück? Die Polizei hat überall nach Ihnen gesucht.«

»Sie suchen hier, sie suchen da«, sagte ich.

»Sie sind gut gelaunt.«

»Sechs Flaschen Becks. Das klappt immer.«

»Sind Sie betrunken?«

»Miranda, langsam sollten Sie das auf Band aufnehmen.«

»Sehr lustig.«

»Keiner meiner besten Scherze. Sind die Bullen immer noch da?«

»Ich glaube, die Detectives sind gegangen, aber ein einfacher Polizist ist immer noch im Wintergarten.«

»Gut«, sagte ich. Im Augenblick hatte ich weder auf Endesleigh Lust noch auf seinen Kumpel. »Was ist mit Catherine und Elizabeth?«

»Sie sind oben in Miss Elizabeths Wohnzimmer. Ich mache ihnen gerade Suppe zum Mittag.«

»Ich bring' sie hoch.«

»Nein, das dürfen Sie nicht.«

»Ist schon okay, glauben Sie mir.«

»Na gut«, sagte sie schließlich. »Aber wenn ich deshalb Ärger bekomme ...«

Darauf gab es eine Antwort, aber ich hielt mich zurück.

»Alles in Ordnung, ich versprech's. Ich kann mit den beiden umgehen.« Zumindest hoffte ich das.

»Ich mache mir eher Sorgen wegen Mr. Courtneidge«, sagte sie.

»Wo ist er?«

»Macht ein Nickerchen. Er war sehr früh auf und hat heute morgen alles alleine gemacht. Er ist todsterbensmüde.«

Ein unglücklich gewählter Ausdruck, dachte ich, erwähnte aber auch das nicht. »Also, kein Problem«, sagte ich statt dessen.

Sie lächelte und machte ein verschwörerisches Gesicht. »Na dann los.«

»Danke, und danke für die Ablenkung heute morgen. Hat wunderbar geklappt.«

»Gut. Ich hasse diese Zeitungsleute. Sie wollen immer bloß Ärger machen.«

Ich stimmte ihr zu und beobachtete, wie sie die Suppe in eine kleine Terrine goß, die sie auf einem bereits vorbereiteten Tablett mit einem cremefarbenen Tischtuch, zwei Suppentellern, Silberbesteck, einem geflochtenen Korb mit frischen Brötchen und einem Porzellantöpfchen Butter stellte. Ich nahm das ganze Ding an mich, was, wie ich hinzufügen möchte, mindestens eine Tonne wog. Miranda und Constance mußten stärker sein, als sie aussahen. Ich fuhr im Lastenaufzug in den zweiten Stock. Ich ging durch den Flur, balancierte das Tablett auf einem Arm, klopfte an Elizabeths Wohnzimmertür und ging hinein. Elizabeth und Catherine saßen beide auf dem Sofa und waren in ein Gespräch vertieft. »Stellen Sie das Tablett auf den Tisch«, sagte Elizabeth, ohne aufzusehen. »Wir läuten, wenn wir fertig sind.«

»Lassen Sie es nicht kalt werden«, sagte ich.

Sie sahen beide auf, als hätte ich sie mit kaltem Wasser übergossen. »Wo zum Teufel waren Sie, und was soll das jetzt wieder?« fragte Elizabeth mit Wut in der Stimme.

»Ich entlaste bloß das Personal, und ich habe Ihnen gesagt, daß ich weggehe. Ich fand die Atmosphäre hier ein wenig bedrückend.«

»Die Polizei hat nach Ihnen gefragt«, sagte Elizabeth.

»Das habe ich schon mitbekommen.«

»Ich vermute, sie hätten lieber die Pubs in der Nähe durchkämmen sollen«, sagte Catherine gehässig. Sie schlug heute andere Töne an. Offensichtlich hatte Elizabeth ihr von meinem mitternächtlichen Besuch erzählt.

»Ich bin durchschaut«, erwiderte ich. »Ich habe mir tatsächlich einen Erfrischungstrunk gegönnt.«

»Mehr als einen, so wie Sie klingen.« Wieder Catherine.

»Falls Sie das etwas angeht.«

»Wir bezahlen Sie«, sagte Elizabeth.

»Das ist ein anderes Thema. Bevor wir uns dem widmen, glaube ich, haben Sie mir etwas zu erzählen.«

Die beiden Frauen saßen auf dem Sofa und sahen einander an.

»Nun kommen Sie schon«, sagte ich ungeduldig. »Spucken Sie's aus.«

»Was wollen Sie wissen?« fragte Elizabeth.

»Warum die Banane krumm ist!« sagte ich. »Was zum Teufel, glauben Sie, will ich wissen? Ich will wissen, was ich hier soll.«

»Den starken Mann markieren«, schoß Elizabeth zurück.

»Aber offensichtlich nicht erfolgreich«, sagte ich. »Okay, also machen wir es Schritt für Schritt. Als Sie mich engagiert haben, haben Sie mir gesagt, daß der Tod Ihres Vaters vielleicht, bloß vielleicht, nicht der Selbstmord war, als der er erschien. Sie haben mir gesagt, daß Catherine Angst hätte, Sie wußten aber nicht, wovor. Sie haben mich auch glauben lassen, daß sie eine süße, schwer gequälte Seele sei, und eine reine dazu. Jetzt muß ich feststellen, daß sie die ganze Zeit mit jemandem zu tun hatte, der von ihrem verstorbenen Vater große Summen erhalten hat. Also, Catherine, süße, liebe, reine Seele, erzählen Sie mir davon.«

»Es ist nicht so, wie Sie denken«, sagte Catherine.

»Wer sagt, daß ich überhaupt etwas denke?« fragte ich. »Und wer ist dieser Lorimar?«

»Einer der Männer, von den ich Ihnen erzählt habe, einer der Männer meiner Mutter«, entgegnete Catherine.

»Und was ist der für einer?«

»Was er sein will. Ein Dieb, ein Mörder, ein Betrüger. Er hat die Hotels durchgearbeitet, als meine Mutter ihn getroffen hat.«

»Und was hat er da genau gemacht?«

»Wie gesagt, alles. Betrogen, aus den Zimmern gestohlen. Eben alles.«

»Und warum hat Sir Robert angefangen, ihm Geld zu zahlen?«

»Meine Mutter hat Lorimar eines Nachts im Suff die ganze Geschichte erzählt. Er war ein guter Zuhörer. Mußte er sein, bei seinem Job. Er hat sich bei meinem Vater gemeldet und gedroht, die Sache öffentlich zu machen.«

»Wußte Ihre Mutter das?«

»Natürlich. Ich glaube, sie hat ihn sogar ermutigt. Ich habe Ihnen doch schon gesagt, daß sie meinen Vater haßte. Und wir waren immer pleite, trotz des Geldes, das mein Vater mir schickte. Ein bißchen was extra konnte nicht schaden.«

»Böse alte Mama.«

»Aber als Elizabeths Mutter starb, war es mit all dem zu Ende«, fuhr sie fort.

»Nicht ganz. Lorimar hat gestern nacht etwas über eine Vereinbarung gesagt. Eine Vereinbarung mit Ihnen. Was für eine Vereinbarung soll das sein?«

»Kann ich Ihnen nicht sagen.«

»Doch, können Sie.«

»Nein.«

»Hat es etwas damit zu tun, warum Sie untergetaucht sind, nachdem Ihre Mutter gestorben ist?«

Sie sah mich nicht an.

»Es hängt damit zusammen, nicht?« drängte ich.

»Es war etwas, das geschehen ist, nachdem ich abgehauen bin«, sagte sie mit Tränen in den Augen.

Langsam langweilten mich Tränen. »Sagen Sie's mir, Catherine«, sagte ich.

»Kann ich nicht.«

»Natürlich können Sie.«

Eine lange Stille lastete auf dem Zimmer. Ich sah zu, wie eine Fliege sich den Kopf am Fenster einschlug. Sie tat mir leid. Ich wußte genau, wie sie sich fühlte.

»Na gut«, sagte Catherine schließlich. »Meine Mutter war eine Alkoholikerin und leicht zu haben. Sie hat sich mit allen möglichen üblen Typen rumgetrieben, bevor sie gestorben ist, inklusive Lorimar. Er war der letzte und der schlimmste. Ich war bloß ein Kind und habe nichts verstanden, oder vielleicht doch. Ich habe Ihnen ja schon erzählt, daß ich schnell erwachsen geworden bin. Bei manchen Dingen war ich sehr erwachsen, bei anderen gar nicht. Alles, was ich wußte, war, daß ich diese Leute haßte, die Männer, die bei meiner Mutter waren. Sie versuchten immer, sie wegzuschicken oder sie so mit Alkohol vollzupumpen, daß sie ohnmächtig wurde. Dann wollten sie sich an mich ranmachen. Ich habe Ihnen schon erzählt, daß ich mit zwölf meine Jungfräulichkeit verloren habe. Ich bin vergewaltigt worden. Mutter wollte nichts darüber hören. Kein böses Wort gegen ihre Freunde. Sie hat mir nicht geglaubt, hat sich entschieden, mir nicht zu glauben. Es war schrecklich.

Am Tag nach ihrer Beerdigung packte ich eine Tasche mit Kleidern, stapelte alle persönlichen Papiere, die ich finden konnte, in eine zweite und bin abgehauen. Ich war sechzehn Jahre alt und hatte keinen Freund auf der Welt, der nicht Türsteher oder Barkeeper oder Zimmermädchen war. Können Sie sich das vorstellen? Deswegen habe ich die Papiere und das Buch mit den Zeitungsausschnitten mitgenommen, ohne sie hätte es mich gar nicht gegeben. Ich marschierte aus einem Hotel in Melbourne und nahm einen Bus nach Sydney. Ich hatte ein bißchen Geld. Ich hatte solche Angst, daß Lorimar mich findet, daß ich nie auch nur versucht habe, an das Geld heranzukommen, das für meine Mutter auf der Bank lag. Ich habe sogar die Beerdigung von meinem Ersparten gezahlt.

An einem Samstag morgen kam ich in Sydney an und hing das ganze Wochenende in der City rum. Schließlich traf ich ein paar Leute, und bei denen zog ich ein. Da waren Hippies und Punks und alle möglichen anderen, und natürlich immer Drogen. Also habe ich auch welche genommen. Schließlich war ich süchtig und habe angefangen, für Geld zu bumsen. Das Witzige ist, daß Lorimar nicht mal nach mir gesucht hat, damals nicht. Dann starb Elizabeths Mutter, und das Geld von meinem Vater blieb aus. Lorimar war wütend. Er hatte gedacht, er hätte eine Pension auf Lebenszeit. Erst da fing er an, mich zu suchen. Er hat nicht lange gebraucht, um mich zu finden. Mittlerweile war ich eine feste Einrichtung am King's Cross. Er hat mir gesagt, wenn ich nicht nach England ginge und mich bei meinem Vater meldete und ihm Geld aus dem Kreuz leierte, würde er, also Lorimar, mir weh tun, sehr weh. Das hätte er auch getan, er ist ein schrecklicher Mann. Er hat mich von der Nadel und vom Strich runtergeholt, und den Rest kennen Sie.«

»Was ist mit der Schauspielschule?« fragte ich.

»Ich war zwei Semester da, dann hab' ich aufgehört.«

»Und das Geld Ihrer Mutter?«

»Was glauben Sie? Lorimar hat herausgefunden, daß ich da rankonnte, und hat sich jeden gottverdammten Penny davon unter den Nagel gerissen.«

»Mein Gott, Catherine«, sagte ich, »soll das heißen, Sie sind nur hergekommen, um Ihren alten Herrn anzuzapfen?«

»Ich hatte keine Wahl. Ich wollte es nicht. Ich wollte nichts mit ihm zu tun haben, und ich habe die ganze Sache gehaßt, glauben Sie mir. Zuerst war es mir bloß unangenehm, das Geld zu nehmen. Und dann habe ich angefangen, Sir Robert zu mögen. Am Ende liebte ich ihn. Und je mehr ich ihn liebte, desto mehr haßte ich mich.«

»Warum haben Sie Sir Robert nicht davon erzählt, wenn

Sie es so sehr gehaßt haben. Er hätte sich darum gekümmert.«

»Ich konnte das nicht tun, verstehen Sie denn nicht? Mein Vater hatte Lorimar schon fünfzehn Jahre lang im Nacken gehabt. Glauben Sie, ich wollte ihm sagen, daß ich ihn wieder in sein Leben zurückgebracht hatte? Außerdem hätte Lorimar die Sache sowieso so hingedreht, daß es aussähe, als wäre alles meine Idee gewesen. Wie die Mutter, so die Tochter.«

»Wußten Sie irgend etwas darüber, Elizabeth?« fragte ich.

»Bis heute nicht. Ich hatte noch nicht einmal von Lorimar gehört, bis mein Vater starb.«

Ich glaubte ihr. »Und als Ihr Vater starb?« fragte ich Catherine.

»Sagte mir Lorimar, daß er ein letztes Mal Geld will, dann würde er mich in Ruhe lassen. Sonst ...«

»Sonst was?«

»Sie haben gesehen, was Leee zugestoßen ist.«

»Wußten Sie von dem Testament?«

»Natürlich nicht.«

»Haben Sie eigenes Geld?«

»Nein.«

»Was ist mit Ihrem Taschengeld?«

»Hat Lorimar genommen. Er hat mir ein bißchen was gelassen, den Rest hat er behalten.«

»Und das Haus, das Ihr Vater Ihnen gekauft hat?«

»Ich mußte eine Hypothek darauf aufnehmen.«

»Wieviel will Lorimar?«

»Eine Million Pfund Sterling.«

»Schöne runde Summe«, sagte ich. »Warum haben Sie mir das nicht schon früher erzählt, statt diese lächerliche Scharade aufzuführen, die wahrscheinlich Leee das Leben gekostet hat?«

»Ich weiß nicht, ich hatte Angst.«

»Nicht genug Angst, um auf Partys oder zum Einkaufen zu gehen.«

Wieder traten Tränen in Catherines Augen. Langsam bekam ich das Gefühl, daß sie sie auf Wunsch an- und abschalten konnte.

»So, und damit hab' ich auch die Nachricht ausgerichtet«, sagte ich. »Jetzt soll ich mich aus dem Staub machen, sonst werde ich aus dem Haus getragen, hat man mir zu verstehen gegeben.«

»Angst?« höhnte Catherine.

»Natürlich«, sagte ich. »Ich habe schließlich auch gesehen, was sie mit Leee angestellt haben. Und hat Elizabeth Ihnen von dem kleinen Geschenk erzählt, das sie Ihnen dagelassen haben?«

»Melodramatischer Quark.«

»Vielleicht, vielleicht auch nicht.«

»Und, gehen Sie?« fragte Elizabeth.

»Was meinen Sie?«

Schweigen.

»Gott, ich brauche eine Zigarette! Elizabeth«, lächelte Catherine süß, »in meinem Zimmer liegt ein frisches Päckchen, könntest du das holen?«

»Ich habe welche da«, sagte ich.

»Ich will meine eigenen«, unterbrach Catherine scharf.

Elizabeth sah sie verwundert an, stand aber auf und verließ das Zimmer.

»Können wir nicht zusammenkommen?« fragte Catherine, nachdem die Tür ins Schloß gefallen war.

»Wie denn?«

»Kommen Sie, Sharman«, sagte Catherine. »Was glauben Sie, warum wir Sie ausgesucht haben? Sie legen Leute um, das wissen wir alle. Schaffen Sie sie uns vom Hals, dann sind Sie ein gemachter Mann.«

West End Girls; meine alte Mutter hatte recht gehabt.

»So dringend brauche ich das Geld nun auch nicht«, sagte ich. Meine Nase begann schon zu wachsen.

»Schwachsinn«, sagte Catherine. »Sie sind pleite, das hat Elizabeth schon überprüft. Erledigen Sie diese Kleinigkeit für uns, und wir zahlen gut.«

»Wenn Sie einen Killer suchen, Süße, dann klopfen Sie an der falschen Hacienda«, sagte ich. »Gehen Sie zur Polizei, die lungern hier ja sowieso überall herum. Es ist ihr Job, sich um solche Leute zu kümmern.«

»Wir wollen die Polizei nicht noch stärker beteiligen, als es bereits der Fall ist«, sagte Catherine.

»Das wird nicht ganz einfach werden, das sehe ich ein«, entgegnete ich trocken.

»Hören Sie, Sharman, sagen Sie einfach Ihren Preis.«

»Das ist Ihre Antwort auf alles, nicht wahr? Ihr reichen Arschlöcher seid doch alle gleich. Ich kenne das schon. Ihr glaubt, mit Geld kann man alles regeln.«

»Es hilft.«

»Das hat man mir auch gesagt. Aber wenn man zuviel davon hat, verliert das Leben auch den Spaß, nicht wahr? Deswegen hat Elizabeth auch ein bißchen geklaut, oder? Einfach nur so. Es färbt ab, wenn man sich mit dem Abschaum einläßt.«

»Ich bin kein Abschaum«, sagte Catherine.

»Warum nicht, meine Süße? Beleidigt Sie das?« fragte ich. »Wie soll ich Sie dann nennen? Sagen Sie's mir einfach, dann richte ich mich danach.«

»Bastard!«

»So soll ich Sie nennen? In der Öffentlichkeit?«

Das war's. Sie schoß vom Sofa hoch, als hätte sie Sprungfedern im Arsch, und in ihrer rechten Hand tauchte eine unangenehm aussehende Klinge auf. Sie ging direkt auf mich los. Das Messer zerfetzte mein Hemd, und ich spürte, wie die Spitze von meinen Rippen abprallte und durch Haut und Muskeln schnitt. Ich empfand keinen Schmerz, bekam bloß einen Schreck. Ich packte ihren Arm und drehte ihn herum. Sie schrie, und das Messer fiel auf den Teppich. Ich wirbelte herum und verpaßte ihr einen harten Haken gegen den Unterkiefer. Der Schlag war so kräftig, daß ihre Zähne laut aufeinanderschlugen und es durchs ganze Zimmer hallte. Mit einem dumpfen Geräusch ging sie zu Boden.

16

Genau als Catherine zu Boden fiel, flog die Tür auf, und Elizabeth erschien; sie erstickte mit der Hand vor dem Mund einen Schrei.

»Großer Gott, stehen Sie nicht bloß rum«, sagte ich. »Ich verblute hier.« Und das stimmte. Na ja, nicht ganz, aber mein Hemd war total blutgetränkt, und die Wunde begann ganz schön weh zu tun. »Hat sie immer ein Messer bei sich?« fragte ich, wartete aber nicht auf die Antwort. »Verdammt, sie ist mörderisch, wußten Sie das?« Ich sah hinunter auf Catherine, die bewußtlos am Boden lag. Dann zog ich mein Hemd aus der Hose, knöpfte es auf, betrachtete meine Rippen. Aus einer vielleicht zwanzig Zentimeter langen Wunde sickerte Blut. Meine Haut war naß vom Blut und der Bund meiner Jeans schwarz gefärbt.

Elizabeth stand zitternd und mit weißem Gesicht mitten im Zimmer.

»Reißen Sie sich zusammen, um Himmels willen«, sagte ich. »Haben Sie etwas, um mich zu verarzten?«

»Ich rufe das Personal.«

»Bloß das nicht. Wollen Sie, daß alle davon erfahren? Haben Sie nichts hier oben?«

»Ich finde etwas«, sagte sie und ging in Richtung Schlafzimmertür.

»Was zum Abtupfen«, sagte ich. »Und ein paar Pflaster und was zum Desinfizieren und zum Säubern.«

Sie verließ das Zimmer. Ich nahm das Messer auf, zuckte bei der Bewegung zusammen. Es war ein Klappmesser mit Knochengriff und einer ungefähr fünfzehn Zentimeter langen Klinge, die rasiermesserscharf war. Ich löste den Sperrmechanismus, klappte das Messer zusammen, steckte es in die hintere Hosentasche meiner Jeans.

Catherine atmete schwer. Eine dicke blaue Beule bildete sich an ihrem Kinn, und die eine Hälfte ihres Gesichts war geschwollen. Ich beugte mich herunter und überprüfte, daß ihre Zunge nicht die Luftröhre blockierte. Ihr Puls ging ein bißchen langsam, aber sie würde überleben.

Elizabeth kam zurück ins Zimmer mit einer Schüssel und allem möglichen Zeug und einer kleinen Flasche. Ich sagte ihr, sie solle es abstellen und mir helfen, Catherine aufs Sofa zu legen. »Nehmen Sie ihre Füße«, sagte ich. Elizabeth tat das, und wir hoben Catherine auf die Kissen. Wegen der Anstrengung mußte ich stöhnen, und der Schnitt begann stärker zu bluten. »Und jetzt bringen Sie das bitte für mich in Ordnung«, sagte ich und schaute hinunter auf das frische Blut das aus der Wunde floß.

»Ist der Schnitt sehr tief?« fragte Elizabeth.

»Nein, ich glaube nicht. Was haben wir?«

»Mull, warmes Wasser, Jod und Klebeband.«

»Sie sind gut vorbereitet. Klar, wenn Sie mit ihr zusammenwohnen. Ist sie immer bewaffnet?« fragte ich wieder.

»Ich habe das Messer noch nie gesehen.«

»Muß ein Erbstück aus der Zeit sein, als sie auf der Straße gearbeitet hat«, sagte ich. »Gnade jedem Freier, der abhauen wollte, ohne zu zahlen.«

Elizabeth sagte nichts. »Setzen Sie sich vor das Fenster, ins Licht«, wies sie mich an.

Jetzt war ich mit Gehorchen dran, und sie säuberte die Wunde mit Wasser. »Es ist nicht so schlimm«, sagte sie. »Aber das könnte jetzt ein bißchen weh tun.« Sie tupfte Jod auf die Wunde, und ich dachte schon, ich würde gleich umkippen.

»Himmel«, sagte ich. »Ist tiefer, als ich dachte.« Ich wischte mir Tränen aus den Augen, und sie bedeckte die Wunde mit dem Mull und fixierte ihn mit Tape.

»Alles in Ordnung?« fragte sie.

»Ich werd's überleben.«

»Sie sollten ins Krankenhaus gehen. Das muß genäht werden.«

»Nein danke. Dagegen bin ich allergisch.«

»Wie Sie wollen. Ist mit Catherine alles okay? Sie ist schon ziemlich lange bewußtlos.«

»Sie ist okay. Sie schläft bloß.«

»Es ist schrecklich«, sagte Elizabeth. »Ich wußte nicht, was los war.«

»Sie schon.« Ich sah hinüber zu Catherines ruhigem Körper. »Sie hat von Anfang an nur mit uns beiden gespielt.«

»Sie hat Angst und ist ganz allein.«

»Warum zahlen Sie dann nicht einfach?«

»Sie hat nicht soviel Geld und ich auch nicht. Und selbst wenn Daddys Testament jetzt nicht angefochten würde, sind alle Werte in treuhänderischer Verwaltung und in Immobilien und Maschinenparks angelegt. So viel Bargeld können wir nicht beschaffen, ohne daß jede Menge Fragen gestellt werden, wissen Sie?«

Wußte ich nicht, aber das war auch egal.

»Und so, wie die Dinge liegen, ist es einfach unmöglich«, fuhr sie fort.

»Selbst wenn Sie's kriegen, wollen die wahrscheinlich später mehr«, sagte ich.

»Glauben Sie?«

»Verlassen Sie sich drauf – und ich glaube, daß die auch einen Spitzel im Haus haben.«

»Sind Sie sicher?«

»Nein, aber sie wußten, daß die Party gefeiert wurde und daß Leee sich als Catherine verkleidete, und sie kannten den Dachgarten und mich. Da bleibt eigentlich nicht viel.«

»Wer?«

Ich zuckte mit den Achseln, es tat weh. »Wer weiß?«

Die eine Seite meines Körpers begann zu klopfen wie das Kühlaggregat eines alten Kühlschranks auf Volldampf und schickte dumpfe Schmerzimpulse bis hinter meine Augen. »Haben Sie irgendwelche Schmerzmittel?« fragte ich. »Irgendwas Starkes.«

»Ein paar verschreibungspflichtige Sachen.«

»Holen Sie sie her, und Schnaps.«

»Drinks stehen im Schrank.«

Ich ging hinüber zu dem reich verzierten *Chiffonnier* neben dem Fenster und öffnete eine der Türen. Ich entdeckte eine neue Flasche Jack Daniels, brach das Siegel und nahm einen Schluck. Das Zeug brannte sich ein Loch bis hinunter zu meiner Gürtelschnalle. Ich nahm noch einen Schluck. In der Zwischenzeit ging Elizabeth in ihr Schlafzimmer und kehrte mit einem Fläschchen voller Pillen zurück. Ich flippte den Deckel ab und kippte einen Haufen DF 118 oben auf das Schränkchen. Ich nahm zwei und spülte sie mit einem Mund voll Bourbon hinunter.

»Seien Sie vorsichtig, sie sind stark.«

»Ich brauche auch was Starkes«, sagte ich. »Ich werde nicht jeden Tag abgestochen wie ein Schwein. Wenn Ihnen wohler ist, verspreche ich Ihnen, heute nachmittag keine Maschinen zu bedienen.«

Sie sah mich verärgert an; ich füllte die verbliebenen Pillen zurück in die Flasche und steckte sie in die Tasche.

»Gut«, sagte ich. »Also, lassen Sie uns die Sache ernsthaft bereden, während sie noch ohnmächtig ist.«

»Sie haben doch längst klargestellt, daß Sie nicht daran interessiert sind, uns zu helfen.«

»Ich bin nicht daran interessiert, Ihnen zu helfen, irgend jemand zu töten, das stimmt. Wollen Sie mir daraus einen Vorwurf machen? Aber ich habe die Aufgabe übernommen, Sie beide zu beschützen, und ich kann es nicht ausstehen, wenn mir irgend jemand vorschreiben will, was ich zu tun habe.«

»Also, was haben Sie vor?«

»Ich bin mir nicht sicher.«

»Legen Sie sie um«, sagte Catherine vom Sofa aus.

Ich sah zu ihr hinüber. »Zurück im Land der Lebenden?«

»Gerade so eben. Ihre Rechte hat Dampf.«

»Dafür können Sie gut schnitzen«, sagte ich. »Wie lange haben Sie schon zugehört?«

»Lange genug.«

Elizabeth ging hinüber und setzte sich neben sie. »Alles in Ordnung, Catherine?«

»Ich werd's überleben. Aber was hat unser Held hier jetzt vor? Das ist viel wichtiger.«

Ich sah sie beide an und entschied mich. »Ich habe bis heute abend Zeit, mich vom Acker zu machen«, sagte ich. »Und sie werden das im Auge behalten. Wenn ich bleibe und irgendwas schiefgeht, ist Ihnen klar, daß Sie beide in Holloway enden könnten? Und ich in Brixton in Untersuchungshaft?«

»Aber Sie hätten da die besten Anwälte, die man für Geld bekommen kann«, sagte Elizabeth.

»Wie beruhigend«, sagte ich. »Ich sollte jetzt einfach gehen. Ich habe meine Botschaft ausgerichtet, jetzt sollte ich verschwinden, zu den Bullen gehen, ihnen den ganzen verdammten Schweinkram in den Schoß fallen lassen und mir zur Abwechslung mal ein paar Pluspunkte holen. Die wollen mich sowieso schon wegen Besitzes unlizensierter Feuerwaffen verknacken.«

»Was?« fragte Elizabeth.

»Haben Sie doch gehört. Die Bullen haben letzte Nacht mein kleines Spielzeug gefunden.«

»Dumm für Sie, daß sie nicht besser versteckt war«, sagte Catherine.

»Ihr Mitgefühl ist rührend.«

»Sei still, Catherine«, sagte Elizabeth. »Das hilft auch nichts.« Dann fragte sie mich: »Also, was schlagen Sie vor?«

»Ich weiß nicht«, sagte ich. »Aber ich glaube, ich bleibe hier.«

17

Ich ging zurück auf mein Zimmer und zog mich um. Jemand hatte das Bett gemacht, und das blutbefleckte Dinnerjackett war verschwunden. Ich zog mein blutiges Hemd und die Jeans aus, leerte die Taschen und sah mich um nach einem Plätzchen, um sie zu verstecken. Es war ganz nett, Personal zu haben, aber ich fragte mich, wie die oberen Zehntausend es schafften, ihre kleinen Geheimnisse zu bewahren. Vielleicht war es ihnen auch einfach egal. Letztendlich rollte ich das ganze Zeug zusammen und stopfte das Bündel unten in meinen Koffer, wo es vor sich hinrotten konnte. Ich legte das Messer und die Pillen in meine Schreibtischschublade und überprüfte den Verband. Ein bißchen Blut war hindurchgesickert, und die Wunde schmerzte teuflisch. Es ärgerte mich, daß die dumme Kuh mich beinahe erledigt hätte. Langsam bekam ich das Gefühl, daß sie beide nicht ganz dicht waren, und wahrscheinlich würden sie auch nicht allzu große Kopfschmerzen bekommen, wenn ich irgendwo auf einem kalten Blech liegen würde.

Vorsichtig tupfte ich mir Schweiß und Blut vom Körper, wickelte mir ein Handtuch um die Hüften und setzte mich aufs Bett. Ich fand Endesleighs Karte und rief ihn an. Zuerst versuchte ich es in seinem Büro und landete gleich auf seinem Schreibtisch. »Endesleigh«, sagte er.

»Schönen Nachmittag, Mr. Endesleigh«, sagte ich. »Nick Sharman.«

»Sharman, ich habe Sie heute morgen gesucht.«

»Ich mußte eine Weile nachdenken.«

»Wie wär's mit einer Nacht in der Zelle? Wäre Ihnen die recht?«

»So lange nun auch nicht, und ich glaube nicht, daß ich die Umgebung inspirierend finde. Ich möchte mich mit Ihnen treffen.«

»Haben Sie was für mich?«

»Eindeutig.«

»Ich komme später vorbei.«

»Nein, nicht hier. Am Market gibt's eine Kneipe, *The Shepherd's*, kennen Sie die?«

»Yeah.«

»Um sieben?«

»Ich komme.«

»Prost«, sagte ich und legte auf.

Die Pillen und der Alkohol begannen zu wirken. Meine Seite wurde taub, und dasselbe galt für den Bereich zwischen meinen Ohren. Ich legte mich rücklings aufs Bett und schloß die Augen.

Ich wachte kurz nach sechs auf. Mein Kopf dröhnte wie ein billiges Autoradio, und meine Seite fühlte sich an, als hätte ich gerade eben einen Starkstromschlag bekommen. Ich betrachtete mir den Verband, mittlerweile war er in einem attraktiven Gemisch aus rostrot und pipigelb gefärbt.

Ich putzte mir die Zähne, rasierte mich, nahm noch zwei Schmerztabletten und zog mir ein sauberes Hemd an, dazu einen Schlips mit einem Muster wie eine Explosion in einer Obstsalatdosenfabrik und meinen grauen Anzug. Ich würde die nächsten paar Tage ohnehin nicht über irgendwelche Geländer hopsen, und falls noch irgendwelche Fotografen draußen herumlungerten, wollte ich gut aussehen. Ich nahm meine Zigaretten, das Feuerzeug und ein bißchen Bargeld mit und marschierte Richtung Ausgang.

Tatsächlich warteten noch ein paar Schleimer vor dem Haus mit genug japanischem Hightech-Zeug, um das Handelsdefizit Großbritanniens auszugleichen. Sie nahmen Haltung an, als ich die Tür öffnete. Sie machten ein paar Bilder, bevor sie bemerkten, daß ich keiner der Stars war. Ein drittes Arschloch mit einem winzigen Kassettenrecorder kam auf mich zugerannt. Ich hielt Ausschau nach seiner Schleimspur, aber offensichtlich trug er Windeln.

»Gehören Sie zum Personal?« fragte er.

»Nein«, sagte ich. »Ich habe die Satellitenschüssel gerichtet. Sie hatten Probleme mit MTV.« Ich schwöre, er sah hinauf zum Dach. Ich umrundete ihn, und einer der Fotografen schaute mich genauer an. »Heißen Sie Sharman?« fragte er, als ich an ihm vorbeiging.

»Nein«, sagte ich. »Lord Lucan.«

»Red keinen Scheiß, Mann. Ich kenne Sie.« Und er begann, mir mit seiner Kamera ins Gesicht zu schießen.

»Verschwinden Sie mit diesem Scheißding. Ich warne Sie«, sagte ich.

»Das ist mein Job.«

»Es ist auch dein verpickeltes Gesicht, Kumpel«, sagte ich. »Willst du's noch 'ne Weile behalten?«

Er trat zurück, drückte aber weiter den Knopf des Kameramotors. Der Trottel mit dem Kassettenrecorder kam hinter mir her. Er sah ein bißchen verwirrt aus, hatte aber immerhin kapiert, daß irgend etwas los war, und fragte den Fotografen, wer ich war.

»Er heißt Sharman«, sagte der Fotograf. »Ist Detektiv. Letzten Winter haben ein paar Irre seine Freundin weggeknallt, du erinnerst dich bestimmt daran.«

Jetzt war ich richtig sauer. »Und Sie erinnern sich auch, was mit denen passiert ist«, sagte ich.

Der Reporter hielt mir sein Aufnahmegerät unter die Nase. »Was ist denn hier los, Mr. Sharman?«

Ich nahm ihm den Recorder aus der Hand und warf ihn auf die Straße, wo ihn ein Taxi mit einem befriedigendem Knirschen überfuhr. »Das ist los«, sagte ich.

»Toll.« Der Fotograf hatte die Kameras gewechselt und fotografierte weiter.

Ich ging rüber zu ihm, packte ihn am Hemdkragen und drehte fest genug, um ihm die Luft abzuschneiden. »Hör endlich auf«, sagte ich.

»Schon gut, schon gut, Mann«, grunzte er. »Keinen Ärger. Ich hör' schon auf.«

Ich machte Schluß. Der andere Idiot fotografierte mich auch, und es war mir zuviel Arbeit, mich auch noch mit ihm herumzustreiten. Ich konnte mich nicht mit der ganzen Welt anlegen. Ich stieß den ersten Fotografen beiseite und ging davon. Der Reporter hielt die Überreste seines Toshiba in Händen. »Dafür werden Sie bezahlen«, krähte er hinter mir her.

»Schicken Sie mir 'ne Rechnung«, sagte ich und ging davon.

Sie folgten mir nicht.

Ich ging gen Osten und bog hinter dem Curzon Kino in den Shepherd's Market ein. Um fünf vor sieben saß ich im Pub. Endesleigh tauchte um fünf vor acht auf. Ich konnte immer noch nicht glauben, daß er Detektive Inspector war. »Haben Sie lange gewartet?« fragte er.

»Nicht lange genug, um damit Karriere zu machen.«

»Sie sehen ein bißchen blaß aus.«

»Liegt am Bier. Wollen Sie eins?«

»Hätte nichts dagegen.«

Ich bestellte ihm ein kaltes Becks, das, seinen Vorgängern nach zu urteilen, nicht kalt sein würde. Ich konnte kaum glauben, daß in London im heißesten Sommer seit zehn Jahren nirgendwo eine kalte Flasche Bier aufzutreiben war.

»Sind Sie sicher, daß Sie alt genug sind, um Alkohol zu trinken?« fragte ich, als das Bier kam.

»Seien Sie vorsichtig, Sharman. Mit dem Scheiß muß ich mich schon auf der Wache abgeben, aber nicht bei Ihnen. Ich bin alt genug, Sie mitzunehmen und einzusperren. Vergessen Sie das nicht.«

»Entschuldigung«, sagte ich.

»Das Bier ist warm«, monierte Endesleigh.

»Sagen Sie mir etwas, das ich nicht weiß.«

»Gibt es Eis?«

»Die Eismaschine ist kaputt.«

»Je, je, je.« Er zündete sich eine Benson and Hedges an. »Also, was ist?«

»Ich hatte letzte Nacht Besuch.«

»Von wem?«

»Ein Trio Pistoleros aus Australien.«

»Wie bitte?«

»Genau.«

»Während meine Männer überall im Haus waren?«

»Ganz genau.«

»Die haben vielleicht Nerven.«

»Eben.«

»Und was genau wollten sie?«

Ich erzählte ihm die ganze Geschichte. Die ganze, ganze Geschichte, ohne Auslassungen. Er hörte zu und wechselte von Becks auf Black Label und rauchte seine Bensons, bis ich fertig war. »Das ist ja sehr interessant. Glauben Sie, daß sie die Wahrheit sagen?« fragte er, während wir auf frische Getränke warteten.

»Wer?«

»Die goldigen Girls aus der Curzon Street.«

»Komischerweise«, sagte ich, »glaube ich das. Wenn sie lügen, warum haben sie mich dann engagiert?«

»Warum haben Sie mir das nicht alles schon früher erzählt?«

»Ich wollte mir was für das große Finale aufheben.«

»Das große Finale könnten Sie sein, mein Sohn«, sagte er. »So oder so.«

Da hatte er recht, aber das sagte ich ihm nicht.

»Dieser Lorimar hatte die Pikes also seit fast zwanzig Jahre in der Hand?« fragte er nach einem Augenblick.

»Weitestgehend.«

»Und jetzt ist der Geldschrank, wenn schon nicht leer, so doch zumindest abgeschlossen.«

»Zeitweilig.«

»Das kann Jahre dauern.« Er schwieg ein oder zwei Minuten und zündete sich noch eine Zigarette an. »Was wissen Sie noch über diese australischen Scherzkekse?«

»Ich habe keine Namen, außer Lorimars, und der ist wahrscheinlich falsch, wenn er tatsächlich die Hotels geplündert hat. Elizabeth Pikes Ermittler in Australien konnten ihn jedenfalls nicht finden, aber ich könnte versuchen, da noch mehr herauszubekommen.«

»Tun Sie das, und ich frage mal bei Interpol nach. Vielleicht ist er mal unter dem Namen in Australien eingefahren. Wir fragen auch bei der Einwanderung und den Airlines, aber, Himmel, die können schon seit Jahren hier sein.«

»Ich würde meine Zeit nicht damit verschwenden«, sagte ich. »Ich wette, die haben keine Spur hinterlassen.«

»Aber wir müssen etwas unternehmen. Einige sehr hochgestellte Officer machen sich große Sorgen um den Ausgang dieser Angelegenheit.«

»Und natürlich müssen Sie unendlich vorsichtig vorgehen.«

»Natürlich.«

»Und werden Sie unter diesen Umständen den großen Tieren berichten, was ich Ihnen erzählt habe?« fragte ich.

»Ich erzähle das überhaupt niemandem. Normalerweise würde ich jetzt mit ein paar Kumpels da einmarschieren und mir die beiden vorknöpfen, bis sie alles erzählen.«

»Yeah«, sagte ich. »Aber sie würden alles abstreiten. Und dann würden sie genug Anwälte anheuern und mit genug Papier ausstatten, daß Sie ein Jahr lang nur Rechtfertigungen schreiben dürfen. Das sind keine alten Schnepfen aus dem Aylesbury Estate, verstehen Sie?«

»Das ist mir durchaus bewußt«, sagte er. Und so, wie er aussah, war er darüber nicht allzu glücklich.

»Ich helfe Ihnen.«

»Ach ja?«

»Warum nicht?«

»Ist nicht Ihr Stil.«

»Mein Ruf eilt mir voraus, was?«

Er schürzte die Lippen. »Ich habe heute mal in Ihre Akte geschaut.« Er spreizte Daumen und Zeigefinger so weit auseinander, wie es ging. »Die ist so dick.«

»Staatsfeind Nummer eins?«

»Nicht ganz, aber fast. Ich hab' auch mit einem Ihrer alten Freunde gesprochen.«

»Mit wem?«

»Danny Fox.«

»Wie geht's ihm?«

»Gut. Vielleicht trägt er bald wieder Uniform.«

»Beförderung?«

»Genau.«

»Er wird Chief Constable, schneller als Sie denken.«

»Wage ich nicht zu bezweifeln. Inoffiziell spricht er gut über Sie.«

»Und offiziell?«

»Will er von nichts wissen. Er sagt, Sie sind genau die Leiche in seinem Keller, über die er stolpern wird, wenn er Superintendent werden will.«

Ich schnitt eine Grimasse.

»Er sagt, Sie hätten ein guter Cop sein können, abgesehen von ein oder zwei Charakterschwächen.«

»Zum Beispiel?«

»Zum Beispiel konnten Sie keine Befehle befolgen, zum Beispiel haben Sie ein zu großes Maul, zum Beispiel haben Sie Geschmack an einigen illegalen Substanzen gefunden – und später auch daran, sie zu entwenden.«

Ich schnitt eine noch ärgerlichere Grimasse. Danny Fox hatte mich schon immer zu gut gekannt.

»Er hat auch gesagt, daß Sie, abgesehen von einem Ausrutscher dann und wann, jetzt besser drauf sind, und daß ich Ihnen trauen könnte, bis zu einem bestimmten Punkt.«

»Immerhin.«

»Na, Sie kennen ja Danny Fox.«

»Allerdings. Und?«

»Also riskiere ich's und traue Ihnen bis zu einem bestimmten Punkt.«

»Möglicherweise macht Sie das nicht sonderlich beliebt.«

»Das riskiere ich.«

»Wenn irgendwas schiefgeht, ungefähr so beliebt wie eine Made im Sandwich.«

Er zuckte mit den Achseln.

»Danke«, sagte ich. »Ich weiß das zu schätzen.« Ich sah zur Decke und zündete mir eine neue Zigarette an.

»Das Problem ist, Sie sind sich auch selbst nicht die größte Hilfe.«

»Wieso?«

»Sie sollten keine Waffe bei sich haben. Das macht Ihnen nur Ärger.«

»Wollen Sie mir das immer noch vorwerfen?«

»Nicht, wenn Sie mir diese Australier liefern und ich sie einlochen kann. Dann vergebe und vergesse ich. Ich kriege Sie beim nächsten Mal.«

»Wenn es ein nächstes Mal gibt.«

»Bei Leuten wie Ihnen, Sharman, gibt es immer ein nächstes Mal, verlassen Sie sich darauf.«

Er stieg von seinem Stuhl. »Danke für den Drink. Melden Sie sich.« Er verließ den Pub und verschwand in der Nacht.

18

Ich trank aus und verließ ebenfalls den Pub. Es war nach zehn und bereits dunkel, aber es war immer noch ziemlich warm, und die Luftfeuchtigkeit lag bei bestimmt achtzig Prozent. Ich konnte die Feuchtigkeit in der Luft spüren wie ein heißes Handtuch, das meine Poren aufgehen ließ, und ich bildete mir ein, daß ich den sauren Geruch meines eigenen Schweißes wahrnahm.

Die schmalen Straßen und Gäßchen des Market waren immer noch voller Touristen und Büroangestellter, die nicht nach Hause gehen wollten. Huren und ein paar lächerliche Kurierfahrer in Leder oder Neonkluft lehnten an ihren Bikes, und sie soffen Bier, als würde es um Mitternacht außer Mode geraten.

Ich ging zurück zur Curzon Street, wobei ich darauf acht gab, daß mich niemand anrempelte. Hier war das Paradies der Taschendiebe, und ich legte keinen Wert darauf, daß irgendwelche fremden Hände meine Taschen ausräumten. In ein paar stillen Einfahrten boten irgendwelche Deppen Dope an, aber sie wußten genausogut wie ich, daß die Curzon Street dafür nicht das beste Pflaster war.

Vor dem Haus warteten keine Reporter und Fotografen mehr. Offensichtlich gab es nun einen wichtigeren Jagdgrund. Es klingelte, und Constance öffnete. »Guten Abend«, sagte sie. »Miss Catherine möchte Sie sofort sehen, sobald Sie wieder da sind.«

»Ich gehe zu ihr hoch.«

Ich spazierte in den Fahrstuhl, fuhr nach oben und klopfte an Catherines Tür. Sie öffnete, stank nach Gin und trug einen pfirsichfarbenen seidenen Morgenmantel mit angesetzten Straußenfedern. Sie hatte es geschafft, die Schwellung, die sie mir verdankte, mit Make-up zu verdecken, und ihr Gesicht war kaum mehr geschwollen.

»Ganz schön sexy«, sagte ich. »Ich hoffe, nicht meinetwegen.«

»Wohl kaum«, schoß sie zurück. »Wie schön, daß Sie sich die Mühe machen, mal vorbeizuschauen. Ich dachte, Sie wären mein Bodyguard. Ich bin ganz allein und muß bewacht werden.«

»Das einzige, was hier bewacht werden muß, ist der Schlüssel zur Bar.«

»Sehr witzig. Wo waren Sie?«

»Ich mußte mich um was anderes kümmern«, sagte ich. »Aber von jetzt an stehe ich wieder voll zur Verfügung.«

»Ich gebe mich in Ihre Hände.«

»Nicht wörtlich, hoffe ich.«

»Nicht einmal metaphorisch.«

»Gut«, sagte ich. »Machen Sie das Fenster zu und schalten Sie die Klimaanlage ein. Ich mache dasselbe drüben bei mir. Lassen Sie die Verbindungstür offen, wir sehen uns morgen früh. Ich bezweifle, daß wir heute nacht Besuch bekommen, aber es ist besser, sicherzugehen.«

»Aye, aye, Sir.«

»Schlafen Sie gut«, sagte ich und ging rüber in mein Zimmer. Ich durchsuchte alle möglichen Verstecke, schloß alle

Fenster ab und zog die Vorhänge vor. Dabei sah ich nach oben und entdeckte ein paar dünne hohe Wolken, die über den Himmel flogen und das Gesicht des Monds verhüllten wie Chiffon. Ich schaltete die Klimaanlage an, und als ich den ersten eisigen Hauch spürte, holte ich eine Flasche Gin, Tonic, Eis und Zitrone aus dem Kühlschrank, nahm zwei Gläser und mixte in einem einen kräftigen Gin-Tonic. Ich setzte mich auf das Sofa im Wohnzimmer, schaltete die Lichter aus und machte den Fernseher an. Ich fand eine bequeme Position und zündete mir eine Zigarette an. In den Spätnachrichten gab es jede Menge über die Pikes. War ganz interessant, vor allem weil ich die Wahrheit kannte, oder zumindest einen Teil davon.

Ungefähr zwanzig Minuten später klopfte Catherine an die Verbindungstür. Ich antwortete nicht, und sie klopfte noch einmal, dann öffnete sie die Tür. Ich sah den Umriß ihres Körpers, der sich unter dem dünnen Material ihres Morgenmantels abzeichnete, als sie in der Tür stand.

»Na, wer hätte das gedacht«, sagte ich. »Ich habe Ihnen etwas Eis übrig gelassen.«

»Es ist nicht, wie Sie denken.«

»Ist es nie, Süße.«

»Nennen Sie mich nicht Süße, Sie klingen wie ein Freier.«

»Tut mir leid, wirklich.«

»Ich habe Angst«, sagte sie.

»Ich habe Ihnen doch schon gesagt, daß ich nicht glaube, daß diese Jungs heute zurückkommen. Aber morgen müssen wir uns Sorgen machen.«

»Ich habe trotzdem Angst.«

»Und Sie wollen den Schutz meines mannhaften Körpers. Bringen Sie mich nicht zum Lachen. Sie können sich um sich selber kümmern – Sie haben mich heute nachmittag fast umgebracht.«

»Das tut mir leid.«

»Und das ist alles? ›Tut mir leid‹, und alles ist in Ordnung? Warum gehen Sie nicht zu Elizabeth.«

Sie zuckte mit den Achseln. »Sie ist ins Bett gegangen. Ich glaube nicht, daß sie mich sehen möchte.«

»Ich glaube, ich auch nicht.«

»Können Sie nicht mal was Nettes sagen? Sie sind einfach bloß ein Schwein, wie alle Männer.«

»Wollen Sie, daß ich mich entschuldige für das, was ich bin?«

»Ja, sollten Sie. Sie glauben, ich bin nur hier reingekommen, um zu vögeln. Ich wollte bloß ein bißchen Gesellschaft haben.«

»Kaufen Sie sich einen Hund.«

»Sie verdammtes Schwein.« Wenn sie jetzt die Wasserfälle angeschaltet hätte, dann hätte ich ihr gesagt, sie solle verschwinden, aber sie sah mir einfach nur in die Augen. »Das war gemein.«

Da hatte sie recht. »Tut mir leid«, sagte ich, und es stimmte.

»Ich bin nicht hergekommen, um zu vögeln«, sagte sie. »Ich habe genug gevögelt, vielen Dank. Ich habe genug gevögelt für ein ganzes Leben. Was soll ich denn mit Ihnen? Mit Männern überhaupt? Ich hatte genug Männer, ich weiß, wozu sie gut sind. Nicht viel, das kann ich Ihnen versichern. Was soll's auch, Nick, ich bin sowieso schon ganz verdorben.« Höhnisch nahm sie eine provozierende Pose ein. Sie drückte ihr Kreuz durch, warf ihren Kopf in den Nacken, hob eine Hand hinter ihren Kopf, hielt ihr Haar hoch und leckte sich über die Lippen, bis sie naß im Dämmerlicht schimmerten. Ich muß sagen, sie sah gut aus. Zu gut. »Durch und durch verdorben, Mister Privatdetektiv.« Und dann begann sie wirklich zu weinen. Ein langer, klagender Ton, der mir eine Gänsehaut über den Rücken laufen und die kleinen Härchen in meinem Nacken aufrecht stehen ließ.

Ich ging auf sie zu, aber sie winkte mich weg und lief in mein Schlafzimmer. Ich ging ihr nicht nach. Was sie durchmachte, mußte sie alleine durchstehen oder gar nicht. Wenn sie Gesellschaft wollte, würde sie es mich wissen lassen.

Ich setzte mich, zündete mir eine Zigarette an und nahm einen großen Schluck Gin. Er schmeckte ölig und süß und kalt, und ich trank mein Glas leer. Ich sah zur Tür, ließ sie aber allein und machte mir einen neuen Drink. Nach ungefähr zwanzig Minuten kam sie zurück ins Zimmer.

»Einen Drink?« fragte ich.

»Ich hatte schon zuviel.«

»Dann macht einer mehr auch keinen Unterschied.«

»Okay, aber nur einen kleinen.«

Ich mischte ihr ein bißchen Gin mit viel Eis und Tonic und reichte ihr das Glas. Sie nahm es mit beiden Händen und setzte sich aufs Sofa.

»Es tut mir leid«, sagte sie und lehnte sich an mich. »Müssen wir die Klimaanlage anhaben?«

»Nein. Nicht, wenn Sie es nicht wollen.« Ich stand auf, ging zum Schalter, spielte an den Knöpfen herum und öffnete schließlich das französische Fenster. Sofort wurde es wärmer.

»Das ist besser«, sagte sie und klopfte auf den Platz neben sich. »Kommen Sie, setzen Sie sich.«

Und obwohl ich wußte, was passieren würde, und nach allem, was wir gesagt hatten, kam ich trotzdem. Als ich mich setzte, stellte sie ihr Glas ab und wandte sich mir zu. Sie sagte nichts, ich erwiderte auch nichts. Sie kam auf mich zu, und ich konnte die Hitze ihres Körpers spüren. Sie kam in meine Arme. Sie fühlte sich ein wenig feucht unter dem seidenen Morgenmantel an. Ihr Mund saugte sich auf meinem fest wie ein Blutegel auf einer fetten Vene, und sie kaute auf meinen Lippen wie jemand, der die letzten Fleischstückchen von einem Knochen abnagte.

Reagierte ich darauf? Aber sicher! Ich hielt sie fest wie ein Ertrinkender, der sich an seinen Rettungsring klammert. Meine Hände liebkosten sie, und offensichtlich gefiel ihr das, denn sie zog den Rock ihres Morgenmantels hoch und schob ihr Bein über meines und preßte ihre Schenkel gegen meine Genitalien und blieb so. Sie war unter der glatten Seide zugleich weich und hart, und als ich mit den

Fingern über ihren Rücken und die schönen Kurven ihres Hinterns fuhr, blieb das Material glatt, ohne jede Spur von Unterwäsche.

Wir gingen aufeinander los wie Kampfhunde.

Es war Sex, ganz einfach. Kein Gedanke und kein Wort von Liebe, kein Gedanke oder Wort von irgend etwas. Ganz einfach schweißiger, harter Sex. Schmutzig, und wir standen beide darauf.

Sie brachte meinen Körper zum Vibrieren. Wir sprachen kaum. Wir ließen unsere Nervenenden miteinander in Kontakt treten, und die Geräusche, die wir von uns gaben, waren eher tierisch als menschlich.

Das Sofa war zu klein, und ich schleppte sie ins Schlafzimmer. Dort war es eiskalt. Ich knallte die Klimaanlage aus und riß ihr die Seide von der Haut und warf sie aufs Bett. Ich warf mich über sie, sie warf sich über mich, und es gab keinen Zentimeter voneinander, den wir nicht erforschten.

In der Halbzeit gab es kein Scheibchen Orange, nur eine geteilte Zigarette und mehr Gin, den wir mit den Überresten aus dem Eiseimer kühlten. Als ich die Silk Cut anzündete, waren meine Hände feucht. Ich trocknete sie mir an den Laken ab, die noch feuchter waren. Sie bedeckte sich mit ihrer Robe, die wie eine zweite Haut auf ihrem Körper klebte, feucht und schmutzig im Dämmerlicht aus dem anderen Zimmer.

Sie beugte sich mit der Zigarette im Mund über mich. Die Robe gab ihre Brüste frei, die genauso feucht und schmutzig waren wie die Seide, die sie trug.

»Mehr«, sagte sie. Kein Bitten oder solcher Scheiß. Nur ein Wort. Ich nahm ihr die Zigarette aus den Lippen und ließ sie in mein Glas fallen, wo sie in den Ginresten zischend erlosch.

Wir rasten abwärts auf einer teuflischen Spirale hedonistischer Lebensgier, die vielleicht erst dann enden konnte, wenn wir an dem abgelegenen Riff fleischlicher Lust zerschellt waren und am bleichen Strand der Glassplitter angespült wurden. Aber wir waren wie Kinder mit einem neuen Lutscher.

Sie wollte mehr, und sie bekam mehr. Und als wir beide mehr gekriegt hatten, waren unsere Körper wund und geschunden von den Stößen, und mein Verband war naß vom frischen Blut.

Ich schien nichts tun zu können, um ihre Begierde zu befriedigen. Ich vögelte sie in jedes Loch, aber immer wieder schienen neue hungrige Körperöffnungen aufzutauchen. Schließlich konnte ich nicht mehr und schlief auf ihr ein, während vor den Fenstern die Dämmerung erwachte.

Als ich zu mir kam, war keine Spur mehr von ihr zu sehen, außer der Zigarette in dem Glas auf dem Nachttisch, und ich fragte mich, ob ich alles nur geträumt hatte.

19

Um neun wachte ich wieder auf. Ich hatte seit Monaten nicht so gut geschlafen. Ich lag in meinem schmierigen Bett und dachte an die vergangene Nacht. Ich wußte nicht, wie ich mich fühlte. Ein bißchen wie die Katze, die die Sahne aufgeschleckt hatte, und ein bißchen wie ein Arschloch.

Ich rollte mich schließlich aus dem Bett und stiefelte unter die Dusche. Ich ließ das kochende Wasser wieder ein bißchen Leben in meinen müden Körper trommeln, und dann drehte ich auf kalt und ließ das Wasser Leben in mein müdes Hirn trommeln. Ich versuchte, meinen Verband trocken zu halten, war aber nicht ganz erfolgreich. Ich rasierte mich, putzte mir die Zähne, zog mich an, dann machte ich mich auf die Suche nach einer Tasse Kaffee.

Ich ging hinunter ins Frühstückszimmer. Es war leer. Ich frühstückte allein, und nicht einmal ein Bediensteter unterbrach meine Einsamkeit. Ich hätte lieber in dem schäbigen kleinen Café in Tulse Hill gesessen, wo ich normalerweise hingehe. Zumindest waren da ein paar Leute, und man konnte sich von irgend jemand die Zeitung leihen.

Ich ließ das Geschirr auf dem Tisch stehen und ging zurück auf mein Zimmer. Als ich hereinkam, klingelte das Telefon. Ich sah auf meine Uhr. Genau zehn. Ich nahm den Hörer ab. »Hallo.«

Stille.

»Hallo«, sagte ich noch einmal.

»Mr. Sharman, hier ist Vincent.« Seine Stimme klang komisch.

»Vincent, was wollen Sie?«

»Ich muß mit Ihnen sprechen.«

»Na, dann kommen Sie und sprechen Sie mit mir.«

»Kann ich nicht. Ich bin unten in der Garage, können Sie herunterkommen?«

»Was ist los?«

»Kann ich Ihnen nicht am Telefon sagen, kommen Sie einfach runter.«

»Schon gut, Vincent«, sagte ich. »Wenn Sie darauf bestehen.«

Ich fuhr mit dem Aufzug ins Untergeschoß und betrat die Garage. Der Rolls stand da und glänzte, die Fahrertür war offen. Der Hörer des Garagentelefons war abgenommen und hing an seinem gewundenen Kabel an der Wand herunter. Der Betonbunker roch nach Benzin und Abgasen, nach Politur und ganz weit entfernt nach altem Dreck und kalter Verwesung.

»Vincent«, rief ich.

Keine Antwort. Meine Stimme hallte durch das Innere der Garage. Ich ging hinüber zum Wagen. Vincents Kappe lag auf dem Fahrersitz. Der Schlüssel steckte im Zündschloß, er war halb herumgedreht, so daß alles funktionierte, der Motor selbst aber nicht lief. Ich hörte die Klimaanlage des Wagens zischen und schaltete die Zündung aus. Stille.

»Vincent«, rief ich wieder. Wieder prallte meine Stimme

von den Mauern ab und fiel zu Boden wie ein Tennisball mit massivem Unterschnitt.

Ich blieb zehn Sekunden stehen, dann hörte ich irgend etwas hinter der Mauer, die die Garage vom Rest des Kellers abteilte. Ich wandte mich um, ging auf die leere Öffnung zwischen den Wänden zu und schaute in die staubige Dunkelheit.

Jemand tippte einen Schalter an, und Neonröhren erwachten zum Leben. Das Licht blendete mich, und ich kniff meine Augen zusammen. Vincent stand da mit ausgebreiteten Armen und Beinen, das Gesicht zur Wand, und die Hände gegen den Beton gestützt. Seine Uniform war schmutzig und verknittert, das Haar durcheinander. Neben Vincent stand ein kleiner dicker Mann mit dünnem schwarzen Haar, der einen beigen zweiteiligen Sommeranzug trug, mit einem etwas dunkleren Hemd, das bis zum Kragen zugeknöpft war, aber zu dem die Krawatte fehlte. Er drückte den Schalldämpfer einer schweren Automatik in die Nieren des Chauffeurs. Ein anderer, größerer Mann mit einem Rotschopf, in Lederjacke und Stoffhose lehnte an einem metallenen Werkzeugschrank neben den Lichtschaltern. Er trug schwarze Lederhandschuhe und hielt in seiner rechten Hand eine weitere Pistole, ebenfalls mit einem Schalldämpfer ausgestattet.

»Tag«, sagte er. Selbst wenn keiner den australischen Akzent gehabt hätte und wenn seine Stimme nicht dieselbe Stimme gewesen wäre, die mir zwei Nächte zuvor gedroht hatte, mich zu töten, hätte ich die Waffe und die Handschuhe jederzeit wiedererkannt. »Ich dachte, wir hätten Ihnen gesagt, Sie sollten gestern abend verschwunden sein«, sagte er.

»Ist was dazwischengekommen.«

»Sie hätten gehen sollen.«

»Ich weiß, manchmal bin ich ein bißchen umständlich.«

»Das kann man sagen.«

»Die Polizei ist immer noch hier«, sagte ich.

»Was Sie nicht sagen. Ihre Freunde, was?«

»Vielleicht.«

»Vielleicht, was? Genau, vielleicht, Mann. Haben Sie welche dabei?«

Er wartete nicht auf meine Antwort, sondern stieß sich von dem Schrank ab, klopfte den Staub von seinem Ärmel und umrundete mich, wobei er die ganze Zeit mit der Pistole auf meine Körpermitte zielte. Er schaute in die Garage. Mein Blick folgte ihm, sonst rührte ich keinen Muskel.

»Nein, ich glaube nicht«, sagte er. »Sie mögen die Bullen nicht, was? Und die mögen Sie auch nicht. Wir sind wegen unseres Geldes hier, Kumpel.«

»Was hat das mit mir zu tun? Ich hab' hier nicht das Scheckbuch in der Hand. Ich mach' bloß meinen Job.«

»Das hab' ich auch nicht erwartet. Wir wissen genau, was Ihre Aufgabe ist. Aber da Sie sich schon entschieden haben, zu bleiben, können Sie uns auch das Geld besorgen.«

»Ich glaube nicht.«

»Ich schon.«

»Was würden Sie sagen, wenn ich Ihnen sage, daß gar nicht genug Geld hier ist?«

»Ich würde sagen, daß Sie mir bloß Lügen erzählen. Also verderben Sie uns nicht den Morgen. Bisher war er ganz lustig.«

»Das Geld ist einfach nicht verfügbar.«

Er lachte und zeigte perfekt überkronte Zähne. »Die Lage hat sich geändert. Haben Sie heute morgen schon mit Catherine Pike gesprochen?«

»Nein.«

»Genau«, sagte er. »Und das werden Sie auch nicht, Mann.«

Ich spürte eine juckende Vorahnung an meinem Rückgrat. »Haben Sie ihr etwas getan?«

»Nein, sie ist in gutem Zustand. Sieht wirklich gut aus. Ich hätte nichts gegen sie, aber ich weiß ja, wo sie herkommt, nicht wahr, mein Junge?« Sein Blick wanderte hinüber zu seinem Kompagnon, dann zurück zu mir.

»Allerdings«, sagte der dicke Mann.

Ich fragte mich, ob das wirklich so war. »Weiß sie auch, wo Sie herkommen?«

»Sehr amüsant, mir gefallen schlagfertige Menschen«, sagte der Rotschopf. »Aber nehmen Sie sich nicht zuviel raus, sonst muß ich Ihnen eins zwischen die Augen ballern.«

»Wir sind einander noch nicht einmal vorgestellt worden, und Sie wollen schon Spiele spielen«, sagte ich.

»Wir wissen, wer Sie sind, und das zählt. Und jetzt lehnen Sie sich neben den anderen Idioten da an die Mauer, und wir werden mal sehen, ob Sie sich noch einen von diesen kleinen Erbsenpupsern geholt haben, den wir Ihnen neulich Nacht weggenommen haben.«

»Nicht mal 'ne Zwille«, sagte ich.

»An die Mauer, oder Sie kriegen ein paar in die Fresse.«

Ich tat wie geheißen. Er verstaute seine Pistole unter dem Jackett und tastete mich gründlich ab. Ich versuchte, nicht zu zucken, als seine Hände hart gegen die Wunde an meiner Seite schlugen. Der dicke Mann trat ein wenig beiseite, so daß er mit seiner Waffe sowohl Vincent als auch mich in Schach halten konnte.

»Alles in Ordnung«, sagte der Rotschopf, als er fertig war.

»Hab' ich doch gesagt«, sagte ich. »Aber vielleicht stehen Sie ja drauf, Männer zu begrabbeln.«

»Schnauze«, sagte der Rothaarige, holte seine Pistole wieder raus und schwang sie sorglos zwischen Vincent und mir hin und her. »So, kommen wir zurück zu unserer jungen Freundin Catherine. Wir scheinen nur an unser Geld zu kommen, wenn wir eine gute Verhandlungsposition haben. Also ist Mr. Lorimar mit ihr zu einem kleinen Ausflug aufgebrochen. Er kennt sie schon lange, und er ist nicht so wählerisch wie ich.«

»Du Dreckschwein.«

»Also wirklich, ein bißchen höflicher, bitte. Werden Sie jetzt nicht persönlich, Sharman, sonst verpasse ich Ihnen eine.«

»Wo ist er mit ihr hin?«

»Das möchten Sie wohl gerne wissen? Aber ich glaube, das bleibt unser kleines Geheimnis, bis Sie« – er hielt mir zur Betonung die Waffe direkt vors Gesicht – »uns das Geld in unregistrierten, gebrauchten Scheinen besorgt haben. Dann kommt sie heil und sicher wieder zurück. Alles klar, Mann?« Wieder wanderte sein Blick hinüber zu seinem Komplizen.

»Genau«, sagte der Dicke.

»Sagt er die Wahrheit?« fragte ich Vincent.

Er sah mich blöde an, sagte aber nichts. Ich nahm das als Bestätigung.

Der Rotschopf legte den Finger auf die Lippen. »Ich habe nicht gesagt, daß ihr zwei darüber reden dürft. Glauben Sie mir, Sharman, sie ist bei uns, und sie bleibt bei uns. Also, keine Polizei, bloß eine Million Pfund Sterling, und Sie kriegen die Nutte wieder zurück.«

»Sie leben in einer Traumwelt«, sagte ich. »Von wem zum Teufel soll ich denn eine Million Pfund kriegen? Verraten Sie mir das mal.«

»Jetzt stellen Sie sich doch nicht dümmer, als Sie sind«, sagte er und deutete auf die nackten Wände. »Denken Sie doch mal nach. Die Familie hat Geld wie Heu. Es kommt ihnen aus den Ohren raus. Sagen Sie Elizabeth, sie soll sich ein bißchen was davon unter den Nagel reißen. Wenn Sie das nicht macht, landet ihre Schwester eben in der Themse. Also los. Seien Sie ein braver Junge und richten Sie's aus. Wir melden uns heute abend bei Ihnen. Bleiben Sie am Telefon. Wir gehen jetzt. Sie brauchen uns nicht zur Tür bringen, wir finden den Weg.«

Sie traten zurück in die Garage, die Waffen in Händen, und ich hörte ihre Schritte. Die kleine Garagentür wurde geöffnet und fiel dann wieder ins Schloß.

20

Ich steckte meinen Kopf um den Mauervorsprung herum. Die Garage war leer, abgesehen von dem riesigen Rolls-Royce. »Okay«, sagte ich. »Sie sind weg.«

Vincent stieß sich von der Mauer ab und klopfte seine Hände aneinander. Er zitterte, und sein Gesicht war blaß.

»Alles in Ordnung?« fragte ich.

»Jetzt schon. Gott, hatte ich Angst. Ich dachte, die bringen mich um.«

»Kommen Sie, setzen Sie sich.«

Wir gingen hinüber zum Wagen, er setzte sich hinter das Steuer und ich mich neben ihn auf den Beifahrersitz. Ich zündete zwei Zigaretten an und gab ihm eine.

»Also, was ist passiert, Vincent?« fragte ich.

Er sammelte sich und schloß die Augen, während er sprach. »Miss Catherine hat mich früh am Morgen angerufen«, erklärte er. »Sie wollte, daß ich sie nach Covent Garden fahre. Wir waren kurz nach neun da, aber der Laden, zu dem sie wollte, hatte noch nicht geöffnet, es war zu früh. Also hat sie ein paar Schaufenster angeschaut, und als dann immer noch nicht offen war, hat sie sich von mir nach Camden fahren lassen. Da gibt es einen Laden, in dem sie ziemlich viele Kleider kauft. Ich bin unten durch die Mercer Street gefahren, am Kino vorbei, und plötzlich hat uns ein Transit Van geschnitten und mich gezwungen, anzuhalten. Die beiden Männer, die gerade hier waren, sind hinten aus dem Van gesprungen, und der mit dem roten Haar hat mir eine Pistole ins Gesicht gehalten.«

»Wer ist gefahren?«

»Der ist sitzen geblieben, ich habe ihn nie gesehen.«

»War Ihr Fenster offen?«

»Ja.«

»Hatten Sie die Klimaanlage nicht an?«

»Nur hinten. Ich hatte die Trennscheibe hoch. Ich mag frische Luft.«

»Und was ist dann passiert?«

»Ich hatte die hinteren Türen geschlossen. Das mache ich immer, wenn ich fahre. Neben dem Lenkrad gibt es einen Schalter dafür. Der Rothaarige mit der Pistole hat versucht, die Tür zu öffnen. Er hat gesagt, er würde mich erschießen, wenn ich nicht aufmache, und dann würde er das Schloß zerschießen. Ich konnte nichts tun, ehrlich, also hab' ich aufgemacht. Dann hat er sich hinten reingebeugt und etwas zu Miss Catherine gesagt, das ich wegen der Trennwand nicht hören konnte. Dann hat das Schwein sie geschlagen ...« Vincent stützte seinen Kopf in seine Hände.

»Schon gut, Vincent«, sagte ich. »Ganz ruhig.«

»Also, er hat sie geschlagen«, fuhr er fort. »Dann hat er sie aus dem Wagen gezerrt, rüber zu dem Van, hat sie hinten reingestoßen und die Türen zugeknallt. Der Dicke hat die ganze Zeit mit seiner Pistole auf mich gezielt. Ich konnte nichts machen. Dann sind die beiden in den Rolls gestiegen. Der Rotschopf vorne bei mir, wo Sie jetzt sitzen, der andere hinten. Ehrlich, Mr. Sharman, ich konnte nichts dagegen unternehmen, ich schwöre es.«

»Okay«, sagte ich. »War nicht Ihre Schuld. Haben Sie die Nummer des Van?«

»Nein, das Schild war mit einem Stück Stoff verdeckt.«

»Nichts Besonderes an dem Wagen?«

Er schüttelte den Kopf.

»Farbe?«

»Dunkelblau.«

»Na prima, so sehen ungefähr die Hälfte aller Transit Vans in London aus. Und niemand auf der Straße hat eingegriffen?«

»Nein, in der Straße ist nicht viel los, es war niemand in der Nähe. Und es ging alles so schnell.«

Ich klappte den Aschenbecher im Armaturenbrett auf und drückte meine Zigarettenkippe aus. »Tja, da sitzen wir nun.«

»Wo?«

»In der Scheiße.«

»Tut mir leid«, sagte er und lehnte seinen Kopf nach vorn auf das Steuerrad.

»Ich gehe besser mal und sage Elizabeth Bescheid.«

»Gott, sie wird mich umbringen.«

»Keine Sorge«, sagte ich. »Das kriege ich schon hin. Und Sie erzählen niemandem, daß Catherine gekidnappt worden ist. Weder dem Personal noch der Familie, und ganz bestimmt nicht der Polizei, verstanden?«

Er nickte. Ich ließ ihn im Wagen sitzen; er zitterte immer noch ein wenig und starrte durch die Windschutzscheibe die nackte Wand an.

21

Ich ging hoch auf Elizabeths Zimmer. Sie saß im Wohnzimmer. Auf dem Tisch stand ein Frühstückstablett.

»Wir haben Probleme«, sagte ich.

»Erzählen Sie mir zur Abwechslung was Neues.«

»Ich meine es ernst.«

»Was?«

»Ich mach's kurz«, sagte ich. »Catherine wurde entführt.«

»Was?« schrie sie und sprang auf, das Gesicht aschfahl.

»Entführt.«

»Sind Sie sicher?«

»Absolut.«

»Wer würde so etwas tun?«

»Was glauben Sie? Die Jungs, die neulich nacht, nachdem sie Leee umgebracht haben, bei mir waren. Wer sonst? Die haben es ganz ernst gemeint, als sie mir gesagt haben, daß sie ihr Geld wollen.«

»Wann ist das passiert?«

»Kurz nach neun heute morgen.«

»Und wo?«

»Aus dem Rolls.«

»Wo war der Rolls?«

»Auf der Straße, in Covent Garden.«

»Was zum Teufel hat Catherine um diese Uhrzeit in Covent Garden gemacht? Sie hat mir nicht gesagt, daß sie ausgehen wollte.«

»Sie war einkaufen.«

»War sie allein? Wo war Vincent, als das passiert ist?«

»Auch im Wagen.«

»Und er hat sich nicht gewehrt?«

Ich schüttelte den Kopf.

»Ist er jetzt hier?«

»Ja, unten in der Garage.«

»Sie meinen, er hat es zugelassen, daß man sie einfach entführt, und ist dann in aller Seelenruhe hierher zurückgefahren?«

»Nein, die ganze Zeit über waren zwei Kanonen auf ihn gerichtet.«

»Hat irgend jemand auf der Straße gesehen, was los war, oder versucht einzugreifen?«

»Anscheinend nicht. Auf Londons Straßen kann man sich mittlerweile eine ganze Menge leisten, bevor jemand sich auch nur wundert.«

»Haben Sie das schon jemand anders erzählt?«

»Noch nicht; die Kidnapper haben mir gesagt, daß ich das nicht soll.«

»Sie haben mit ihnen gesprochen?« fragte sie überrascht. »Haben sie angerufen?«

»Noch besser, ich habe sie gesehen.«

»Was? Meinen Sie das ernst?«

»Das habe ich doch schon gesagt. Ich bin todernst.«

»Wann haben Sie sie gesehen?«

»Sie sind gerade gegangen.«

»Sie waren hier?«

»Ja, unten in der Garage. Sie haben sich von Vincent in

der Limo mitnehmen lassen, mit vorgehaltenen Kanonen.«

»Ich kann das nicht glauben. Sie meinen, Sie haben mit ihnen geredet und nichts unternommen? Haben Sie ihnen vielleicht auch noch etwas zu trinken angeboten? Das ganze Haus ist voller Polizisten, und zwei Männer mit Pistolen fahren in mein Haus, als hätte ich sie eingeladen! Wo ist Vincent? Ich werde diesen unfähigen Idioten rausschmeißen.«

»Regen Sie sich ab«, sagte ich. »Wenn Sie jetzt ausflippen, hilft das niemandem, und Vincent zu feuern auch nicht. Und das Haus ist absolut nicht voller Polizei. Ich glaube nicht, daß heute morgen auch nur noch ein einziger Bulle hier ist. Selbst die Reporter sind inzwischen verschwunden.«

»Ich bin ganz und gar nicht am Ausflippen, wie Sie das so schön genannt haben«, sagte sie von oben herab. »Und übrigens, wo waren Sie eigentlich, als Catherine entführt wurde? Korrigieren Sie mich, wenn ich mich irre, aber sind Sie nicht als ihr Leibwächter engagiert worden?«

Ich hatte gehofft, daß sie nicht danach fragen würde. Wenn ich nicht die halbe Nacht wach gewesen wäre und die wichtigste Spielregel gebrochen und mit der Klientin gevögelt hätte, wäre ich vielleicht bei ihr gewesen, als sie geschnappt wurde. Ich ging in die Offensive.

»Da haben Sie unrecht«, sagte ich. »Ich soll alle möglichen kleinen Jobs machen und aus allen möglichen Gründen. Zufällig sollte ich nebenbei auch noch Leibwächter sein. Ich habe Ihnen schon gestern gesagt, daß ich zur Polizei gehen möchte, aber das wollten Sie beide ja nicht.« Ich sagte ihr nicht, daß ich es trotzdem getan hatte. Ich mußte mich schon wieder ärgern, und zwar über alle, die mit dieser ganzen Eskapade zu tun hatten. »Catherine ist früh einkaufen gegangen. Sie hat mich nicht geweckt, sonst wäre ich mitgekommen. Aber ich kann ja nicht überall gleichzeitig sein.«

»Also, was wollen diese Schweine?«

»Eine Million. Die ursprüngliche Summe.«

»Wann wollen sie die? Soviel Geld hab' ich hier schließlich nicht rumliegen.«

»Bald. Sie werden sich bei mir melden.«

»Warum bei Ihnen?«

Ich zuckte mit den Achseln. »Warum nicht.« Aber ich stellte mir selbst die gleiche Frage.

»Also, was soll ich tun?«

»Wegen des Geldes im Augenblick gar nichts. Lassen Sie mich zur Polizei gehen. Diese ganze Sache ist zu groß für uns.«

»Nein.«

»Sie sind verrückt.«

»Warum?«

»Weil es keine gute Idee ist, Kidnapper auszuzahlen. Catherine kann bereits tot sein.«

»Glauben Sie?«

»Ich weiß es nicht, aber das Lösegeld-Zahlen garantiert für gar nichts.«

»Also, was soll ich machen?«

»Hab' ich doch schon gesagt. Sie machen nichts, ich gehe zur Polizei.«

»Nein. Ich zahle. Ich besorge das Geld.«

Ich seufzte. »Woher?«

»Aus dem Verlag. Wir werden Gelder freimachen.«

»Wenn ich Sie richtig verstanden habe, sind Sie gar nicht befugt dazu.«

»Ich kann die Erlaubnis kriegen.«

»Von wem?«

»Vom Board. David ist der Vorsitzende.«

»Wenn Sie wirklich zahlen wollen, können Sie sich leider nicht an das Board wenden.«

»Warum nicht?«

»Weil eine Sache wie diese absolut geheimgehalten werden muß. Außerdem würde David vielleicht sowieso nicht zustimmen.«

»Sie ist seine Schwester, um Gottes willen.«

»Halbschwester«, erinnerte ich sie. »Eine Halbschwester, die er nur ungern angenommen hat und die sich jetzt als ausgesprochen aufwendig im Unterhalt erweist. Es könnte angenehmer für Sie alle sein, wenn sie tot wäre. Zumindest würde das die Sache mit dem Testament wesentlich vereinfachen.«

»Sagen Sie so was nicht.«

»Aber es stimmt. Und soweit ich das überblicken kann, ist die Beziehung zwischen Ihnen und ihm auch ein wenig angespannt.«

»Aber nicht so angespannt. Ich werde jetzt mit ihm sprechen. Ist er hier?«

»Ich weiß nicht. Wie gesagt, ich habe heute morgen noch niemanden gesehen.«

»Außer zwei Gangstern.«

»Außer zwei Gangstern«, stimmte ich zu.

»Dann gehen Sie jetzt bitte, ja?« sagte sie. »Ich muß nachdenken.«

Ich konnte verstehen, daß sie sauer war, also ging ich.

22

Ich saß in meiner Suite wie ein unartiger Junge, den man früh zu Bett geschickt hatte. Das gefiel mir nicht besonders gut. Ich schmollte und rauchte eine Zigarette und trank ein Bier aus dem Kühlschrank. Eine Stunde später klingelte das hausinterne Telefon. David Pike. Offensichtlich hatte sie ihn aufgetrieben, wo auch immer er gewesen war, und ihn nach Hause beordert. Er klang ausgesprochen verärgert. »Kommen Sie bitte ins Frühstückszimmer?« fragte er.

»Natürlich«, sagte ich und legte auf. Ich zog mir ein Jackett an und ging hinunter. David und Elizabeth warteten auf mich. Die Luft im Zimmer war so dick, daß man beinahe einen Flammenwerfer brauchte, um hineinzukommen. Elizabeth war fix und fertig mit den Nerven. David wirkte so gepflegt wie immer. Er stand vor dem Fenster, komplett aufgebrezelt in einem zweireihigen aschgrauen Anzug, der ihm so gut paßte, daß ich einen Gott als Schneider vermutete. So wie er mich ansah, war er über mich ungefähr so begeistert wie über zerbrochenes Glas im Babybrei.

»Was soll dieser ganze Quatsch, den ich mir hier anhören muß?« fuhr er mich an, kaum daß ich die Tür hinter mir geschlossen hatte.

»Ich weiß nicht«, entgegnete ich. »Welchen Quatsch genau meinen Sie?«

»Das wissen Sie sehr genau«, sagte er. »Meine Schwester, wo ist sie?«

»Darüber weiß ich genauso viel wie Sie. Sie ist nicht hier, oder?« Er fing an, mir mächtig auf die Nerven zu gehen, und ich tat ihm nicht den Gefallen, zu kooperieren.

»Hört auf, beide«, unterbrach Elizabeth mit einer Stimme, die nur eine Haaresbreite vom Durchdrehen entfernt war. »Es geht hier immerhin um Catherine. Sie ist entführt worden, und alles, was euch interessiert, sind eure kleinlichen Hahnenkämpfe.« Sie hatte einen besseren Überblick, als ich gedacht hatte, und sie hatte einfach recht.

»Okay«, sagte ich und berichtete David, was Vincent mir gesagt hatte, und dann die Forderungen der Kidnapper. Er sah mich die ganze Zeit an, dann ging er zum Telefon und bestellte Vincent her. Der Chauffeur kam hoch und sah aus, als ob er einen Zehner verbaselt hätte und auf der Suche danach auf etwas ganz Ekliges gestoßen wäre. Auch er erzählte seine Story. Während er redete, rauchte ich eine Zigarette und sah den Rauch in den Zimmerecken rumhängen wie die Geister guter Vorsätze.

Als Vincent fertig war, entließ David ihn mit einer flüchtigen Handbewegung und wandte sich an Elizabeth und mich. »Wer sind diese Leute?« fragte er.

Elizabeth sah mich an, dann zu Boden, und schließlich schaute sie David direkt ins Gesicht. »Catherine kennt sie.«

»Sie kennt sie?«

»Aus Australien.«

»Großer Gott«, sagte er. »Und warum haben sie sie entführt?«

»Geld. Darum geht es bei uns doch immer, Geld.«

Er erhob keine Einwände. »Sie hat sie hergebracht.«

»Sie sind ihr gefolgt.«

»Warum?«

»Sie sagen, sie schuldet ihnen Geld.«

»Warum?«

»Erpressung.«

»Weswegen?«

»Das kann ich dir nicht sagen.«

»Dann kann ich auch nicht zahlen.«

»Sagen Sie's ihm«, sagte ich.

Also sagte sie es ihm. Noch mal die ganze Geschichte, und ich rauchte währenddessen noch eine Zigarette.

Am Ende der Story schlug David mit der geballten Faust in die offene Handfläche, und Elizabeth zuckte zusammen und ich auch ein wenig.

»Ich gehe zur Polizei«, sagte er.

»Nein«, sagte Elizabeth. »Besorg das Geld und bezahl.«

»Meinst du das ernst? Ich komm' an soviel Geld gar nicht ran.«

»Du mußt es schaffen. Sie ist deine Schwester.«

Einen Augenblick dachte ich, er würde sich weigern. Sie starrten einander an, bis ich das Gefühl hatte, die Luft würde allein durch die Intensität ihrer Blicke knistern. Schließlich schaute David weg. »Und wenn ich es schaffe?«

»Dann wartet Mr. Sharman darauf, daß diese Männer sich bei ihm melden, und er bringt ihnen das Geld und uns Catherine zurück.«

»Du meinst, du willst ihn hier mit einem Koffer rausmarschieren lassen, in dem eine Million Pfund Bargeld liegt? Der Mann ist doch selber ein Gangster.« Er sah mich nicht an, während er das sagte.

Ich sagte nichts.

»Dann ist er doch perfekt«, sagte Elizabeth. »Zumindest hat er eine Chance, sie zurückzubekommen.«

»Ich kann das alles nicht glauben, Elizabeth«, fuhr er fort, als hätte sie nichts gesagt. »Seit Catherine bei uns aufgetaucht ist, hat es nichts als Ärger gegeben.«

Jetzt war Elizabeth damit dran, seine Bemerkung zu ignorieren. »Mr. Sharman übergibt das Geld«, sagte sie.

»Und wir benachrichtigen nicht die Polizei?« fragte David.

»So wollen es die Kidnapper.«

»Das kann ich mir vorstellen.« Er war kurz vor dem Ersticken.

»Wenn Sie das beruhigt«, sagte ich, »ich habe Miss Pike geraten, nicht zu zahlen, aber sie wollte nicht auf mich hören.«

»Das möchte ich wetten«, sagte David. »Woher sollen wir wissen, daß Sie nichts damit zu tun haben? Warum melden die Entführer sich immer nur durch Sie?«

»Ich bin kein Dieb, Mr. Pike, und kein Kidnapper. Das ist nicht mein Ding«, sagte ich. »Und ich weise die Implikationen Ihrer Bemerkung zurück.« Verdammt, ich klang schon wie ein Anwalt. »Ich weiß nicht, warum sie sich immer nur bei mir melden.« Obwohl in mir der eigenartige Gedanke aufkeimte, daß sie es taten, weil sie das Gefühl hatten, daß ich genauso vergurkt war, wie David Pike es annahm. Sie glaubten, daß ich mich schlecht mit den Bullen verstand und mich ihnen nicht anvertrauen würde. »Ich wäre nur zu froh, Ihnen die ganze Sache zu überlassen. Ich glaube nicht, daß Sie zahlen sollten, denn wenn Sie das einmal getan haben, werden Sie es möglicherweise wieder und wieder tun müssen. Ich glaube, Sie sollten mit dem, was Sie haben, zur Polizei gehen und denen die Arbeit überlassen. Denen stehen alle Mittel zur Verfügung, um mit einer Entführung umzugehen!«

»Nein«, unterbrach Elizabeth. »Die Polizei wird Scheiße bauen und Catherine vielleicht sterben.«

»Sie könnte sowieso sterben«, sagte ich.

David ging wieder zum Telefon. Er tippte eine Nummer und wartete, bis die Verbindung stand. »David Pike«, sagte er in den Hörer. »Ich brauche heute abend bei Geschäftsschluß eine Million Pfund. In gebrauchten Fünfzigern, keine aufeinanderfolgenden Nummern. Das Geld soll in einen Koffer gepackt werden, und ich möchte, daß es unter Bewachung hierher gebracht wird. Ich möchte, daß der Wachmann bleibt, bis ich andere Anweisungen gebe.« Er schwieg, hörte zu. »Ich weiß nicht, wie lange. Der Wachschutz soll die Männer in Schichten arbeiten lassen.« Er schwieg wieder. »Nerven Sie mich nicht mit Kleinigkeiten«, bellte er. »Machen Sie's einfach.« Dann knallte er den Hörer so wütend auf, daß ich halb erwartete, daß das Plastik zerbrach. Er sah Elizabeth an. »Ich hoffe, du bist zufrieden«, sagte er und marschierte aus dem Zimmer hinaus.

23

Ich sah Elizabeth an, und sie sah mich an. »Das Geschäft läuft«, sagte ich.

»Noch ist das Geld nicht hier.«

»Es kommt. Und jetzt gehe ich hoch. Ich muß nachdenken. Wir sehen uns später.«

Ich verließ das Frühstückszimmer und fuhr mit dem Fahrstuhl nach oben. Im Haus war es still, abgesehen von dem konstanten Summen des Verkehrs draußen. Ich schloß meine Tür hinter mir ab, zündete mir eine Zigarette an und setzte mich neben das Telefon. Ich rief Endesleigh an. Er saß an seinem Schreibtisch. »Wollen Sie einen mit mir trinken?« fragte ich.

»Ich hab' zu tun.«

»Sie werden noch mehr zu tun kriegen.«

»Warum?«

»Jetzt geht's richtig los.«

»Wann?«

»Bald, vielleicht heute abend.«

»Wo?«

»Hier, wo sonst?«

Er zögerte. »In einer Stunde? Ich kann jetzt nicht. Wie wär's mit Mittagessen?«

»Eine Stunde ist in Ordnung. Wo?«

»Man kriegt ein ordentliches Steak mit Nierenpudding in *The Sun* in der Dover Street.«

»Bei diesem Wetter?«

»Bei jedem Wetter.«

»Dann bleib' ich bei Meeresfrüchtesalat«, sagte ich.

»Meeresfrüchte sind was für Schwuchteln.«

»Das hab' ich auch schon gehört. Wann?«

»Halb eins. Dann kriegen wir noch einen Platz.«

»Wir sehen uns«, sagte ich und legte auf.

Er wartete in der Kellerbar neben dem Restaurant auf mich. Die Reporter hatten tatsächlich die Curzon Street verlassen. Hätten sie gewußt, was ich wußte, wären sie flächendeckend zurückgekehrt.

Endesleigh bestellte mir ein Bier. Ich nahm eins vom Faß, weil ich wußte, daß das wenigstens kalt war. »Ich hab' einen Tisch«, sagte er und führte mich hinüber ins Restaurant. Wir nahmen in einer stillen Ecke Platz. Ich las die Karte. »Großer Gott, was tue ich hier?«

»Was ist los?«

»Catherine Pike ist entführt worden, und ich schwanke zwischen Krabben und Scampi.«

Endesleigh sah mich scharf an. »Wie bitte?«

»Catherine Pike ist heute morgen aus ihrem großen Rolls-Royce entführt worden. Die Kidnapper wollen eine Million. Sie haben mich als ihren Verbindungsmann auserwählt.«

»Wenn Sie mich veralbern wollen ...«

»Kein Witz«, sagte ich.

»Wann ist das passiert?«

»Neun, ungefähr.«

»Wer hat sie entführt?«

»Die Australier, die mich vorgestern nacht besucht haben.«

»Wunderbar«, sagte er. Einen Augenblick später fragte er: »Haben Sie noch etwas über diese mysteriösen Australier herausfinden können? Zum Beispiel die anderen beiden Namen?«

»Nein«, sagte ich. »Und Sie?«

»Nichts. Wie Sie vermutet hatten, haben sie keine Spur hinterlassen.« Er nippte an seinem Drink. »Warum hat uns niemand über Catherine Pikes Entführung informiert?«

»Ich dachte, das hätte ich gerade getan.«

»Offiziell, nicht bei einem gottverdammten Mittagessen, Sharman.«

»Offiziell werden Sie das nicht erfahren. Elizabeth Pike kümmert sich darum. Das Geld wird gerade zusammengesammelt.«

»Ich dachte, so viel Geld hätten sie nicht.«

»Hat sie auch nicht. David Pike hat es organisiert. Er zahlt.«

»Auf keinen Fall.«

»So wollen sie es aber.«

»So will ich es aber nicht.«

»Und ich arbeite für sie. Wenn die wüßten, daß ich mit Ihnen rede, würde ich auf der Stelle gefeuert. Dann hätten Sie niemanden mehr im Haus. Also regen Sie sich ab und hören Sie zu. Wenn wir die Sache richtig angehen, können wir beide kriegen, was wir wollen.«

»Und das wäre?«

»Ich will Catherine Pike heil und gesund zurück. Sie kriegen die Kidnapper und die Leute, die neulich nacht Leee ermordet haben.«

»Reden Sie weiter.«

»Mach' ich, lassen Sie mir Zeit. Aber erst möchte ich sicher sein, daß Sie nicht heute nachmittag mit gezogenen Waffen das Haus stürmen. Jemand vom Haus gibt nämlich alle Neuigkeiten an sie weiter.«

»Wer?«

»Ich bin nicht sicher.«

»Wunderbar. Wann findet der Austausch statt?«

Ich zuckte mit den Achseln. »Weiß ich noch nicht. Sie rufen mich heute abend an und wollen wissen, ob das Geld da ist. Dann sagen sie's mir.«

»Ich könnte die Leitung abhören lassen.«

»Und dann geht alles daneben, und Catherine sitzt noch tiefer in der Scheiße als jetzt schon. Außerdem benutzen sie wahrscheinlich sowieso ein Handy. Diese Jungs sind nicht gerade Anfänger.«

»Verdammt«, sagte er. »Die Sache kann mich meinen Job kosten, und das wissen Sie auch. Aber wenn's schiefgeht, liegen *Sie* immer noch weich gebettet auf Rosen ....«

Bei Rosen mußte ich immer an schlimme Dinge denken, aber das sagte ich nicht. »Wohl kaum«, sagte ich. »Damit würde ich nicht so einfach fertig werden.«

»Mir blutet das Herz«, sagte er sarkastisch.

»Aber ich bin sicher, wenn Sie in dieses Haus hereinschneien, wird Catherine Pike sterben«, sagte ich. Mein Blut wurde kälter als das Eis, auf dem die Meeresfrüchte sich zusammenkuschelten und darauf warteten, wie die kleinen Leichen, die sie ja auch waren, auf einen Salat gestreut zu werden. »Es liegt an Ihnen, Inspector«, sagte ich. »Catherines Leben liegt in Ihren Händen.«

»Also, was schlagen Sie vor?«

»Ich schlage vor, daß wir warten, bis sie sich wieder melden. Niemand weiß, daß ich mit Ihnen zusammenarbeite. Im Gegenteil. Ich vereinbare ein Treffen mit den Australiern, und Sie legen sich mit Ihren blauen Freunden auf die Lauer. Wenn ich auftauche, sacken wir die Jungs ein für alle Mal ein.«

»Ich hoffe, daß Sie recht haben«, sagte er.

»Nicht so sehr wie ich.«

Wir bestellten unser Essen, obwohl ich nicht hungrig war, und wir besprachen das Ganze noch ein paarmal, und schließlich entschied sich Endesleigh wider sein besseres Wissen, mitzuspielen. Er stellte nur eine Bedingung. Wenn die Kidnapper anriefen, mußte ich mit Catherine sprechen, bevor ich irgend etwas vereinbarte. Wenn sie nicht bei ihnen war, mußten sie sich noch einmal melden. Darauf bestand Endesleigh. Wenn ich irgendwelche Zweifel daran hatte, daß sie am Leben war, würde er die Curzon Street stürmen, ob mir das nun gefiel oder nicht.

Ich verließ den Pub gegen drei. Ich war nüchtern, brauchte aber unbedingt einen Drink, und mein Magen zuckte, als wären die Krabben, die ich gerade gegessen hatte, wieder auferstanden und tanzten Ringelreihen.

24

Ich ging direkt zurück ins Haus. Miranda ließ mich ein und schien sich zu freuen, mich zu sehen. Ich freute mich auch, sie zu sehen. »Ist Miss Elizabeth da?« fragte ich.

»In ihrem Zimmer, mit Mr. David«, entgegnete sie.

Ich fuhr wieder mit dem Fahrstuhl, ging durch den Flur und klopfte an Elizabeths Tür. Sie öffnete. Sie war ganz in Blau gekleidet. »Kann ich reinkommen?« fragte ich.

»Natürlich.« Sie trat zurück ins Zimmer, ich kam hinter ihr her und schloß die Tür. David kreiste im Zimmer umher wie ein werdender Vater auf Schlankheitspillen. »Wo waren Sie?« fragte Elizabeth.

»Hier und da.«

»Was wäre passiert, wenn diese Männer angerufen hätten?«

»Sie rufen heute abend an. Das habe ich Ihnen schon gesagt. Haben Sie das Geld mit?«

»Nicht bei Geschäftsschluß. Aber das meiste wird heute abend hier sein. Mehr krieg' ich nicht hin«, sagte David.

»Was soll das heißen, das meiste?«

»Können Sie sich vorstellen, wie schwierig es ist, so viel Bargeld in so kurzer Zeit zusammenzubekommen?«

»Nein«, entgegnete ich. Ich fand es oft schwierig genug, das Bargeld für eine Runde Drinks in meiner Kneipe zusammenzukriegen, aber das würde ich ihm nicht verraten.

»Es ist verdammt schwierig«, fuhr er fort. »Ich mußte mir das meiste davon zu einem ausgesprochen hohen Zinssatz leihen, bis ich selber etwas flüssigmachen kann.«

»Es geht um die Familie«, sagte ich.

»Scheiß auf die Familie. Als wäre es nicht unangenehm genug, daß Vater jetzt gestorben ist.«

»Muß wirklich schrecklich sein. Wieviel fehlt?«

»Im Augenblick ungefähr zweihundert Riesen. Die kommen über Nacht von einer ausländischen Zweigstelle. Sie sollten spätestens morgen früh um sechs hier sein. Wenn sich das rumspricht, werden unsere Aktien fallen. Gott allein weiß, was die Leute denken werden.«

Je, je, dachte ich. Wenn es nicht das eine war, dann war es eben etwas anderes, das seine gottverdammten Aktien in Bedrängnis brachte. »Das ist zweifellos ein ernüchternder Gedanke.«

»Halten Sie die Klappe, um Gottes willen, Sharman, das ist nicht hilfreich.«

»Es könnte mir auch egal sein«, sagte ich. »Also sage ich diesen Scherzkeksen am Telefon, daß ich morgen früh nach sechs alles liefern kann.«

Er nickte.

»In Ordnung«, sagte ich. »Ich geh' jetzt auf mein Zimmer und warte auf den Anruf. Ich melde mich später bei Ihnen.«

Zurück auf meinem Zimmer streifte ich die Schuhe ab, setzte mich und wartete, daß das Telefon klingelte. Ich mußte lange warten. Es gab nur eine Unterbrechung. David kam gegen sieben und sagte mir, daß der Großteil des

Geldes gekommen und unter bewaffneter Bewachung im Tresor im Arbeitszimmer verstaut worden war.

Kurz nach neun hatte ich gerade Abendbrot bestellt, als der Anruf kam. »Sharman«, sagte die bekannte Stimme des rothaarigen Australiers. »Haben Sie das Geld?«

»Nicht alles.«

»Wenn Sie uns verarschen ...«

»Mit der Ruhe«, unterbrach ich. »Achthunderttausend sind heute abend angekommen. Der Rest kommt morgen früh.«

»Wann?«

»Vor sechs.«

»Das möchte ich für Sie hoffen. Ich rufe morgen um sechs an. Dann gebe ich Ihnen Ihre Anweisungen.«

»Ich muß mit Catherine reden.«

»Nein.«

»Dann gibt's auch kein Geld. Sie kriegen kein Geld, bevor ich nicht weiß, daß sie okay ist. Ich möchte jetzt mit ihr reden, und wenn Sie morgen früh anrufen, auch.«

Ich hörte die Stille am Telefon wachsen. »Okay«, sagte er schließlich. »Aber nur kurz.«

Es entstand wieder ein längeres Schweigen, durchbrochen nur durch einige gedämpfte Geräusche wie sich öffnende Türen und Schritte. Dann hörte ich Catherines Stimme, zitternd und etwas angeknackst, aber unzweifelhaft ihre.

»Nick, helfen Sie mir«, sagte sie.

»Mach' ich«, sagte ich. »Wie geht's?«

»Ganz gut. Mein Mund ist trocken, sie haben mich gekn ...« Dann war sie weg.

»Zufrieden?« fragte der Rotschopf.

»Du Arschloch«, sagte ich, und das Telefon in meiner Hand war tot.

Ich machte mich auf die Suche nach Elizabeth und reichte die Neuigkeiten an sie weiter. »Gott sei Dank«, sagte sie bloß.

Ich kehrte zurück auf mein Zimmer und rief Endesleigh

im Büro an. »Es geht los«, sagte ich ihm. »Morgen früh um sechs ist das Geld hier. Die Australier rufen mich dann an und geben mir Anweisungen.«

»Catherine Pike?« fragte er.

»Ich habe mit ihr gesprochen.«

»Und?«

»Sie lebt. Sie klingt gar nicht schlecht, unter den Umständen. Sie hat einen Schock und Angst, und sie haben sie geknebelt, also nehme ich an, daß sie auch gefesselt ist. Ich hoffe nur, daß sie die Nacht durchsteht.«

»Ich auch. Ich kümmere mich um meinen Teil der Sache. Ich schlafe auf der Wache. Rufen Sie mich sofort an, wenn die sich gemeldet haben. Und wie auch immer die Anweisungen sind, ob Sie sich in hundert Meilen Entfernung treffen oder am Shepherd's Market, ich brauche Zeit, um meine Männer in Position zu bringen. Sie müssen die Sache irgendwie verzögern, ohne allzu offen damit rauszurücken. Ich geh' mal davon aus, die werden Sie ein bißchen hin- und hertanzen lassen. Kommt drauf an, wie paranoid sie sind und wieviel Fernsehen sie gucken. Vielleicht sagen sie Ihnen beim ersten Anruf noch nicht mal alles. Möglicherweise schicken sie Sie in eine Telefonzelle. Ich glaube aber nicht, daß sie in Ihre Nähe kommen, das ist zu riskant. Sie müssen damit rechnen, daß Sie sich Hilfe geholt haben, aber es sind genug Männer, daß die Sie den ganzen Vormittag durch die Gegend jagen und dabei im Auge behalten können, bis sie sicher sind, daß Sie alleine sind. Und egal was passiert, wenn es irgendwie möglich ist, möchte ich meine Leute vor Ihnen da haben, nicht nach Ihnen. Ich habe hier ein paar Wagenladungen Leute aufgetrieben. Sie sagen, das Geld ist um sechs da. Meine Männer sind um vier bereit. Und hören Sie, Sharman, keinen Abwurf. Sie müssen sie sehen und müssen das Geld direkt gegen Catherine tauschen, sonst gibt's keinen Deal, verstanden?«

»Alles klar«, sagte ich.

»Und sprechen Sie morgen früh noch mal mit ihr.«

»Das habe ich ihnen schon gesagt.«

»Sie wissen, daß mir das gar nicht gefällt, ja?«

»Ich weiß, aber es wird klappen.«

»Hoffentlich«, sagte er und legte auf. Ich löste meine überkreuzten Finger voneinander und legte ebenfalls auf.

25

Ich war zu aufgeregt, um zu schlafen. Ich zog meine Schuhe wieder an und lief im Wohnzimmer umher, dann probierte ich die Zwischentür zu Catherines Appartement. Sie war immer noch offen. Ich ging hindurch, stand in ihrem leeren Wohnzimmer und zündete mir eine Zigarette an. Ich öffnete die oberste Schublade des kleinen Schreibtischs neben dem französischen Fenster und wühlte darin herum. Ich fand ihren Paß, einen australischen, auf den Namen Catherine Bennett. Ich blätterte auf die Seite, die ihr Foto trug, und starrte lange Zeit Augen an, die blicklos zurückstarrten. Ich hoffte, daß ich sie nicht hängenlassen würde, wenn der Morgen kam. Ich legte den Paß zurück und schloß die Schublade.

Ich verließ das Zimmer durch die Tür zum Korridor und ging hinunter zu Elizabeths Räumen. Ich klopfte einmal, und sie öffnete die Tür, als hätte sie auf mich gewartet.

»Tut mir leid, daß ich Sie wieder störe. Ich werde ein bißchen nervös allein da oben«, sagte ich.

»Sie stören nicht. Ich bin selber ein bißchen nervös.«

Wir lächelten beide, aber nur angestrengt. »Was zu trinken?« fragte sie.

»Einen kleinen.«

Sie ging rüber zum Sideboard und goß mir einen Brandy ein. Ich nippte daran. »Kann ich die Papiere einmal sehen, die Catherine aus Australien mitgebracht hat?«

»Warum?«

»Warum nicht?«

Sie zuckte mit den Achseln. »Na gut. Sie sind in Daddys Arbeitszimmer. Bei dem Geld im Tresor.«

Sie führte mich ein Stockwerk die Treppe hinunter und durch den Flur, und dann blieb sie vor einer großen Eichentür mit einer Messingklinke stehen. »Ich war nicht hier drin, seit er gestorben ist«, sagte sie.

»Tut mir leid, wenn es Sie aufregt.«

»Keine Sorge, an Aufregung hab' ich mich mittlerweile gewöhnt.« Sie öffnete die Tür.

Es war ein großes Zimmer, genauso groß wie das Eßzimmer, das, wie mir jetzt klar wurde, direkt unter uns lag. Das Zimmer war eingerichtet wie ein Herrenclub, als Herrenclubs noch nur für Herren waren und Namen trugen wie »Boodles«, und alte Diener darin mit Whiskyflaschen und Sodasiphons auf silbernen Tabletts herumkrochen. Das Zimmer war ganz dunkelbraun und dunkelrot gehalten. Dunkelbraune Ledersessel, glänzend und bequem. Dunkelbraune Holzverschalung und Bücherregale, deren Oberfläche eine Patina zierte, die nur Alter und viel Politur hervorrufen konnte. Dunkelbrauner Teppich, ebensolche Vorhänge. Es standen jede Menge in dunkelrotes Leder gebundene Bücher auf den Regalen. Ich fragte mich, ob sie meterweise gekauft worden waren. Verblaßte Jagdbilder hingen an den Wänden. Auch die Decke war braun, gefärbt von Nikotin und der Zeit.

Ein angenehmes Zimmer, indirekt beleuchtet durch verborgene Glühbirnen mit geringer Stärke. Ein Zimmer, in dem ein Mann dem Druck der Familie und des Geschäfts entfliehen konnte. Ein Zimmer, in dem er schließlich eine Pistole nehmen und sein Hirn auf der dunkelbraunen Holzverschalung verspritzen konnte. Mir fiel auf, daß ein Stückchen Teppich hinter dem lederbezogenen Schreibtisch, der das Zimmer dominierte, ein wenig heller war als der Rest. Ich nahm an, das war das Resultat der Reinigung, als man menschliche Gewebereste von dem dunkelbraunen Wilton entfernt hatte.

David stand mitten im Zimmer und sprach mit einem kräftigen Mann, den ich noch nie gesehen hatte. Der Fremde trug einen dunkelgrauen Anzug, ein weißes Hemd mit einem sorgfältig geknoteten dunklen Schlips und schwere schwarze Schuhe, die sich beinahe zu einer Uniform zusammenfügten. Unter seinem linken Arm war eine Beule zu erkennen. Wahrscheinlich war das unsere bewaffnete Bewachung.

»Was wollen Sie hier?« herrschte uns David an. »Haben sich die Pläne geändert?«

»Nein, es geht los, sobald der Rest des Geldes da ist«, sagte ich.

»Mr. Sharman möchte gern die Papiere sehen, die Catherine mitgebracht hat«, erklärte Elizabeth.

»Warum?«

»Weil sie da sind«, sagte ich.

Selbst in dem dämmrigen Zimmer konnte ich sehen, wie sein Gesicht rot anlief. Ganz offensichtlich war er nicht daran gewöhnt, daß Angestellte in der Gegenwart anderer Angestellter Widerworte wagten. Das schadete seinem Image als Vorstandsvorsitzendem. »Ich weiß nicht, ob ich das erlauben kann«, sagte er. »Da liegt eine Menge Geld im Tresor.«

»Mit dem ich sowieso in ein paar Stunden das Haus verlasse«, sagte ich. »Das interessiert mich jetzt nicht. Ich möchte die Unterlagen sehen. Ich möchte überhaupt nichts aus diesem Zimmer entfernen. Ich werde wohl kaum versuchen, alle niederzuschlagen und mit dem Geld wegzurennen, wenn ein bewaffneter Mann hier herumsteht. Wenn ich Ihr Geld stehlen möchte, Mr. Pike, dann kann ich das morgen früh viel bequemer erledigen.«

»Da haben Sie wohl recht.« David holte einen Schlüsselring mit zwei großen Schlüsseln aus seiner Hosentasche. Er ging hinüber zu einem der Bücherregale und berührte einen verborgenen Schalter. Ein Teil der Wand, ungefähr so groß wie eine kleine Garagentür, glitt lautlos beiseite. Dahinter befand sich eine Tresortür, die nur wenig kleiner war als das Stück Wand, das sie verborgen hatte. Es war eine altmodische Tresortür, eine filigrane Arbeit mit ausgefeilten Verzierungen, die sie zu einem kleinen Kunstwerk machte, in dem man die Familienjuwelen wegschließen konnte. Die Worte »SAUL AND NEPHEW BIRMINGHAM 1936« waren in erhabenen Goldbuchstaben, fast fünf Zentimeter hoch, in einem stilisierten Schild mitten auf der Tür angebracht. Rote Mohnblumen mit grünen Blättern und Stielen und Lilien waren in Email auf die Ränder der Tür gemalt worden. Auf seine industriegefertigte Art war es irgendwie schön.

Es gab zwei Schlösser an der Tür, und David führte die beiden Schlüssel an seinem Schlüsselring ein, einen nach dem anderen, drehte sie um, drückte den Metallgriff erst nach unten, zog dann daran. Die Tür glitt lautlos auf. Das Innere des Safes war groß genug, daß ein großer Mann hineintreten und problemlos stehen konnte. Metallregale waren rechts und links angebracht. Ein großer, neuer Glasfaserkoffer stand hinten im Tresor. Ich ging davon aus, daß darin das Geld lag, das bisher angekommen war.

David kümmerte sich nicht um den Koffer und holte eine alte Kiste von einem der Regale und eine große Tasche, die daneben lag. Er ließ die Tresortür offen und trug die Kiste und die Tasche hinüber zum Tisch. Er öffnete die Tasche und holte ein dickes Buch mit einem zerknitterten und verblaßten Sixties-Gänseblümchenaufdruck heraus. Früher mußte er bunt geleuchtet haben, aber jetzt war er vom Alter und Anfassen verblichen.

»Das ist alles«, sagte er, ging zurück, machte die Tresortür zu und schloß den Safe ab.

»Ich möchte das gerne durchsehen.«

»Dann lasse ich Sie damit allein.« Er gab dem Wachmann die Schlüssel und sagte: »Sie haben die Aufsicht. Schließen Sie alles weg, wenn Mr. Sharman fertig ist.«

»Ja, Sir.«

»Ich wünsche euch allen eine gute Nacht«, sagte David.

»Gute Nacht«, erwiderte ich.

Elizabeth verabschiedete sich ebenfalls, wollte aber offensichtlich nicht gehen. David zögerte, dann verließ er das Zimmer und knallte die Tür hinter sich zu.

»Haben Sie etwas dagegen, wenn ich bleibe?« fragte mich Elizabeth.

»Nein, aber es könnte eine Weile dauern.«

»Stört mich nicht. Lassen Sie sich Zeit.«

»Hat das jemals jemand gründlich durchgesehen?«

»Ich weiß nicht«, sagte sie. »Ich habe nur mal reingeschaut, vielleicht hat Daddy es getan.«

Ich zeigte auf einen Stuhl, der dem Raum zugewandt dicht hinter dem Schreibtisch stand. »Haben Sie was dagegen?«

»Nein. Daddy hat da gesessen, als er starb.«

Ich betrachtete das Holz hinter dem Schreibtisch und fragte mich, ob die Kugel direkt durch Sir Roberts Kopf gerast war oder ob sie den Bruchteil einer Sekunde in seinem Schädel umhergezischt und schließlich dort steckengeblieben war. Ich vermutete ersteres bei einer so großkalibrigen Waffe wie einer Webley, aber ich fragte nicht. Ich konnte kein Einschußloch in der Wand entdecken, und das ganze Holz schien das gleiche Alter zu haben, aber andererseits konnten sich die Pikes vermutlich einen anständigen Tischler leisten.

Ich saß in Sir Roberts Stuhl und schaltete die Schreibtischlampe vor mir an. Ich zog das Buch mit den Zeitungsausschnitten heran und schlug es auf. Es war etwa halb voll mit Ausschnitten aus diversen Zeitungen. Es gab keine Hinweise darauf, aus welchen Zeitungen sie stammten oder wann sie veröffentlicht worden waren, außer wenn die Ausschnitte selbst diese Informationen beinhalteten. Der früheste Ausschnitt mit Datum war vergilbt und stammte aus *The Australian* vom 8. Januar 1965, es ging darin um die Geburt von Elizabeth Pike in England. Das mußte zu der Zeit gewesen sein, als Catherines Mutter mit dem Buch angefangen hatte. Der letzte Ausriß war ein wenig neuer und stammte aus der *International Herald*

Tribune vom 20. Dezember 1981, und es ging darin um Gerüchte einer Übernahme von Pike durch ein amerikanisches Konglomerat. Ich schätzte, daß etwa vierzig Ausschnitte dazwischen lagen. Vierzig in sechzehn Jahren. Nicht schlecht für jemanden, der Publicity vermied, und alle aus Zeitungen, die nicht in seinem Heimatland erschienen.

Ich konnte das einsame Kind in den sterilen Hotelzimmern vor mir sehen, wie es die Zeitungen durchsah, die es gefunden oder gekauft oder gestohlen hatte, und wie es Artikel über den Fremden ausschnitt, der sein Vater war und den es nie kennengelernt hatte. Ein trauriger Gedanke. Das Traurigste an allem war, daß auf den Seiten zwischen den Ausschnitten einige Bilder waren, ungelenke Kinderbilder. Kleine quadratische Häuser mit rauchenden Schornsteinen und Blumen im Garten. Kleine Autos und Trucks mit der Aufschrift PIKE auf der Seite. Kleine Katzen und Hunde und Frauen mit Kinderwagen. Auf einem Bild waren drei Strichmännchen. Das große trug einen Zylinder und rauchte Pfeife. Die mittlere Figur trug einen Rock und hatte einen Einkaufskorb in der Hand, und die kleinste Figur hielt einen mit roter Tinte ausgemalten Luftballon. Darunter stand in Kinder-Großbuchstaben: DADDY, MUMMY UND ICH. Auf einer anderen Seite stand mit dickem Wachsmalstift: ICH LIBE MEINEN DADDY, ABER ER LIBT MICH NICHT. Ich dachte daran, daß meine eigene Tochter im Haus eines anderen Mannes lebte, und spürte die Tränen hinter meinen Augäpfeln.

Ich klappte das Buch zu und nahm mir die Kiste vor. Ich zögerte einen Augenblick und öffnete dann die Sammlung der Unterlagen aus Catherine Pikes jungen Jahren.

Da war der Bootfahrschein, mit dem ihre Mutter ins Exil geschickt worden war. Catherines Geburtsurkunde, ein Vater war nicht eingetragen. Schulunterlagen und -zeugnisse waren tatsächlich so unvollständig, wie sie gesagt hatte. Ärztliche Unterlagen von Catherine und ihrer Mutter. Die Sterbeurkunde ihrer Mutter, die Unterlagen darüber, wo und wann sie begraben worden war. Ich nahm jedes Stück Papier heraus, eins nach dem anderen, las jedes sorgfältig. Ein Zettel, der gefaltet und ganz nach unten in eine Sammlung ärztlicher Unterlagen geraten war, ließ mich innehalten und nachdenken. Ich strich das Blatt sorgfältig glatt und legte es beiseite. Ich brauchte über anderthalb Stunden, um die Kiste zu leeren, und ich hatte ganz vergessen, daß Elizabeth und der Wachmann noch im Zimmer waren. Als ich den Stapel Zettel hochhob und wieder zurücklegte, sagte sie: »Sie waren sehr gründlich.«

»Tut mir leid«, sagte ich und sah auf meine Uhr. »Ich habe die Zeit ganz vergessen.«

»Sie müssen ein guter Polizist gewesen sein.«

»Eigentlich nicht.«

»Ich bin mir sicher.«

»Vielen Dank.«

»Sind Sie jetzt klüger?« fragte sie.

Ich lächelte. »Vielleicht.« Ich nahm den Zettel auf, den ich beiseite gelegt hatte. »Haben Sie etwas dagegen, wenn ich das behalte?«

»Was ist das?«

»Vielleicht gar nichts.«

Sie zuckte mit den Achseln. »Natürlich können Sie es behalten.«

»Danke«, sagte ich, faltete den Zettel wieder und steckte ihn in meine Hemdtasche. Ich stand auf, schob das Buch mit den Zeitungsausschnitten zurück in die Tasche und wandte mich an den Wachmann, der stocksteif auf einem Lederstuhl vor der Tür saß. »Sie können die Sachen jetzt wieder weglegen«, sagte ich. »Ich bin durch damit.«

»Ja, Sir.« Er schloß die Unterlagen wieder ein und schob das Bücherregal vor die Tresortür zurück.

»Es ist sehr spät«, sagte ich zu Elizabeth. »Ich denke, ich werde versuchen, ein oder zwei Stunden zu schlafen, bevor es dämmert.«

»Ich werde es auch versuchen, aber ich glaube nicht, daß ich einschlafen kann.«

»Versuchen Sie's trotzdem«, sagte ich. »Ich begleite Sie zu Ihrer Tür.«

Sie lächelte und nahm meinen Arm. Wir wünschten dem Wachmann eine gute Nacht und verließen das Arbeitszimmer und die schlimmen Erinnerungen, die an ihm hafteten. Ich begleitete sie nach oben zu ihrer Tür, dann verabschiedete ich mich und ging weiter zu meinem eigenen Appartement. Ich zog mich aus, legte mich aufs Bett und versuchte zu schlafen. Aber meine Gedanken wanderten immer wieder zurück zu dem einsamen Kind in einer endlosen Abfolge von Hotels in Australien, zu dem elenden Leben, das es geführt haben mußte, und ich konnte fühlen, wie langsam eine furchtbare Wut in mir hochzukochen begann.

26

Um fünfundzwanzig Minuten nach fünf am nächsten Morgen lag ich auf meinem Bett und beobachtete, wie das Licht durch einen Spalt zwischen den Vorhängen in mein Schlafzimmer sickerte. Während ich beobachtete, wie seine Farbe von blau über perlmutt zu weiß changierte und wie sich das kleine Rechteck, daß sich auf der Wand bildete, durchs Zimmer schob, klingelte das hausinterne Telefon. Ich nahm den Hörer ab und klemmte ihn mir unters Kinn. »Yeah?« sagte ich.

»Das restliche Geld ist hier«, sagte mir David Pike ins Ohr.

»Gut«, sagte ich und legte den Hörer auf.

Ich rollte mich aus dem Bett und ging ins Bad. Ich pinkelte, putzte mir die Zähne, wischte mir mit der nassen Hand durchs Gesicht und ging zurück ins Schlafzimmer. Ich band meine Uhr um. Dreiunddreißig Minuten nach fünf. Ich zog ein Hemd an, eine Jeans, stopfte meine Füße in weiche Lederslipper. Ich nahm den Zettel an mich, den ich in der vergangenen Nacht aus Catherines Unterlagen geborgen hatte, und ließ ihn in meine Hemdtasche fallen. Ich war bereit.

Ich zündete mir eine Zigarette an und holte eine Flasche Mineralwasser aus dem Kühlschrank, hebelte den Kronkorken ab und trank die Hälfte des Inhalts in einem Schluck. Ich lehnte mich gegen den Rahmen des französischen Fensters und wartete, daß die Australier anriefen.

Das Telefon klingelte um Punkt sechs. Ich nahm den Hörer ab. »Sharman?« fragte eine Stimme. Ich erkannte den Akzent des rothaarigen Mannes.

»Yeah.«

»Sie wissen, wer hier ist.«

»Yeah.«

»Haben Sie das Geld?«

»Ist hier.«

»Gut.«

»Wo treffen wir uns?« fragte ich.

»Hammersmith. Da gibt's 'ne Baustelle gleich neben der Überführung. Shakespeare Grove. Es ist Samstag, da ist kein Mensch. Wir haben nachgesehen.« Er beschrieb mir den Weg. »Nehmen Sie den großen Rolls. Das ist der einzige Wagen, den wir sehen wollen.«

»Alles klar«, sagte ich. »Holen Sie Catherine ans Telefon.«

»Sie verschwenden Zeit.«

»Ich möchte ihre Stimme hören«, beharrte ich. »Und sorgen Sie dafür, daß sie da ist, wenn ich das Geld bringe. Wir machen ein echtes Tauschgeschäft. Darüber gibt es keine Verhandlungen mehr.«

»Sie sind nicht gerade in der Lage, jetzt noch zu feilschen.«

»Wollen wir wetten?« fragte ich. »Und jetzt holen Sie sie ans Telefon.«

Der Hörer auf seiner Seite knallte gegen irgend etwas Hartes, und ich hörte einen gedämpften Schrei. Eine Frauenstimme.

»Catherine?«

»Bitte«, sagte sie bloß, dann wurde ihr der Hörer wieder weggenommen.

»Jetzt holen Sie das Geld und los«, sagte der Rotschopf.

»Okay, bin schon unterwegs«, sagte ich und legte auf.

Ich holte Endesleighs Karte aus meiner Nachttischschublade und nahm den Hörer wieder ab. Ich hatte sogar schon die ersten beiden Ziffern seiner Büronummer gewählt, bevor ich den Hörer vorsichtig wieder zurücklegte. Ich war noch nie ein guter Teamspieler. Ich verließ das Zimmer, wahrscheinlich zum letzten Mal, und ging die zwei Treppen hinunter in den ersten Stock. Ich zögerte auf dem Absatz von Elizabeths Flur, ging aber nicht zu ihr hinüber. Wenn wir einander etwas zu sagen hatten, konnten wir das später tun, wenn ich dann noch da war. Wenn nicht, dann war alles, was wir jetzt sagten, Zeitverschwendung. Also ging ich weiter.

Ich klopfte um genau sieben Minuten nach sechs an die Tür des Arbeitszimmers.

David Pike öffnete. Er trug eine Levi's-Jacke aus Wildleder und Blue Jeans. Manchen Leuten stand das ganz gut, ihm nicht. Der Wachmann stand vor dem offenen Tresor, den großen Glasfaserkoffer neben sich.

»Sie haben angerufen«, sagte ich, »und mir gesagt, wo ich hin soll. Ist das das Geld?« Ich nickte in Richtung des Koffers.

»Ja«, entgegnete David.

»Alles da?«

»Natürlich.«

»Sieht nicht nach viel aus.« So wie David mich anguckte, schien ihn das zu beleidigen. Ich wechselte das Thema. »Was haben Sie bei sich?« fragte ich den Wachmann.

»Was?«

»Ihre Waffe, was ist das für eine?«

Er sah David an, der ihm die Erlaubnis zum Sprechen zunickte. »Eine .38er Taurus.«

»Geben Sie sie mir.«

»Auf keinen Fall.«

»Wir verlieren Zeit«, sagte ich zu David Pike.

»Geben Sie sie ihm«, sagte er zu dem Wachmann.

»Das kann ich nicht machen, ich kenne ihn nicht mal.«

»Um Gottes willen, rücken Sie raus damit«, sagte ich.

»Tun Sie, was er sagt«, befahl David. »Ich übernehme die volle Verantwortung.«

Zögernd knöpfte der Wachmann seine Jacke auf, holte den Revolver aus seinem Holster und gab ihn mir. Die Waffe war vernickelt, hatte einen kurzen Lauf und einen guten Griff. Ich überprüfte den Zylinder. Voll geladen mit fünf .38-Spezialpatronen.

»Danke«, sagte ich. »Ich bring' sie Ihnen zurück.« Dann schob ich die Waffe hinten in den Hosenbund meiner Jeans und zog das Hemd heraus, um sie zu verbergen. Das Metall der Waffe war kühl auf meiner Haut und drückte unangenehm in mein Fleisch.

»Haben Sie noch Ersatzpatronen?« fragte ich.

Der Wachmann runzelte die Stirn und öffnete seine Jacke. In fünf Schlaufen am Leder seines Schulterholsters steckten fünf Ersatzpatronen.

»Die nehme ich auch.«

Er drückte sie aus dem Holster und ließ sie in meine Hand gleiten. Ich steckte sie in die hintere Hosentasche meiner Jeans.

»Wo treffen Sie sich mit ihnen?« fragte David.

»Das ist mein kleines Geheimnis«, sagte ich.

»Sie werden hier nicht mit dem Geld herausgehen, wenn Sie es mir nicht sagen.«

»Paßt mir gut«, sagte ich. »Hatte ich sowieso nicht vor.«

»Was soll das heißen?«

»Werden Sie sehen.«

Ich ging an dem Wachmann vorbei und nahm den Koffer. Er wog eine Tonne, aber das war wohl in Ordnung, bei so viel Geld. Ich hob ihn hoch, schleppte ihn rüber zum Tisch und wuchtete ihn oben drauf. Der Wachmann sah David an, aber der beruhigte ihn mit einem Blick. Ich ließ die Schlösser aufschnappen, hob den Deckel und betrachtete zum ersten Mal in meinem Leben eine Million Pfund Sterling. Interessanter Anblick. Ich kippte den Koffer und ließ das Geld herauspurzeln. Die hübschen Bündel purzelten über das Leder, einige fielen zu Boden. Ich ging hinüber zum Bücherregal und begann, ledergebundene Bände herauszuholen und in den Koffer zu legen.

»Was zum Teufel machen Sie da?« wollte David wissen.

»Ich tue, was Ihr Vater schon vor Jahren hätte tun sollen. Ich werde Ihrer Schwester Catherine ein bißchen Gerechtigkeit verschaffen.«

Ich füllte den Koffer ganz mit Büchern, ließ den Deckel herunterklappen und die Schlösser einschnappen. Dann zog ich ihn vom Tisch und überprüfte das Gewicht. Ziemlich genau so schwer wie vorher.

»Aber das Geld …«

»Scheiß auf das Geld, David Pike, und Scheiß auch auf Sie!«

»Ich habe noch nie …«

»Halten Sie Ihre gottverdammte Fresse«, sagte ich, »oder ich haue Ihnen einen auf die Glocke, daß sie bis Weihnachten läutet.« Gott sei Dank gehorchte er. »Ich brauche den Rolls«, sagte ich. »Kann ich Vincent von hier erreichen?«

»Wenn er auf seinem Zimmer ist.«

»Wird er sein, das garantiere ich, und er wird den Anruf erwarten. Sagen Sie ihm, er soll mich mit den Schlüsseln in der Garage erwarten. Nur das. Kein Wort über irgend etwas anderes, verstanden?«

»Das werde ich nicht tun.«

Ich zog die Taurus aus meinem Hosenbund, zielte damit auf seine Brust und zog den Hammer zurück. »Tun Sie's, David«, sagte ich. »Oder gute Nacht.«

»Das wagen Sie nicht«, sagte er.

»Wollen Sie Ihr Leben darauf setzen?«

Offensichtlich nicht. Er trat über das Geld auf dem Boden hinweg und zog die obere linke Schublade des Schreibtisches heraus. Drinnen standen zwei Telefone. Er hob den Hörer von einem und wählte. Es wurde sofort abgenommen. »Vincent«, sagte er. »Können Sie bitte mit den Wagenschlüsseln zu Mr. Sharman in die Garage kommen?« Er schwieg, dann legte er auf.

Hab' ich dich, dachte ich.

»Gut, in den Tresor«, sagte ich. »Alle beide.«

»Wir werden ersticken«, protestierte David.

»Ein paar Minuten wird es gehen. Ich sorge dafür, daß jemand kommt und Sie rausläßt. Los jetzt.« Ich machte eine Bewegung mit der Waffe, und die beiden Männer traten in den Tresor. Ich knallte die Tür zu, drehte einen Schlüssel um und verließ das Zimmer. Ich schleppte den Koffer über die Treppe hinunter in die Küche. Miranda stand am Herd.

»Hey«, sagte ich. »Wollen Sie mir noch einen Gefallen tun?«

»Aber sicher«, sagte sie. »Was denn?«

»In genau fünf Minuten laufen Sie die Treppe hoch ins Arbeitszimmer und öffnen den Tresor. Der Schlüssel steckt. David Pike wird Ihnen unendlich dankbar sein.«

»Warum?« fragte sie.

»Nicht fragen«, sagte ich, »machen Sie es einfach.«

»Wenn Sie es sagen.«

»Haben Sie Klebeband hier?«

»Was für welches?«

»Irgendwelches, solange es haltbar ist.«

»Versuchen Sie's mal im Erste-Hilfe-Kasten in der obersten Schublade der Kommode.«

Ich ging hinüber zu einer hübschen Kommode und zog die Schublade heraus. Darin stand eine große weiße Emailkiste mit einem roten Kreuz oben drauf. Ich hob sie an ihrem Griff heraus und öffnete sie. Drinnen lag alles, was bei einem kleinen Haushaltsunfall nützlich sein konnte, inklusive einer großen Rolle fleischfarbenen Leukoplasts. Ich nahm die Rolle und stopfte sie in eine weitere Tasche meiner Jeans. »Vielen Dank«, sagte ich und küßte sie auf den Mund. Sie schmeckte besser als alles andere seit langem.

»Noch was, Miranda«, sagte ich.

»Nach so einem Kuß, alles, was Sie wollen.«

»Packen Sie doch bitte meine Sachen. Ich glaube nicht, daß ich bald wieder hier sein werde.«

Sie sah mir verwirrt nach, während ich den Koffer hinunter in die Garage hievte.

Vincent wartete auf mich. Er hielt die Wagenschlüssel in der Faust. Ich trug den Koffer rüber zum Wagen und wuchtete ihn auf den Beifahrersitz.

»Sie möchten die Schlüssel, Mr. Sharman?«

»Ja, will ich«, sagte ich und nahm ihm mit der linken Hand die Schlüssel ab. »Wo ist der Schalter, von dem Sie mir erzählt haben, mit dem man die Türen verriegeln kann?«

Er öffnete die Fahrertür, beugte sich hinein und deutete auf einen kleinen Schalter, der sich neben der Lenkradsäule befand. »Der hier.«

»Kann man die Türen trotzdem von innen öffnen?«

»Ja, die sind alle davon unabhängig, die kriegen Sie ganz normal auf. Nur von außen können sie nicht geöffnet werden, das ist alles.«

»Danke«, sagte ich. Er wandte sich ab, als wollte er gehen. Ich zog mit der rechten Hand die Waffe aus meinem Hosenbund.

»Hey, Vincent.«

»Ja?« Er wandte sich um, und ich zog ihm mit dem Lauf der Taurus eins über. Er sackte hinunter auf ein Knie. Ich schlug noch einmal zu, und er ging zu Boden. Ich warf die Waffe auf den Fahrersitz. Ich packte ihn an einem Fuß und zog ihn hinüber zu einigen Kaltwasserleitungen an der Wand. Sein Kopf rumpelte dabei zufriedenstellend über den Betonboden. Ich öffnete seinen Gürtel, zog ihn aus den Schlaufen, fesselte ihn damit an die Leitungen. Ich ging zurück zum Fahrersitz des Rolls-Royce. Ich steckte den Schlüssel ins Zündschloß. Der Wagen sprang mit einem

Surren an, und nur ein leichtes Vibrieren verriet, daß der Motor lief. Ich schaltete auf Drive, löste die Handbremse, und die Monsterlimousine kroch in Richtung der Rampe. Ich berührte einen Kippschalter am Armaturenbrett, und die Garagentür begann sich zu öffnen. Ich drückte das Gaspedal herunter, und der Wagen rumpelte die Steigung hinauf und hinaus auf die Straße. Ich ließ die Tür hinter mir offenstehen. Ich fuhr mit dem Wagen über das Kopfsteinpflaster und bog nach links in die Curzon Street ab, dann wieder nach links auf die Park Lane, Ampel, rund um die Hyde Park Corner, und dann gen Westen an Knightsbridge vorbei in Richtung Hammersmith. Es war wenig Verkehr, und es war eine wahre Freude, mit dem schweren Wagen zu fahren. Nachdem ich mich an das große Steuer und die leichte Servolenkung gewöhnt hatte, begann ich, mich auf den Straßen wie zu Hause zu fühlen. Ich fuhr recht zügig durch den Westen der Stadt. Es war ein schöner Tag, schon warm, aber ich schaltete die Klimaanlage nicht an, sondern ließ nur das Fenster auf der Fahrerseite heruntersurren und lenkte mit einer Hand.

27

Ich glitt mit dem Rolls gemäß der Anzeige am Armaturenbrett um Punkt sieben Uhr in die schmale Straße hinter der Wohnsiedlung am Shakespeare Grove. Ich bremste den Wagen ab. Die Straße war leer, nicht einmal eine streunende Katze oder ein Hund waren zu sehen. Ein paar unscheinbare Wagen und Vans parkten am Straßenrand. Eine Seite der Straße zierte die fensterlose Rückseite von Sozialwohnungen, auf der anderen begrenzte ein hoher Holzzaun eine Baustelle; auf dem Zaun warben ein paar Plakate für Pop-Singles und -Alben und -Konzerte, und außerdem waren ein paar häßliche Graffiti aufgesprayt worden. Am Ende der Straße standen zwei Maschendrahttore, die auf die Baustelle führten, offen. Schwere Reifenspuren durchzogen den zerbrochenen Asphalt.

Ich hielt den Wagen an, zog die Knarre aus meinem Hosenbund und die Rolle Leukoplast aus meiner Tasche. Ich riß drei lange Streifen Klebeband ab und pappte die Kanone unter das Armaturenbrett, mit dem Griff zu mir, gerade weit genug darunter, daß sie von oben unsichtbar war. Ich achtete sorgfältig darauf, weder den Abzug noch andere bewegliche Teile zu verkleben. Dann tippte ich auf den Schalter an der Lenkradsäule und schloß alle Türen ab, so daß man sie von außen nicht öffnen konnte.

Ich ließ den Rolls auf die Baustelle rollen und folgte einem Holperweg, mit dem selbst die weiche Federung des großen Wagens nicht ganz klarkam. Ich fuhr an Ziegelstapeln und Sandhaufen vorbei, an allerlei großen und kleinen Maschinen, an bereits fertiggestellten, fast fertigen und gerade begonnenen Häusern, bis der Weg auf einem gelbstaubigen Platz zwischen zwei Miniwolkenkratzern endete, die eingehüllt waren von den grünen Netzen eines Baugerüsts. Auf der Mitte des Platzes parkte ein großer grauer Mercedes. Drei Männer standen daneben. Durch die leichtgetönte Windschutzscheibe konnte ich gerade so eben noch einen blonden Kopf ausmachen, der zu jemandem gehörte, der auf dem Rücksitz saß.

Ich ließ den Rolls bis auf etwa dreißig Meter an das Empfangskomitee heranrollen. Dann hielt ich den Wagen an und schaltete den Motor aus. Der Staub legte sich langsam. Es war so still auf der Baustelle, daß ich das Gefühl hatte, ich könnte die Staubpartikel auf der Karosserie des Rolls-Royce aufschlagen hören. Ich blieb sitzen und sah hinüber zu dem Trio. Es bestand aus dem Rotschopf, dem Dicken und noch einem Mann, der älter war, dichtes graues Haar hatte und ein Gesicht, das von Jahren in der australischen Sonne faltendurchfurcht war. Rotschopf und der Dicke hielten jeweils eine der unvermeidlichen Berettas mit Schalldämpfern. Der ältere Mann war unbewaffnet. Rotschopf grinste, offensichtlich gefiel ihm die ganze Sache. »Hallo, Mann«, sagte er. »Sitzen Sie nicht einfach rum. Steigen Sie aus und feiern Sie mit.«

Ich tat, was ich sollte, und blieb neben der offenen Tür stehen. Die drei Männer kamen zu mir herüber.

»Mr. Lorimar, nehme ich an«, sagte ich zu dem Älteren. »Ich kann Ihnen gar nicht sagen, wie sehr ich mich darauf gefreut habe, Sie richtig kennenzulernen.«

Der ältere Mann sagte nichts.

»Schnauze«, sagte der Rotschopf, dessen gute Laune offenbar verdampft war. »Umdrehen, Hände aufs Wagendach.« Ich tat wieder wie geheißen. »Durchsuch ihn«, befahl er seinem Kompagnon. Ich sah mich um. Der dicke Mann verstaute seine Waffe unter seinem Jackett, achtete sorgfältig darauf, nicht zwischen mich und die Pistole des Rothaarigen zu geraten, und kam nah genug heran, mich anzufassen. Er tastete mich gründlich vom Hemdkragen bis zu den Schuhen ab. »Er ist sauber«, sagte er. »Keine Knarre, kein Mikro.«

»Kluger Junge«, sagte der Rothaarige. »Wo ist das Geld?«

»In dem Koffer auf dem Beifahrersitz«, sagte ich.

»Hol es«, sagte er zu dem dicken Mann, der um das Hinterteil des Wagens herum zur Beifahrertür ging und versuchte, sie zu öffnen.

»Ist abgeschlossen«, sagte er. Er klang überrascht.

»Ich hol's.« Bevor jemand mich aufhalten konnte, glitt ich auf den Fahrersitz und drückte auf den Hebel zur Türöffnung. Die Beifahrertür ging auf, und der Dicke riß den Koffer heraus und knallte ihn auf den Kühler des Rolls, als wöge er überhaupt nichts. Er ließ die Schlösser aufschnappen und öffnete den Koffer, und als Lorimar und der Rothaarige zu ihm herübersahen, griff ich unter das Armaturenbrett und riß die Taurus aus ihrem Versteck.

Der Dicke fluchte überrascht über den Inhalt des Koffers und stieß ihn vom Kühler, wobei die rotbraun gebundenen Bücher auf den Boden fielen. Ich hob die Waffe hoch und spannte dabei den Hammer. In der Stille, die seinem Fluch und seinem ärgerlichen Herunterstoßen folgten, war das Klicken des Hammers so deutlich zu hören wie ein Furz in der Kirche, und drei Augenpaare wanderten zu mir herüber.

»Waffe fallen lassen«, sagte ich zu dem Rotschopf. Sein Gesicht wurde zu einer wütenden Maske, aber er sagte nichts, ließ einfach bloß seine Beretta los und zu Boden fallen, wo sie eine kleine Staubwolke aufwirbelte. Ich stieg aus dem Rolls. Ich mußte mich auf die Überraschung verlassen, um die Gruppe aufzusplittern. So wie sie standen, konnte ich sie nicht alle drei abdecken.

»Du, fetter Sack«, sagte ich und schaute hinüber zu dem Dicken. »Kanone rausziehen, bloß mit den Fingerspitzen. Keine Tricks, sonst knall' ich dich ab wie einen Hund.«

Er sah verärgert aus, aber auch er tat wie geheißen und ließ seine Waffe fallen.

»Kick sie weg«, sagte ich. »Weit weg.«

Wieder gehorchte er, und die Knarre schlitterte dreißig Meter und knallte gegen irgendwelche Steine, von denen sie in ein Grasbüschel abprallte. Ich riß das Klebeband von der Taurus. »Lorimar, herkommen«, sagte ich. Er gehorchte. Ich riß sein Jackett auf und fuhr mit den Händen unter seine Achselhöhlen und um seine Hüfte. Nichts. Ich stieß ihn weg. »Alle drei zurück zu eurem Wagen«, befahl ich. »Wir müssen reden.«

»Du dummes Arschloch«, sagte der Rothaarige. »Wir wissen, daß du das Geld hattest, warum konntest du es nicht einfach herbringen und den Deal machen? Jetzt müssen wir dich umbringen.«

»Schnauze.« Ich sah Lorimar an. »Haben Sie sie umgebracht?« fragte ich.

»Wen?«

»Catherine Bennett, Catherine Pike, wie auch immer Sie sie nennen.«

»Sie sitzt im Wagen«, sagte er.

»Nicht die«, sagte ich. »Ich meine die echte Catherine Bennett.«

Lorimars Gesicht schien in sich zusammenzufallen. »Ich weiß nicht, was Sie da reden.«

»Machen Sie mir doch nichts vor, Lorimar«, sagte ich. »Es war einen Versuch wert, und es hätte beinahe geklappt, aber eben doch nicht ganz.«

»Woher wissen Sie das?«

»Ich war mir nicht sicher, bis ich das hier gefunden habe.« Ich zog den Zettel, den ich in den Unterlagen gefunden hatte, mit den Fingern meiner linken Hand aus der Hemdtasche. »Sie waren sehr gründlich. Zu gründlich, wenn überhaupt, aber das haben Sie übersehen. Ich habe letzte Nacht Catherines Unterlagen durchgesehen. Die Papiere, die Sie aus Australien mitgebracht haben. Trotz all der Mühe, die Sie sich gemacht haben, sie mit den richtigen Sachen auszustatten, glaube ich nicht, daß die jemals jemand richtig durchgesehen hatte, sonst wäre aufgefallen, daß zu viel fehlt für jemanden, der sein ganzes Leben in einer Kiste aufbewahrt. Es waren keine Fotos dabei, überhaupt keine. Bis ihr Paß ausgestellt wurde, gab es kein einziges Foto. In einundzwanzig Jahren nicht. Ein Mädchen, das angeblich auf der Schauspielschule war. Das konnte ich mir nicht vorstellen. Selbst nachdem sie mir erzählt hatte, daß sie nur ein paar Semester da war, konnte ich es mir immer noch nicht vorstellen. Und es gab keine Zahnarztunterlagen. Sie muß aber irgendwann mal beim Zahnarzt gewesen sein. Und nichts in ihrer eigenen Handschrift, nur aus ihrer Kinderzeit. Und dann kam das hier.« Ich hielt den Zettel hoch. »Es war bei den Arztsachen, ganz weit unten. Ich hätte es beinahe übersehen.«

»Was ist das?« fragte Lorimar, und seine Stimme klang schwach und brüchig.

»Die Rechnung eines privaten Krankenhauses in Melbourne. Die Rechnung für eine Operation an Catherine Bennett. Von 1969, als sie vierzehn war. Eine Rechnung für die Entfernung ihres Blinddarmes. Ich weiß, daß Chirurgen inzwischen gut sind, aber so gut nicht. Ich habe vorletzte Nacht mit der Frau geschlafen.« Und ich erinnerte mich an ihren süßen Bauch, bedeckt mit Schweiß, als sie ihn mir ins Gesicht stieß, damit ich ihn küßte. Abgesehen von ihrem Bauchnabel war ihre Haut vom Rippenbogen bis zu dem Dreieck blonden Lockenhaars zwischen ihren Schenkeln so flach und weiß und glatt gewesen, als hätte jemand sie gezeichnet. »Ihr ist nie der Blinddarm rausgenommen worden, nicht in diesem Leben«, sagte ich.

Der Rotschopf sah Lorimar an. »Du dummer alter Narr. Ich weiß nicht, warum ich je auf dich gehört habe. Du hast mir gesagt, daß es einfach wird. Ich hätte wissen sollen, daß du es versaust.« Dann wollte er auf Lorimar einschlagen.

»Stillstehen, oder ich erschieße Sie«, sagte ich. »Ich habe nicht vergessen, was Sie mit Leee gemacht haben.«

»Sie erschießen mich nicht«, sagte der Rothaarige.

»Ach, nicht? Was glauben Sie, warum sie Elizabeth dazu gebracht hat, mich zu engagieren?«

Er kniff die Augen zusammen. »Deswegen sind Sie hier?«

»Nein«, sagte ich. »Ich glaube nicht, daß Sie verstehen, warum ich hier bin.« Und ich dachte wieder an das einsame Kind mit seinem Zeitungsausschnittsammelbuch. »Sagen wir einfach mal, daß ich Ihre Gesichter sehen wollte, wenn Sie kapieren, daß es kein Geld gibt.«

Er spuckte auf den Boden, sagte aber nichts.

»Haben Sie sie umgebracht?« fragte ich noch einmal Lorimar.

»Es war ihre eigene Schuld.« Er bettelte beinahe. »Sie verstehen das nicht. Sie wollte nichts mit Pike zu tun haben. Am Ende haßte sie ihn genauso sehr, wie Joanna es getan hatte. Ich habe ihr gesagt, daß sie bei ihm in England ein tolles Leben führen könnte, aber sie wollte nichts darüber hören. Lieber verkaufte sie sich auf der Straße. Da hab' ich sie wiederentdeckt. Sie hatte sich was eingefangen und war total auf Speed, aber immer noch wollte sie das Geld nicht anrühren, das er ihr hinterlassen hatte.«

»Sie haben Sie dazu gebracht, es sich anders zu überlegen.«

»Ich war das«, sagte der Rotschopf und schien die Erinnerung daran zu genießen.

»Sie sind ein verdammtes mieses Schwein«, sagte ich.

Der Rothaarige grinste, sagte aber nichts. Schwein war vielleicht ein Kompliment für ihn.

»Sie haben meine Frage immer noch nicht beantwortet, Lorimar. Ich frage nur noch einmal. Haben Sie sie umgebracht?«

»Sie wäre sowieso ein paar Monate später hin gewesen«, sagte Lorimar.

»Also haben Sie's getan.« Plötzlich fühlte ich mich sehr alt.

»Er hat ein wenig nachgeholfen«, sagte der Rothaarige. »Sagen wir's mal so.«

Mir war danach, sie alle drei zu erschießen, hier und jetzt, aber ich war schon soweit gekommen und wollte noch ein bißchen mehr wissen. »Und wer ist das da drin?« Ich nickte in Richtung des Mercedes.

»Ein Mädchen, das wir kannten«, sagte Lorimar.

»Und was hatten Sie gegen sie in der Hand?«

»Sie war verschuldet. Sie war pleite. Sie wollte es gern machen. Sie sah Catherine sehr ähnlich, das gleiche Haar, die gleichen Augen. Aber was die Fotos angeht, haben Sie recht. Unser Mädchen hatte einfach keine; keine, die zum Leben der Catherine Bennett paßten.«

Zuerst sah er mich an, dann den Rothaarigen.

»Woher sollte ich wissen, daß er mit ihr schlafen wird?«

Der Rotschopf versuchte, Lorimar totzustarren.

»Und wer ist sie?« fragte ich.

»Wen interessiert's?« sagte der Rothaarige. »Bloß noch so 'ne Schlampe.«

»Sie hat sich Schauspielerin geschimpft«, sagte Lorimar. »Aber sie war schlecht. Ich glaube nicht, daß sie je eine Rolle bekommen hat.«

»So schlecht kann sie nicht gewesen sein«, sagte ich. »Sie hat alle überzeugt, als sie hier aufgetaucht ist. Das war ein höllisches Risiko.«

»Es ging um höllisch viel Geld«, sagte Lorimar.

Meine rechte Hand konnte bald die schwere Pistole nicht mehr halten, und ich bekam einen Krampf, also wechselte ich die Waffe nach links. »Wußte sie, daß Sie die echte Catherine getötet hatten?«

»Was glauben Sie wohl?« fragte Lorimar.

»Und was war mit Robert Pike?« fragte ich. »Haben Sie bei dem auch nachgeholfen?«

»Ich habe ihm die Wahrheit über sie erzählt und gedroht, an die Öffentlichkeit zu gehen«, sagte Lorimar. »Ich schätze, er konnte es nicht ertragen, sie zweimal zu verlieren. Oder vielleicht konnte er es bloß nicht ertragen, dumm dazustehen.«

Ich erinnerte mich daran, was ich Elizabeth in meinem Büro über Selbstmorde gesagt hatte.

»Aber warum? Sie hatten doch einen guten Deal laufen.«

»Sie hat aufgehört, an uns zu zahlen«, sagte er. »Ich glaube, am Ende hat sie wirklich geglaubt, sie war seine Tochter.«

»Bin ich«, sagte Catherine.

In der ganzen Aufregung war niemand aufgefallen, wie sie leise aus dem Mercedes gestiegen war. Im hellen Tageslicht sah sie viel älter und verbrauchter aus, als ich sie in Erinnerung hatte. Ihr Kleid war zerknittert und schmutzig und unter den Armen durchgeschwitzt, und ihr leuchtendes Haar war matt und zerzaust. Sie hatte einen Schuh verloren und lehnte sich gegen den Wagen, um die Balance zu halten. »Du hast meinen Daddy umgebracht«, sagte sie zu Lorimar, und ich sah, wie die Sonne sich auf dem Ding spiegelte, das sie mit beiden Händen hielt. Irgendwo auf der Rückbank des Wagens hatte sie einen Schraubenzieher gefunden. Sie taumelte auf ihn zu, mit nur einem hochhackigen Schuh, und rammte ihm mit beiden Händen das

Werkzeug in den Hals, von unten durch den Mund, bis ins Gehirn. Blut spritzte ihm aus der Nase und dem Mund und klatschte vorn auf ihr ohnehin ruiniertes Kleid.

Lorimar griff nach dem leuchtend bunten Plastikgriff, der knapp oberhalb seines Adamsapfels aus seinem Hals ragte, und versuchte, etwas zu sagen. Aber seine Stimme war verschwunden, und das Geräusch, das er ausstieß, lag irgendwo zwischen einem Schrei und einem Seufzer. Er verlor das Gleichgewicht und fiel rücklings zu Boden. Als er in dem gelben Staub aufprallte, wirbelte er ihn auf, und dann sank der Staub wieder nieder auf seinen Körper und das rote Naß, das aus seinem Hals quoll und in die Erde sickerte.

Ich sah Catherine in die Augen, und in diesem Bruchteil einer Sekunde wurde mir klar, daß sie, seit ich sie das letzte Mal gesehen hatte, eine Grenze überschritten hatte, die die Verrückten von den Normalen trennte, und ich bezweifelte, daß sie jemals zurückkehren konnte.

Der Rothaarige nutzte die Chance und hechtete nach seiner Waffe. Wie auf Befehl rannte der Dicke in Richtung der Gräser, in denen seine gelandet war. Ich schoß hinter dem Rotschopf her und verfehlte ihn – mit links habe ich noch nie schießen können. Der Schuß hallte über die ganze Baustelle und prallte an jeder Oberfläche ab, bis es klang wie hundert Schüsse. Ich wechselte die Waffe zurück in meine Rechte und schoß noch zweimal auf ihn, verfehlte aber wieder. Dann hatte er seine Kanone und rollte sich hinter der Kühlerhaube des Rolls in Deckung.

Ich schoß auf den Rücken des Dicken und sah den Staub ganz links oben auf seiner Jacke aufwirbeln. Aber er rannte weiter und ließ sich neben ein paar Ytongsteinen fallen, und ich wußte, daß ich ihn nicht wirklich verletzt hatte. Der Rothaarige tauchte aus seiner Deckung auf und schoß mit seiner Beretta. Ich hatte das Gefühl, als ob mir jemand einen Baseballschläger gegen den Schädel gedonnert hätte. Ich sackte zu Boden und suchte hinter dem leeren Koffer soviel Deckung wie möglich, und ich umarmte den

Schmutz, als wäre er eine lang verlorene Liebe, die ich seit Jahren nicht gesehen hatte. Ich sah, wie das Blut von meinem Kopf zu Boden tropfte, und hörte und fühlte zwei weitere Kugeln in den Koffer einschlagen, als er wieder und wieder in meine Richtung schoß.

Als ich getroffen worden war, hatte ich meine Waffe verloren, und ich dachte, meine Zeit wäre gekommen, als ich plötzlich von weit hinten eine Stimme hörte, die, verstärkt durch einen Lautsprecher, über die Baustelle hallte. Sie schien von rechts hinter mir zu kommen, aber ich war mir nicht sicher. »Polizei, wir sind bewaffnet, werfen Sie Ihre Waffen weg«, befahl die Stimme. Und in diesem Augenblick wußte ich, wie sich ein zum Tode Verurteilter fühlen mußte, wenn er schon die schwarze Kapuze trägt und der Henker gerade die Falltür öffnen will – und plötzlich der Bote mit der Begnadigung einreitet.

Der dicke Mann fand seine Waffe, stand auf und zielte in die Richtung, aus der die Lautsprecherstimme gekommen war. Er schoß, und die schallgedämpfte Pistole zuckte in seiner Hand und gab ein Geräusch wie ein gedämpftes Klatschen von sich. Von hinter mir erklangen lautere Schüsse, und der dicke Mann trat mit überraschtem Ausdruck zurück, ließ seine Waffe fallen, sackte zu Boden, zappelte noch ein paar Augenblicke mit den Füßen und blieb dann sehr still liegen. Der Rothaarige hechtete hinter dem Wagen hervor und schnappte sich Catherine. Er hielt sie als Schild vor sich, ging rückwärts, zerrte sie mit sich, vorbei an dem Mercedes, in Richtung eines der eingerüsteten Gebäude. Kaum hatte er sie berührt, hörten die Schüsse der Polizei auf.

Ich schüttelte mir den Kopf frei, wobei Blut auf mein Hemd herunterspritzte, und dann tastete ich nach der Taurus. Endesleigh kam hinten um den Rolls herum gerannt, Waffe in der Hand, dicht hinter sich Sutherland. Endesleigh duckte sich und knallte mich gegen die Wagentür. »Schwachkopf«, sagte er. »Was glauben Sie eigentlich, was Sie hier treiben?«

Ich saß da und betrachtete ihn amüsiert. Vielleicht auch nicht amüsiert, vielleicht nur blöd. In der Zwischenzeit rannte Sutherland rüber zu Lorimar, schaute auf ihn herunter und schüttelte den Kopf. Er ging durch den Staub hinüber zu dem dicken Mann, nahm seine Beretta, verstaute sie in einer seiner vielen Taschen und befingerte dann den Hals des Dicken. Er kam zurück zu Endesleigh und mir. »Beide futsch, Chef«, sagte er.

»Melde das«, sagte Endesleigh. »Und sorg dafür, daß dieser rothaarige Arschkeks nicht abhaut. Mit oder ohne die Frau, aber vor allem nicht mit ihr.«

Sutherland nickte und marschierte ohne einen weiteren Blick in meine Richtung davon.

»Woher wußten Sie …« fragte ich schließlich.

»Wir hatten die ganze Nacht einen Mann in der Curzon Street. Während ich auf Ihren Anruf wartete, hat er Sie in diesem Ding davonfahren sehen.« Endesleigh klopfte gegen den Rolls-Royce. »Und fünf Minuten später bekomme ich einen Anruf von David Pike, der laut schreiend schwört, daß Sie ihn in seinen Tresor eingesperrt, eine Waffe und den Wagen gestohlen und seinen Chauffeur zusammengeschlagen, das Lösegeld zurückgelassen und sich nach sonstwo verpißt hätten. Warum haben Sie mich nicht angerufen, wie besprochen?«

»Ich wußte, daß es hart hergehen würde.«

»Sie haben Catherine Pike in Gefahr gebracht. Glücklicherweise ist unser Mann Ihnen gefolgt und war klug genug, mir das direkt zu melden.«

»Das ist nicht Catherine Pike«, sagte ich. »Catherine Pike ist tot. Seit Jahren schon, das arme Mädchen. Lorimar oder einer seiner Freunde hat sie erledigt, als sie nicht mitspielen und herkommen und Sir Robert anzapfen wollte. Sie haben die Leiche entsorgt, so daß niemand sie identifizieren konnte. Und dann haben sie ein Mädchen an ihre Stelle gesetzt, das ihr verdammt ähnlich sah. Und jetzt ist sie ausgetickt. Sie hat Lorimar umgebracht. Ein bißchen *do it yourself* mit seinen Stimmbändern.«

Endesleigh sah hinüber zu Lorimars Leiche. »Großer Gott.«

»Deswegen habe ich Vincent zusammengekloppt. Es gab keine Entführung. Er hat sie ihnen serviert.«

»Sie bluten«, sagte Endesleigh.

Auch nichts Neues, dachte ich. Aber ich tastete vorsichtig an meinem Kopf herum und beschmierte mir die Hände reichlich mit rotem frischen Blut. »Ich wette, als Pfadfinder haben Sie alle Beobachtungsprüfungen bestanden«, bemerkte ich, so trocken ich konnte. Ich stand auf, stützte mich auf die offene Tür des Rolls, öffnete das Handschuhfach und fand ein Päckchen Taschentücher. Ich schaute in den Spiegel und sah, daß die Kugel aus der Waffe des Rothaarigen ein kleines Stückchen aus meinem rechten Ohrläppchen gerissen hatte. Ich versuchte, mit dem Taschentuch die Blutung zu stillen, und sagte zu Endesleigh: »Wir verschwenden Zeit.«

»Nicht wir. Das ist Polizeisache. Sie sind verletzt und sollten unter Arrest stehen. Sie bleiben hier.«

»Auf keinen Fall. Ich geh' mit Ihnen mit. Ich bin dabei, bis die Sache zu Ende ist.«

Er dachte eine Sekunde darüber nach. »Dann kommen Sie«, sagte er. »Aber wenn ich gefeuert werde, hoffe ich, daß Sie mir eine Partnerschaft anbieten.«

»Kein Problem.«

Er rannte los wie ein gottverdammtes Pferd, und ich hatte die größten Schwierigkeiten, ihm nachzukommen, obwohl ich ihn das nicht wissen lassen würde. Wir erreichten schließlich das Gebäude, zu dem der Rothaarige gerannt war, als wir ihn zuletzt gesehen hatten. Ich hatte nur noch schwarze Flecken vor den Augen, aber immerhin mußte ich nicht kotzen. Ich keuchte bloß mehr als sonst.

»Sie sind da oben, Boß«, sagte Sergeant Sutherland, der mich bewußt ignorierte, was Endesleigh sehr amüsierte.

»Sind Sie sicher?« fragte er.

»Ja. Johnno und Bill haben sie reingehen sehen, und sie sind noch nicht wieder rausgekommen.«

»Ich geh' hoch«, sagte Endesleigh. »Wer ist noch da?«

»Niemand, seinetwegen«, entgegnete Sutherland, und ich glaube, er meinte mich. »Aber es sind schon welche unterwegs.«

»Bringt die Frau nicht in Gefahr«, sagte Endesleigh. »Ich möchte nicht, daß irgend jemand schießt, wenn sie näher als zwei Meter an dem Mann dran ist.«

»Möchten Sie, daß jemand an dem Gerüst außen hochklettert?«

Endesleigh dachte darüber nach. »Nein«, sagte er. »Wenn zu viele von uns da oben sind, erschießen wir uns am Ende selber. Ihr bleibt hier unten und wartet auf den Rest. Vielleicht kommt er auch von alleine runter.«

»Wahrscheinlich«, sagte Sutherland.

»Und keine Bewegung, bis Sie von mir hören.«

»Okay, Boß.«

»Ich komme mit«, sagte ich.

»Das hatte ich befürchtet. Aber ich warne Sie, meine größte Sorge gilt der Frau.«

»Meine auch.«

Wir betraten das Gebäude. Es war ein Rohbau mit Böden und Treppen und sonst nichts. Das Gerüst stand, damit die Außenarbeiten beginnen konnten. Wegen der Sicherheitsnetze auf der Außenseite der Gerüste war es im Innern des Gebäudes kühl und dunkel und grün wie in einem Aquarium. Zwei Treppen führten nach oben, eine vorn und eine hinten im Haus. Ich nahm die hintere.

Die Stufen waren breit, und wir stiegen gemeinsam auf. Jedesmal, wenn wir ein neues Stockwerk erreichten, hielten wir beide auf dem nackten Beton Ausschau nach Leben. Sobald wir sicher waren, daß alles leer war, zeigten wir einander den erhobenen Daumen und kletterten weiter. Insgesamt gab es zehn Stockwerke. Als wir den siebten Stock erreicht hatten, war uns, glaube ich, beiden klar, daß der Rotschopf und Catherine auf dem Dach sein würden.

Wir erreichten den zehnten Stock und gingen in die Mitte, um miteinander zu reden. Es gab nur eine Treppe, die auf das Dach führte, eine schmale Metalltreppe, gerade breit genug für eine Person. Die Treppe führte direkt durch ein Loch aufs Dach. Über dem Loch der Himmel. Glück für den Rothaarigen.

»Ich gehe zuerst«, sagte ich.

»Nein, ich«, bestand Endesleigh. »Sie sind ein Zivilist. Sie kennen doch das alte Motto: ›Die Polizei, dein Freund und Helfer‹.«

»Wenn Sie darauf bestehen.«

Er stieg vor mir die Metalltreppe hoch, steckte seinen Kopf durch das Loch und sah über das Dach. Eine Kugel knallte neben seinem Kopf in den Beton, und er duckte sich. »Er ist drüben in der Ecke, in Deckung hinter irgendwelchem Zeug und Maschinen. Sie ist bei ihm. Wir können ihn aussitzen. Wir stecken einfach ab und zu die Köpfe hoch. Wenn er keine Munition mehr hat, haben wir ihn.«

»Wir wissen aber nicht, wieviel Munition er hat«, sagte ich. »Und vielleicht hebt er sich die letzte Kugel für die Frau auf. Reicht das Gerüst bis zum Dach?«

»Sogar noch ein bißchen höher.«

»Also keine Scharfschützen?«

»Nein, die haben keine Chance.«

»Helikopter?«

»Bißchen zu gefährlich«, sagte er. »Ich geh' ein paar Stockwerke runter und komm' dann außen hoch.«

»Ich hatte gehofft, daß Sie das vorschlagen.«

»Sie wollen nicht?«

»Höhenangst. Ich bleib' hier, damit er sich auf mich konzentrieren kann. Er mag mich nicht.«

»Das überrascht mich aber. Geben Sie mir zehn Minuten.«

Ich sah auf meine Uhr. »Okay.«

Er stiefelte die Metalltreppe herunter und dann über die breitere Treppe in den neunten Stock, und schließlich verschwand er aus meinem Blickfeld. Ich wäre gestorben für eine Zigarette, aber ich hatte meine irgendwo verloren. Ich klappte die Trommel des Taurus aus, holte die drei leeren

Patronenhülsen heraus und lud drei neue nach. Ich blieb oben auf der Treppe stehen, mit eingezogenem Kopf. Als die zehn Minuten um waren, riskierte ich einen Blick durch das Loch im Dach. Der Rotschopf sah mich direkt an. Er hielt Catherine um den Hals und benutzte sie und einen Zementmischer und ein paar Säcke Zement als Deckung. Er schoß zweimal in meine Richtung, nah genug, daß ich die Kugeln pfeifen hören konnte. Ich duckte mich und konnte immer noch Catherines Gesicht sehen. Sie war weiß wie ein Laken, und ihre blauen Augen schienen in ihrem Schädel zu brennen. Sie verlor vor meinen Augen den Verstand. Ich spürte wieder die schreckliche Wut in meinem Bauch. Ich steckte wieder meinen Kopf heraus, und der Rothaarige schoß, und als Kontrapunkt zum Klatschen seiner schallgedämpften Pistole hörte ich das tiefe Bellen eines Polizeicolts von weiter unten.

Ich duckte mich wieder, steckte den Kopf noch mal hoch und konnte sehen, wie er sich umdrehte und über den Rand des Daches schoß. Er ließ Catherine los, und sie drehte sich um und hakte mit ihren Fingernägeln nach ihm. Er schrie, als ihre Nägel sein Gesicht zerkratzten. Der Schuß ging harmlos in die Luft. Catherine war immer noch zu nah an ihm dran, und ich konnte es nicht riskieren, zu schießen. Er stieß sie, und sie taumelte zurück. Am Rand des Daches verlor sie das Gleichgewicht und ruderte mit den Armen.

Ich stieß mich durch das Loch im Dach und rannte auf sie zu. Sie trat ins Nichts, und ihre Finger griffen das lose Netz, das sofort vom Gerüst abriß. Aber ich erwischte gerade noch ihren Arm. Ihr Gewicht riß mich herunter aufs Dach und ich verlor die Taurus, die über den Rand hinwegrutschte und auf das Gerüst polterte. Der rohe Beton schnitt in meine Brust, und ich spürte, wie sich die Wunde an meiner Seite wieder öffnete. Catherine schwang am Ende meines Handgelenks wie ein Pendel hin und her. Sie begann, mit der anderen Hand nach mir zu schlagen und versuchte, sich loszureißen. Ich sah hinunter, und bis zur ersten Bretterebene erstreckten sich mindestens fünfzig Meter freier Fall. Wenn es ganz rundherum so aussah, war ich erledigt. Endesleigh hatte keine Chance, aufs Dach zu kommen.

Ich sah in Catherines Gesicht, sah den Wahnsinn in ihren Augen brennen, als sie zu mir aufsah. Ich wandte den Kopf und sah den Rothaarigen, dem das Blut aus den Kratzern übers Gesicht lief. Er hatte ein schreckliches Lächeln auf den Lippen, und er zielte auf mich. Er knurrte, als ihm klar wurde, daß er keine Munition mehr hatte. Er warf das leere Magazin raus, zog ein neues aus seiner Tasche, knallte es in die Pistole und ließ eine Patrone in die Kammer schnappen. Und wieder hob er die Waffe und richtete sie auf meinen Kopf. Ich ließ Catherine nicht los, obwohl ich wußte, daß alles vorbei war. Ich hatte solche Angst, daß ich hohl war, und ich wußte, wenn ich zitterte, würde ich klappern. Ich konnte sogar vor Angst die Augen nicht schließen. Sie waren fixiert auf das große schwarze Loch in dem häßlichen, dicken Schalldämpfer, der auf den Lauf der Beretta geschraubt war. Dann bemerkte ich eine Bewegung am anderen Ende des Daches, Endesleighs Kopf und seine Hand mit der Waffe erschienen am Dachrand. Gott sei Dank, dachte ich.

Endesleigh schoß, und die Kugel traf den Rothaarigen genau in dem Augenblick, als er den Abzug der Beretta drückte. Ich sah die Überraschung auf seinem Gesicht, und die Waffe zuckte, als er schoß. Ich hatte das Gefühl, als hätte mir jemand gegen das Bein getreten, sehr kräftig. Der Rothaarige wirbelte herum und schoß auf Endesleigh. Endesleigh schoß noch einmal, der Rotschopf sank auf ein Knie, schoß zurück. Dann traf ihn eine Kugel in die Schulter, wirbelte ihn herum, aber er schoß immer weiter, die große Waffe zitterte in seiner Faust. Eine weitere Kugel durchschlug seinen Hals, und das Blut sprudelte. Er gab noch einen letzten vergeblichen Schuß ab, bevor er vornüber aufs Gesicht fiel. Ich blieb, wo ich war, und glauben Sie mir, ich hätte am liebsten den Beton, auf dem ich lag, aufgefressen.

Catherine schlug immer noch nach meiner Hand, und ich hatte das Gefühl, als würden jede Sehne und jeder Muskel in meinem Arm reißen, und mein Bein brannte, als stünde es in Flammen. Ich war kurz davor, ohnmächtig zu werden, und ich spürte, wie Catherines Hand mir entglitt. Ich konzentrierte mich darauf, sie festzuhalten. Endesleigh stemmte sich aufs Dach, kickte die Beretta weit weg und rannte zu mir herüber. Er lehnte sich über die Dachkante, griff nach unten und nahm mir einen Teil von Catherines Gewicht ab. Gemeinsam zogen wir sie zurück aufs Dach.